la Lógica
Inexplicable
de mi
Vida

- **Título original:** *The Inexplicable Logic of My Life*
- **Dirección editorial:** Marcela Luza
- **Edición:** Leonel Teti con Erika Wrede
- **Coordinación de diseño:** Marianela Acuña
- **Diseño de interior:** Julián Balangero
- **Diseño de tapa:** Sharismar Rodriguez
- **Fotografía de tapa:** © by 500px and Getty Images
- **Hand-lettering:** © by Sarah J. Coleman

un sello de
V&R Editoras

ARGENTINA:
San Martín 969 piso 10 (C1004AAS)
Buenos Aires
Tel./Fax: (54-11) 5352-9444
y rotativas
e-mail: editorial@vreditoras.com

MÉXICO:
Dakota 274, Colonia Nápoles CP 03810,
Del. Benito Juárez, Ciudad de México
Tel./Fax: (5255) 5220–6620/6621
01800-543-4995
e-mail: editoras@vergarariba.com.mx

ISBN 978-987-747-291-2
Impreso en México, junio de 2017
Litográfica Ingramex S.A. de C.V.

Alire Sáenz, Benjamin
La lógica inexplicable de mi vida / Benjamin Alire Sáenz. - 1a ed. - Ciudad
Autónoma de Buenos Aires: V&R, 2017.
472 p.; 21 x 15 cm.

Traducción de: Jeannine Emery.
ISBN 978-987-747-291-2

1. Literatura Juvenil. 2. Novelas Realistas. I. Emery, Jeannine, trad. II. Título.
CDD 863.9283

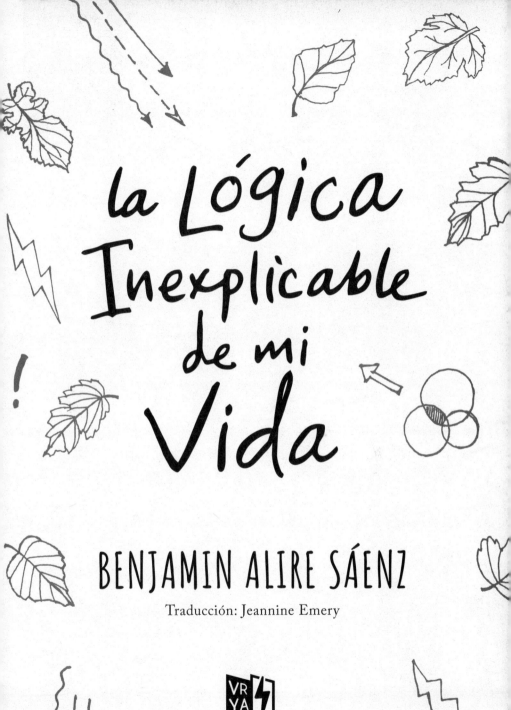

La Lógica Inexplicable de mi Vida

BENJAMIN ALIRE SÁENZ

Traducción: Jeannine Emery

Para Gloria, mi hermana menor, a quien amaba de niño
y a quien amo mucho más de adulto.
Y en memoria de mi hermana mayor, Linda,
quien de cara al sufrimiento vivió su vida con dignidad.

Prólogo

Tengo un recuerdo que es casi como un sueño: las hojas amarillentas del árbol de la morera de Mima descienden flotando del cielo como enormes copos de nieve. El sol de noviembre brilla, sopla una brisa fresca y las sombras de la tarde bailan con una vitalidad que resulta difícil de entender para un niño como yo. Mima canta algo en español. Hay más canciones viviendo en ella que hojas en su árbol.

Está rastrillando las hojas caídas y juntándolas. Cuando termina con su trabajo, se inclina y prende los botones de mi chaqueta. Luego contempla su pirámide de hojas y me mira a los ojos.

—¡Salta! —me dice.

Me lanzo a la carrera y salto sobre las hojas, que huelen a tierra húmeda.

Toda la tarde me sumerjo en las aguas de aquellas hojas.

Cuando me canso, Mima toma mi mano. Al entrar en la casa de nuevo, me detengo, recojo algunas hojas y se las entrego con mis manos de cinco años. Ella toma las hojas frágiles y las besa.

Está feliz.

¿Y yo? Jamás me he sentido tan feliz.

Guardo el recuerdo en algún lugar dentro de mí... donde está a salvo. Cuando lo necesito, lo saco y lo observo. Como si fuera una fotografía.

PARTE 1

Tal vez siempre haya tenido
la idea equivocada
respecto de quién era yo realmente.

La vida comienza

Negros nubarrones se cernían sobre el cielo, y había señales de lluvia en el aire matinal. Al salir por la puerta de entrada, sentí la brisa fresca en el rostro. El verano había sido largo y perezoso, repleto de días calurosos y sin lluvia.

Ahora aquellos días de verano habían acabado.

El primer día de escuela. El último curso. Siempre me había preguntado cómo se sentiría ser un estudiante del último curso. Y ahora estaba a punto de enterarme. La vida comenzaba. Era lo que decía Sam, mi mejor amiga. Ella lo sabía todo. Cuando tienes una mejor amiga que lo sabe todo, te ahorras mucho trabajo. Si tienes alguna pregunta sobre lo que sea, lo único que debes hacer es acudir a ella y preguntarle, y sencillamente te dará toda la información que necesites. Lo que no quiere decir que la vida sea pura información.

Sam era lista como el demonio. Y sabía muchísimas cosas. Montones y montones de cosas. También *sentía* las cosas. Cielos, qué manera de sentir. A veces me parecía que era ella la que pensaba, sentía y vivía por los dos.

Sam sabía quién era Sam.

En cambio, ¿yo? No siempre estaba tan seguro. ¿Y qué si algunas veces Sam sufría desbordes emocionales y altibajos permanentes?

Podía ser un huracán. Pero también, una vela suave que iluminaba una habitación oscura. ¿Y qué si me volvía un poco loco? Todas aquellas cosas –las cuestiones emocionales, sus estados de ánimo siempre variables y sus tonos de voz– le daban una increíble vitalidad.

Yo era diferente. Me gustaba conservar la calma. Supongo que era una cuestión de autocontrol. Pero a veces sentía que no estaba viviendo realmente. Tal vez necesitara a Sam porque estar cerca de ella me hacía sentir más vivo. Tal vez no fuera algo lógico, pero era posible que eso que llamamos "lógica" estuviera sobrevalorado.

Así que el primer día de clases, supuestamente el comienzo de nuestras vidas, hablaba conmigo mismo mientras caminaba hacia casa de Sam. Caminábamos juntos a la preparatoria todos los días. Para nosotros, el auto no existía. Maldición. A papá le gustaba recordarme que no necesitaba un auto. "¿Acaso no tienes dos piernas?". Amaba a mi papá, pero no siempre apreciaba su sentido del humor. Al llegar a la puerta principal, le envié un mensaje a Sam:

¡Llegué!

No respondió.

Me quedé allí esperando. Y saben, tuve la extraña sensación de que las cosas no volverían a ser iguales. Sam llamaba a este tipo de sensación "premoniciones". Decía que no debíamos confiar en ellas. Consultó con una adivina cuando estábamos en el noveno curso, y se convirtió al instante en una cínica. De cualquier modo, aquella sensación me perturbó porque quería que las cosas siguieran igual… me gustaba mi vida tal como era. Ojalá las cosas pudieran seguir como estaban ahora. Ojalá. Y, saben, no me gustaba tener esta pequeña conversación conmigo mismo… y no la habría tenido si Sam hubiera tenido noción del tiempo.

Sabía lo que estaba haciendo. Los zapatos. Sam jamás podía decidir qué zapatos ponerse. Y como era el primer día de clases, era realmente importante. Sam y sus zapatos.

Por fin salió de la casa mientras yo le enviaba un mensaje a Fito. Sus dramas eran diferentes de los de Sam. Yo jamás había tenido que vivir en el tipo de caos que soportaba Fito todos los días de su vida, pero me pareció que lo estaba haciendo bastante bien.

—Hola —saludó Sam, acercándose, ajena al hecho de que había estado allí esperando. Llevaba un vestido azul. Su mochila combinaba con su vestido, y sus aretes se mecían en la suave brisa. ¿Y sus zapatos? Sandalias. ¿Sandalias? ¿Esperé todo este tiempo por un par de sandalias compradas en Target?–. Un día estupendo –dijo, toda sonrisas y entusiasmo.

—¿Sandalias? –pregunté–. ¿Para eso tuve que esperar?

Sam no iba a permitir que la desanimara.

—Son perfectas —me dirigió otra sonrisa y me besó en la mejilla.

—Y eso, ¿por qué fue?

—Para darte suerte. El último curso.

—El último curso. Y después, ¿qué?

—¡La universidad!

—No vuelvas a mencionar esa palabra. No hemos hablado de otra cosa este verano.

—Te equivocas. *Yo* no he hablado de otra cosa. Tú estuviste un poco ausente durante aquellas conversaciones.

—Conversaciones. ¿Eso eran? Creí que eran monólogos.

—Ya déjalo. ¡La universidad! ¡La vida, cariño! –cerró el puño y lo levantó en el aire.

—Claro. La vida –dije.

Me dirigió una de sus típicas miradas.

–El primer día. Vamos a patearles el trasero.

Nos miramos sonriéndonos. Y luego nos pusimos en camino.

A comenzar a vivir.

El primer día de clases resultó completamente olvidable. Por lo general, el primer día me agradaba: todo el mundo con ropa nueva y sonrisas optimistas; todos los propósitos buenos en la cabeza; todas las actitudes benevolentes, flotando como los globos inflados con helio de un desfile, y los eslóganes de las charlas motivacionales: *¡Hagamos de este año el mejor de todos!* A nuestros profesores solo les importaba decirnos que teníamos la capacidad de ascender en la escalera del éxito, con la esperanza de que efectivamente pudiéramos sentirnos motivados a aprender algo. Tal vez solo intentaran modificar nuestro comportamiento. Seamos francos, gran parte de nuestro comportamiento debía ser modificado. Sam decía que el noventa por ciento de los estudiantes de la Escuela Secundaria El Paso necesitaba terapia de modificación de conducta.

Este año sencillamente *no* me interesaba toda esta experiencia del primer día de clases. No. Y, luego, por supuesto, por tercer año consecutivo, Ali Gómez se sentó delante de mí en mi clase de Literatura avanzada. Sí, Ali, un resabio de años anteriores, a quien le gustaba coquetear conmigo con la esperanza de que la ayudara con la tarea. Me refiero a que la hiciera por ella. Como si eso fuera a ocurrir. No tenía idea de cómo lograba meterse en los cursos avanzados. Era la prueba viviente de que nuestro sistema educativo era cuestionable. Sí, el primer día de clases. Ol-vi-da-ble.

Salvo que Fito jamás apareció. Ese tipo me preocupaba.

Había conocido a la madre de Fito solo una vez, y realmente no parecía estar viviendo en este planeta. Sus hermanos mayores habían abandonado la escuela para dedicarse a las sustancias psicoactivas, siguiendo los pasos de su madre. Cuando la conocí, tenía los ojos completamente inyectados en sangre y vidriosos; el cabello, grasiento, y apestaba. Fito se había sentido terriblemente avergonzado.

Pobre tipo. Fito. Está bien, mi problema era que siempre andaba preocupado. Odiaba eso de mí.

Sam y yo volvíamos a casa caminando tras nuestro olvidable primer día de clases. Parecía que iba a llover, y como la mayoría de las ratas del desierto, me encantaba la lluvia.

–El aire huele bien –le dije.

–No me estás escuchando –contestó. Estaba acostumbrado al tono de exasperación que a veces empleaba conmigo. No había parado de hablar sobre los colibríes. Le encantaban los colibríes. Incluso tenía la camiseta de un colibrí. Sam y sus etapas–. Su corazón late hasta mil doscientas sesenta pulsaciones por minuto.

Sonreí.

–Te estás burlando de mí –dijo.

–No me estoy burlando de ti. Solo sonreí.

–Conozco todas tus sonrisas –respondió–. Esa es tu sonrisa burlona, Sally –Sam había comenzado a llamarme Sally en el séptimo curso porque aunque le gustaba mi nombre (Salvador), pensaba que era demasiado para un tipo como yo. "Comenzaré a llamarte Salvador cuando te conviertas en un hombre… y, cariño, te falta mucho para eso". Definitivamente, a Sam no le apetecía "Sal", como me llamaban todos los demás (salvo papá, que me llamaba Salvi). Así que se acostumbró a llamarme "Sally". Yo lo odiaba. ¿A qué tipo normal le agrada que lo llamen Sally? (No es que quisiera ser *normal*). Pero oigan, no le podías decir a Sam que no hiciera algo. Si se lo decías, el noventa y siete por ciento de las veces lo hacía. Nadie podía ser más terco que ella. Simplemente, me dirigió aquella mirada que indicaba que iba a tener que superarlo. Así que, para Sam, yo era Sally.

Entonces comencé a llamarla Sammy. Todo el mundo debe encontrar una manera de igualar el marcador.

En fin, así que me estaba poniendo al tanto de las estadísticas de los colibríes. Comenzó a enojarse conmigo y a reprocharme que no la tomaba en serio. Sam odiaba que la ignoraran. AQUÍ VIVE UNA MUJER PROFUNDA: lo tenía colgado en el locker de la escuela. Creo que de noche se quedaba despierta pensando en eslóganes. La parte acerca de que era *profunda* me resultaba entendible. Sam no era precisamente superficial. Pero me gustaba recordarle que si a mí me faltaba mucho para convertirme en hombre, a ella le faltaba aún más para convertirse en mujer. No le gustaba mi pequeño recordatorio. Me dirigía esa mirada de "cállate".

Mientras caminábamos, siguió insistiendo con los colibríes y luego comenzó a recriminar mi incapacidad crónica de escucharla. Y yo pensaba: *cielos, cuando Sam comienza con los reproches, no hay quien la detenga*. Quiero decir, me estaba regañando sin piedad. Al final *tuve* que interrumpirla; no me quedó otro remedio.

–¿Por qué siempre buscas pleito conmigo, Sammy? Oye, no estoy burlándome. Además, sabes bien que no soy precisamente un aficionado a los números. Los números y yo no hacemos buena dupla. Cuando te pones a hablar de cifras, me pongo bizco.

Como le gustaba decir a papá, Sam permaneció "inmutable". Comenzó de nuevo con los reproches, pero esta vez no la interrumpí yo, sino Enrique Infante. Mientras Sam y yo caminábamos, se había acercado a nosotros desde atrás. De repente, apareció frente a mí y lo tuve encima. Me miró a los ojos y me clavó el dedo en el pecho.

–Tu papá es un marica.

Al instante, algo me sucedió. Una ola enorme e incontrolable me recorrió el cuerpo y se estrelló contra la orilla, que era mi corazón. De pronto, perdí la capacidad de emplear palabras. No sé, jamás había estado tan furioso y no supe lo que sucedía realmente porque la ira no era algo normal en mí. Era como si yo, el Sal que conocía, se hubiera marchado y otro Sal hubiera entrado en mi cuerpo y tomado el control. Recuerdo sentir el dolor de mi propio puño inmediatamente después de que golpeara el rostro de Enrique Infante. Todo sucedió en un instante, como un relámpago, solo que el relámpago no provenía del cielo; venía de algún lugar dentro de mí. Ver toda esa sangre salir a borbotones de la nariz de otro tipo me hizo sentir vivo. Esa es la pura verdad. Y aquello me asustó.

Tenía algo dentro que me asustaba.

Lo siguiente que recuerdo fue que estaba mirando fijo hacia abajo a Enrique, tumbado en el suelo. Había vuelto a ser el joven tranquilo de siempre (bueno, no *tranquilo*, pero por lo menos podía hablar).

–Mi papá es un hombre –dije–. Tiene nombre. Se llama Vicente. Así que si lo quieres llamar algo, llámalo por su nombre. Y *no* es un marica.

Sam solo se quedó mirándome. Yo también la miré.

–Bueno, esto es una novedad –comentó–. ¿Qué pasó con el muchacho bueno? Jamás pensé que serías capaz de golpear a un tipo.

–Ni yo –afirmé.

Sam me sonrió. Era una especie de sonrisa rara.

Miré hacia abajo a Enrique. Intenté ayudarlo a que se levantara, pero él no iba a dejar que lo hiciera.

–Vete a la mierda –replicó mientras se levantaba del suelo.

Sam y yo lo observamos mientras se alejaba.

Se volteó y me enseñó el dedo del medio.

Quedé un poco aturdido. Miré a Sam.

–Tal vez, no siempre sepamos lo que tenemos dentro.

–Es cierto –dijo Sam–. Creo que hay muchas cosas que encuentran un lugar para ocultarse en nuestro cuerpo.

–Tal vez aquellas cosas deban mantenerse ocultas –comenté.

Volvimos a casa despacio. Durante mucho tiempo Sam y yo no dijimos nada, y aquel silencio entre ambos resultó definitivamente perturbador. Por fin, habló ella.

–Qué bonita manera de comenzar el último curso.

Fue entonces que comencé a temblar.

–Oye, oye. ¿No te dije esta mañana que debíamos patear algunos traseros?

–Qué chica graciosa –respondí.

–Oye, Sally, Enrique se merece lo que le pasó –me dirigió una de sus sonrisas; una de las tranquilizadoras–. Sí, claro, no deberías andar golpeando a la gente. Apesta. Tal vez tengas a un chico malo bien adentro que solo está esperando salir.

–No, ni de casualidad.

Me aseguré a mí mismo que solo acababa de pasar por un momento muy extraño. Pero algo me dijo que ella tenía razón. O, al menos, un poco de razón. Agitado. Así me sentía. Tal vez Sam estuviera en lo cierto respecto de las cosas que escondemos dentro. ¿Cuántas cosas más se ocultaban allí?

Avanzamos el resto del camino en silencio.

–Vamos a Circle K. Te compro una Coca –algunas veces bebía una Coca; hacía las veces de una bebida reconfortante.

Nos sentamos en el borde de la acera y bebimos nuestros refrescos.

Cuando me despedí de Sam en su casa, me abrazó.

–Todo estará bien, Sally.

–Sabes que llamarán a papá.

–Sí, pero el Sr. V. es cool –"el Sr. V.", así llamaba Sam a papá.

–Sí –respondí–, pero da la casualidad de que el Sr. V. es mi papá. Y un papá es un papá.

–*Todo estará bien, Sally.*

–Sí –dije. Algunas veces estaba repleto de *síes* desanimados.

Mientras caminaba a casa, recordé la expresión de odio de Enrique Infante. Aún podía oír el *marica* resonando en mis oídos.

Papá. Papá *no era* esa palabra.

Jamás sería esa palabra. Jamás.

Luego se oyó el fragor de un trueno, y comenzó a llover a cántaros.

La tormenta me envolvió y no alcancé a ver nada de lo que tenía delante. Seguí caminando, con la cabeza gacha.

Solo seguí caminando.

Sentí el peso de mi ropa mojada por la lluvia. Y por primera vez en mi vida, me sentí solo.

Yo. Papá. Problemas

Sabía que estaba en serios problemas. Muy, muy serios. Se trataba de un buen lío. Papá, que algunas veces era estricto pero siempre atento, *y que jamás gritaba*, entró en mi habitación. Mi perra, Maggie, se hallaba recostada sobre la cama junto a mí. Siempre sabía cuándo me sentía mal. Así que allí estábamos, Maggie y yo. Supongo que se puede decir que estaba sintiendo pena por mí mismo. También era una sensación rara, porque sentir pena por mí mismo no era de ninguna manera uno de mis pasatiempos. Sería uno de los de Sam.

Papá alejó la silla de mi escritorio y se sentó. Sonrió. Conocía aquella sonrisa. Siempre sonreía así antes de tener una charla seria conmigo. Pasó los dedos por su grueso cabello canoso.

—Me acaba de llamar el director de tu escuela.

Creo que desvié la mirada.

—Mírame —me pidió.

Lo miré a los ojos. Nos quedamos observándonos un largo instante. Me alegró no ver furia.

—Salvador —dijo entonces—, no está bien hacerles daño a los demás. Y de ningún modo está bien ir por ahí dándoles puñetazos en el rostro.

Cuando me llamaba *Salvador*, sabía que se trataba de un asunto serio.

–Lo sé, papá. Pero no sabes lo que dijo.

–No me importa lo que dijo. Nadie merece que lo agredan físicamente solo por haber dicho algo que no te agradaba.

Me quedé callado durante mucho tiempo. Finalmente, decidí que necesitaba defenderme. O, por lo menos, justificar mis acciones.

–Hizo un comentario realmente de mierda acerca de ti, papá –si hubiera sido otro día, habría llorado, pero seguía demasiado enojado como para llorar. Papá siempre decía que llorar no tenía nada de malo, y que si las personas lo hicieran más a menudo, entonces el mundo sería un lugar mucho mejor. No es que él siguiera su propio consejo. Y aunque yo no estuviera llorando, supongo que se puede decir que estaba un poco avergonzado de mí mismo (sí, lo estaba); de lo contrario, no habría tenido la cabeza inclinada. Sentí los brazos de papá que me sostenían. Luego, me apoyó contra él y susurré–: Te llamó marica.

–Ay, hijo –respondió–, ¿crees que jamás escuché esa palabra? He escuchado peores. Esa palabra no expresa la verdad en absoluto, Salvi –me tomó de los hombros y me miró–. Las personas pueden ser crueles. Odian lo que no comprenden.

–Pero papá, no quieren comprender.

–Tal vez, no quieran hacerlo. Pero tenemos que encontrar una manera de disciplinar el corazón para que su crueldad no nos convierta en animales heridos. Somos mejores que eso. ¿Acaso no has escuchado hablar de la palabra *civilizado*?

Civilizado. A papá le encantaba esa palabra. Por eso le encantaba el arte, porque civilizaba al mundo.

–Sí, papá –afirmé–. Entiendo, de verdad. Pero ¿qué sucede cuando tienes encima a un maldito bruto como Enrique Infante que te respira en la nuca? Quiero decir… –comencé a acariciar a Maggie–… Quiero decir, Maggie es más humana que las personas como Enrique Infante.

–No discrepo de tu valoración, Salvi. Maggie es muy dócil. Es dulce. Y en este mundo algunas personas son mucho más salvajes que ella. No todos los que andan caminando en dos patas son buenos y decentes. No todos los que caminan en dos patas saben cómo usar su inteligencia. No es que ya no lo sepas. Pero vas a tener que aprender a alejarte de las personas violentas a las que les gusta gruñir. Podrían morderte. Podrían lastimarte. No vayas por ese camino.

–Tenía que hacer algo.

–No es buena idea lanzarte al desagüe para atrapar una rata.

–Entonces ¿sencillamente dejamos que las personas salgan impunes?

–¿De qué exactamente salió impune Enrique? ¿Qué obtuvo?

–Te llamó *marica*, papá. No puedes simplemente dejar que las personas te quiten la dignidad.

–No me quitó la dignidad. Tampoco te quitó la tuya, Salvi. ¿Realmente crees que un puñetazo en la nariz cambió algo al respecto?

–Nadie te va a insultar. No cuando yo esté cerca –y luego sentí las lágrimas descender por mi rostro. Lo que tienen las lágrimas es que pueden ser tan silenciosas como una nube que cruza flotando el cielo de un desierto. La otra cuestión sobre las lágrimas es que me hacían doler un poco el corazón. *Auch.*

–Eres un chico dulce –susurró–. Leal y dulce.

Papá siempre me llamaba chico dulce. A veces, cuando me lo decía, me enojaba. Porque (1) no era ni la mitad de dulce de lo que él pensaba, y (2) ¿a qué chico normal le agrada ser considerado dulce? (Tal vez *sí* quería ser *normal*).

Cuando papá se marchó de la habitación, Maggie lo siguió por la puerta. Supongo que pensó que estaría bien.

Me quedé recostado en el suelo un largo tiempo. Pensé en los colibríes. Pensé en el término en español para designarlos. Recordé que

Sam me había contado que el colibrí era el dios azteca de la guerra. Tal vez, yo tuviera algo de guerrero adentro. No, no, no, no. Solo eran cosas que pasaban. No es que fuera a suceder de nuevo. No era el tipo de chico que andaba golpeando a los demás. *Yo no era así.*

No sé cuánto tiempo me quedé recostado en el suelo aquella tarde. No aparecí en la cocina para cenar. Oí a mi padre y a Maggie entrar en mi habitación oscura. Maggie saltó sobre mi cama, y mi padre encendió la luz. Tenía un libro en la mano. Me sonrió y me apoyó la mano sobre la mejilla… como cuando era niño. Aquella noche me leyó mi pasaje favorito de *El principito,* sobre el zorro, el principito y el acto de domesticarlo.

Creo que si me hubiera criado otra persona, podría haber sido un muchacho violento e iracundo. Tal vez si me hubiera criado el hombre cuyos genes llevaba, habría sido un tipo completamente diferente. Sí, el tipo cuyos genes llevaba. Jamás me había puesto a pensar en serio sobre él. No realmente en serio. Bueno, tal vez un poco.

Pero me había criado mi padre, el hombre que estaba en mi habitación y había encendido la luz. Me había domesticado con todo el amor que habitaba en él.

Me quedé dormido oyendo el sonido de su voz.

Soñé con mi abuelo. Intentaba decirme algo, pero no alcanzaba a escucharlo. Tal vez, porque estaba muerto, y los vivos no comprenden el lenguaje de los muertos. No dejaba de repetir su nombre. *¿Papo? ¿Papo?*

Funerales, maricas y palabras

El sueño sobre mi Papo y la palabra *marica* me hicieron pensar. Y esto es lo que pensé: las palabras existen solo en teoría. Y luego un día como cualquier otro te cruzas con una palabra que solo existe en teoría y te encuentras con ella cara a cara. Y luego aquella palabra se convierte en alguien que conoces.

Funeral.

Me topé con aquella palabra cuando tenía trece años.

Fue cuando murió mi Papo. Yo era uno de los portadores del féretro. Hasta entonces ni siquiera sabía lo que era ser portador del féretro. Lo que sucede es que hay muchas otras palabras que también conoces cuando te topas con la palabra *funeral*. Conoces a todos los amigos del funeral: el portador del féretro, el ataúd, la empresa funeraria, el cementerio, la lápida.

Fue tan extraño llevar el ataúd de mi abuelo a su tumba.

Yo desconocía los rituales y las oraciones para los muertos.

Desconocía lo definitiva que era la muerte.

Papo no volvería. Jamás volvería a oír su voz. Jamás volvería a ver su rostro.

El cementerio donde estaba enterrado aún conservaba un estilo de funeral tradicional. Después de que el sacerdote encomendó a mi abuelo al paraíso, el director del funeral clavó una pala en el montículo de tierra y la extendió hacia nosotros. Todo el mundo sabía exactamente qué debía hacer. Una hilera sombría y silenciosa se formó, y cada persona esperó el turno para tomar un puñado de tierra y derramarla sobre el ataúd.

Tal vez fuera una costumbre mexicana. No sabía realmente.

Recuerdo a mi tío Mickey tomando con suavidad la pala de manos del director del funeral.

–Era mi padre.

Recuerdo acercarme a la pala, tomar un puñado de tierra y mirar al tío Mickey a los ojos. Él asintió. Aún me veo arrojando la tierra y observándola caer sobre el féretro de Papo. Me veo hundiendo el rostro en los brazos de la tía Evie. Me veo levantando la mirada y viendo a Mima sollozando sobre el hombro de papá.

Y recuerdo algo más acerca del funeral de Papo. Un hombre parado fuera, fumando un cigarrillo, hablaba con otro y decía: "Al mundo le importa una mierda la gente como nosotros. Trabajamos toda la vida y luego nos morimos. No importamos". Estaba realmente furioso. "Juan era un hombre bueno". Juan, ese era mi Papo. Aún puedo oír la ira del hombre. No entendí lo que intentaba decir.

Le pregunté a papá.

–¿Quiénes son la gente como nosotros? ¿Y por qué dijo que no importamos?

–Todo el mundo importa –afirmó papá.

–Dijo que Papo era un hombre bueno.

–Papo era un hombre muy bueno. Un hombre muy bueno y con defectos.

–¿Conversaban? ¿Me refiero a como lo hacemos tú y yo?

–No, ese no era su estilo –respondió–. Yo estaba unido a él a mi manera, Salvador. A los trece años, sentía tanta curiosidad. Pero no entendía demasiado. Absorbía las palabras e incluso las recordaba, pero no creo que entendiera nada.

—¿Y la gente *como nosotros*? ¿Se refería a los mexicanos, papá?

—Creo que se refería a las personas pobres, Salvi.

Quería creerle. Pero aunque no entendiera nada a los trece años, ya sabía que hay personas en el mundo que odian a los mexicanos, incluso a los mexicanos que no son pobres. No necesitaba que mi padre me lo dijera. Y para ese entonces también sabía que había personas en el mundo que odiaban a mi padre. Lo odiaban por ser gay. Y para esas personas, pues, mi padre no importaba.

No importaba en absoluto.

Pero a mí sí me importaba.

- -

Las palabras existen solo en teoría. Y luego un día como cualquier otro te cruzas con una palabra que solo existe en teoría. Y te encuentras con ella cara a cara. Y luego aquella palabra se convierte en alguien que conoces. Aquella palabra se convierte en alguien que odias. Y la palabra te acompaña adondequiera que vayas. Y no puedes fingir que no existe.

Funeral.

Marica.

Papá, Sam y yo

Papá me llevó a la escuela al día siguiente para conversar con el director. Cuando pasamos a buscar a Sam delante de su casa, era toda sonrisas, haciendo un esfuerzo demasiado evidente por fingir que todo estaba bien.

–Hola, Sr. V –dijo, entrando de un brinco en el asiento trasero–. Gracias por acercarme.

Papá esbozó una especie de sonrisa.

–Hola, Sam, no te acostumbres a ello.

–Lo sé, Sr. V. Tenemos dos piernas –puso los ojos en blanco.

Advertí que papá ahogaba una carcajada.

Luego se hizo un profundo silencio dentro del auto, y Sam y yo comenzamos a enviarnos mensajes.

SAM: Mantente firme

YO: ¿Esta es tu idea del comienzo de la vida?

SAM: Siempre preocupado. Además, yo no soy la que golpeó a Enrique

YO: Tienes razón. Estoy metido en un buen lío

SAM: Sí, sí, sí. Jajaja

YO: Cállate

SAM: No te disculpes por nada. Enrique se lo merecía. Es un idiota

27

YO: Jajaja. No creo que nadie más comparta tu opinión

SAM: Que se vayan a la mierda

YO: Prohibido decir groserías delante de papá

SAM: Jajaja

Papá interrumpió nuestros mensajes.

—¿Quieren dejar eso, chicos? ¿Acaso fueron criados por lobos?

Criados por lobos. Una de las expresiones favoritas de papá. Era de la vieja escuela.

—No, señor —dije—. Lo siento.

Sam no podía evitarlo. Siempre tenía que decir algo, incluso si era algo incorrecto. No era buena cerrando la boca.

—Si quiere, le podemos mostrar nuestros mensajes...

Advertí la pequeña sonrisa en el rostro de mi padre mientras conducía.

—Gracias, Sam. Puedo pasar sin eso.

Y luego todos nos echamos a reír.

La risa no significó que hubieran desaparecido mis problemas.

Cuando mi padre y yo entramos en la oficina del director, Enrique Infante y su padre estaban sentados, ambos de brazos cruzados, con aspecto sombrío. *Sombrío* era una palabra de Sam. Algunos días era experta en lucir sombría.

El director Cisneros me miró directo a los ojos cuando entré.

—Salvador Silva, dame una buena razón para que no te suspenda —en realidad, no se trató de un pedido, sino más bien de una afirmación. Era como si ya lo hubiera decidido.

—Llamó maricón a mi padre —dije.

El señor Cisneros echó un vistazo a Enrique y su padre. Enrique solo encogió los hombros, como si todo le importara una mierda. Definitivamente, no estaba arrepentido. Impenitente… esa era la palabra exacta para la mirada que tenía en el rostro.

Los ojos del director regresaron a mí.

—La violencia física es un comportamiento inaceptable… y va contra las reglas del colegio. Es un motivo que justifica la suspensión.

—Las expresiones de odio también van contra las reglas de la escuela —no estaba demasiado alterado. Bueno, tal vez sí, e intentaba hacer de cuenta que no lo estaba. De cualquier modo, las palabras que pronuncié fueron dichas con calma. Por lo general, era un tipo bastante calmo. Es decir, por lo visto tenía mis momentos.

—Según entiendo —dijo el señor Cisneros—, no se encontraban en las instalaciones escolares. No podemos ser considerados responsables por lo que dicen nuestros estudiantes cuando ya no están en el campus.

Mi padre sonrió, una especie de sonrisa mordaz. Conocía de memoria sus sonrisas. Miró al señor Infante, y luego se dirigió al señor Cisneros.

—Bueno, entonces no hay nada que discutir, ¿no es cierto? Si la escuela no puede considerarse responsable por lo que *dicen* los estudiantes fuera de sus instalaciones, entonces tampoco es posible que la escuela sea considerada responsable por lo que *hacen* fuera de las instalaciones escolares. Me pregunto si es posible lograr algo aquí —papá hizo una pausa. No había acabado—. En mi opinión, ninguno de estos muchachos tiene nada de qué enorgullecerse. Creo que merecen algún tipo de castigo. Pero no puede castigar a uno sin castigar al otro —papá hizo una nueva pausa—. Es una cuestión de equidad. Y aparentemente también es una cuestión de política escolar.

El señor Infante tenía una expresión realmente furiosa.

—Mi hijo solo dijo lo que usted era.

Papá ni se inmutó. No se le movió ni un pelo.

–Casualmente, soy gay. No creo que eso me convierta en un *maricón*. También soy mexicano-americano. No creo que eso me convierta en un *vendedor de tacos*. No creo que eso me convierta en un *frijolero*. No creo que eso me convierta en un *sudaca*. Y no creo que eso me convierta en un *inmigrante ilegal* –no había enojo alguno en su voz ni en su rostro. Era como si fuera un abogado en una corte, intentando defender su argumento ante el jurado. Advertí que intentaba pensar en lo que diría a continuación. Miró al señor Infante–. A veces –dijo–, nuestros hijos no terminan de entender las cosas que dicen. Pero usted y yo somos hombres. Nosotros *sí* entendemos, ¿verdad?

El señor Cisneros asintió. No supe lo que significó ese movimiento de cabeza. Jamás había estado en su oficina. No sabía nada acerca de él (salvo que Sam decía que era un idiota). Pero Sam pensaba que la mayoría de los adultos eran idiotas, así que tal vez no fuera una fuente confiable de información en lo que se refería al señor Cisneros.

La habitación quedó sumida en silencio por un largo segundo o dos. Finalmente, el director llegó a una conclusión.

–Manténganse apartados el uno del otro –Sam hubiera dicho que se trataba de una solución de mierda. Y sin duda, habría tenido razón.

El señor Infante y Enrique se quedaron sentados, desparramando su malhumor como si fuera mantequilla de maní. Y luego la voz del señor Infante colmó la pequeña oficina. Me señaló con el dedo:

–¿Realmente dejará que salga impune de esto? –fue la primera vez que en verdad comprendí por qué las personas empleaban la expresión "salieron echando humo". Eso fue exactamente lo que hicieron el señor Infante y Enrique… salieron echando humo.

Era difícil leer lo que pensaba mi padre. A veces tenía una cara de póquer asombrosa. Lástima que no le gustara el juego. Luego me miró. Supe que no estaba demasiado contento conmigo.

–Te veré después de la escuela –dijo–. Quiero hablar un par de cosas con el señor Cisneros.

Más tarde, Sam me preguntó acerca de lo que creía que papá y el señor Cisneros habrían conversado. Le dije que no tenía ni idea.

–¿Acaso no te interesa?

–Supongo que no.

–Pues a mí me interesaría. Tampoco es que aquella conversación no tuvo nada que ver contigo. ¿Por qué no quieres saber? –cruzó los brazos. Sam solía cruzar los brazos–. ¿A qué le tienes miedo?

–No le tengo miedo a nada, pero hay ciertas cosas que no necesito saber.

–¿Que no *necesitas* saber? ¿O que no *quieres* saber?

–Elige el que quieras, Sammy.

–A veces, no te entiendo.

–No hay mucho que entender –dije–. Y además, tú eres la que necesita saber… no yo.

–No necesito saber –replicó.

–Claro.

–Por supuesto.

Más adelante esa misma tarde, Sam me envió un mensaje con la palabra del día, otro de nuestros juegos.

SAM: PDD: intolerancia

YO: Buena. Empléala en una oración

SAM: El señor Cisneros está a favor de la intolerancia

YO: Duro

SAM: En absoluto. A propósito, "infante" significa bebé

YO: Sip

SAM: Sip, sip, sip

Fito

–Hombre, ese Enrique Infante. Debería decirte, Sal, te hiciste un enemigo de por vida.

–¿Sueles andar con ese tipo?

–No. Siempre está tratando de venderme cigarrillos. Siempre está diciendo estupideces. No es trigo limpio.

–No es que tenga planes de tener una relación a largo plazo con él. No tiene las condiciones para ser un buen amigo.

Aquello hizo que Fito riera.

–De eso no me cabe duda. El mundo está lleno de tipos así. Hoy vende cigarrillos; mañana estará vendiendo marihuana –luego me disparó una sonrisa–. No sabía que te gustaba sacar a relucir los puños y toda esa mierda. Un tipo como tú, quiero decir, tienes toda la vida resuelta y te metes en cagadas como esta.

–¿A qué te refieres?

–Hombre, tienes una relación estupenda con tu padre. Quiero decir, sé que eres adoptado y todo eso, pero de todos modos, tienes una buena relación.

–Lo sé. Y ni siquiera me he sentido adoptado alguna vez.

–Eso es genial. En cambio yo, la mayor parte del tiempo me siento como si me hubieran rescatado de la calle tras ser descartado por alguien. Quiero decir, esa es la sensación que tengo en casa.

—Eso apesta —dije.

—Bueno, en casa todo apesta. Es decir, papá es bastante cool. Quería llevarme con él. Eso hubiera sido genial. Pero no tenía un hogar propio ni toda esa mierda y no pudo encontrar empleo, así que finalmente abandonó este lugar y se mudó a California para vivir con su hermano. Maldición, por lo menos se despidió y toda esa mierda, y se lo veía destrozado por no poder llevarme con él y toda esa mierda. Por lo menos supe que le importaba. Y era cierto. Y eso es algo.

—Sí —dije—, es algo. Es más que algo —me daba lástima Fito. Y una cosa que tenía era que no iba por ahí compadeciéndose de sí mismo. Me preguntaba cómo había salido tan buen tipo. ¿Cómo sucedía una cosa así? No parecía haber ninguna lógica detrás de la persona que terminábamos siendo. Ninguna en absoluto.

PDD: origen

Yo respetaba a Fito, pero a Sam no le caía tan bien. Decía que era por su forma de caminar.

"No camina. Se mueve como ocultando algo. ¿Y por qué tiene que rematar casi todas sus frases con 'toda esa mierda'? ¿Eso qué significa?", dicho por la chica que tenía una fijación con la palabra en cuestión.

Había leído algunos de los ensayos que Fito había escrito para la escuela, y parecía un intelectual. Lo digo en serio. El tipo era inteligente. Pero no le gustaba alardear acerca de ello. Tal vez Fito hablaba así por las palabras que se decían en su casa; y porque siempre andaba vagando por las calles. No porque estuviera queriendo meterse en líos, sino porque quería largarse de su casa.

Yo tenía la teoría de que todo el mundo tiene una relación con las palabras... lo sepan o no. La cuestión es que la relación que tiene cada uno con las palabras es diferente. Papá me contó una vez que tenemos que tener mucho cuidado con ellas. "Pueden lastimar a las personas", dijo. "Y pueden sanarlas". Si hay alguien que tenía cuidado con las palabras, ese era mi papá.

Pero es a Sam a quien le debo ser realmente consciente de lo que significan las palabras. Comenzó cuando participaba del certamen de ortografía. Yo era su *coach*. Tenía miles de palabras escritas en fichas, y yo las leía y pronunciaba mientras ella las deletreaba. Nos pasábamos horas y horas entrenándola. Estábamos obsesionados. Ella se concentraba tanto y era tan intensa. Algunos días se quebraba y lloraba; quedaba agotada. Y yo me agotaba a la par.

No ganó.

Y, cielos, qué enojada estaba.

"El imbécil que ganó ni siquiera sabía el significado de las palabras que estaba deletreando", dijo.

Intenté consolarla, pero no quiso recibir consuelo.

"¿Acaso no conoces la palabra *inconsolable?*".

"Puedes volver a intentarlo el año que viene", le aseguré.

"Ni pienso", dijo. "A la mierda con las palabras".

Pero sabía que ya se había enamorado de ellas, y también a mí me metió en aquel romance.

Ese fue el momento en el que comenzamos con la palabra del día: PDD.

Sí. Las palabras. Fito y las palabras. Yo y las palabras. Sam y las palabras. Mientras pensaba en ello, sonó el timbre, y apareció Sam.

—Justo estaba pensando en ti —dije.

—¿Algo bueno?

—En lo furiosa que estabas cuando perdiste el certamen de ortografía.

—Lo he superado.

—No me cabe duda.

—No vine aquí para hablar del estúpido certamen de ortografía.

—Entonces, ¿qué ocurre?

—Mamá y yo acabamos de discutir.

—Vaya novedad.

—Escucha, no todo el mundo conversa como tú y tu papá. Quiero decir que ustedes son tan *poco* normales. Los padres y los hijos no conversan. *No conversan*. Me refiero a que a veces hablas de él como si fuera tu amigo o algo por el estilo.

–Te equivocas –dije–. Papá no finge ser mi amigo. Ni de lejos. Es mi padre. Es solo que da la casualidad de que nos caemos bien. Creo que eso es genial. Realmente genial.

–De puta madre.

–¿Por qué te agrada decir palabrotas?

–A todo el mundo le agrada decir palabrotas.

–A mí no.

–Las personas no te llaman Sr. Divertido por nada.

–¿A quiénes te refieres?

–A mí.

–¿*Tú* eres las personas?

–Sí.

–¿Ves? Lograste interrumpirme. Lo haces todo el tiempo.

–Oye, tú siempre te estás interrumpiendo a ti mismo, *vato*.

Me gustaba cuando me llamaba *vato*. Era mucho mejor que "tío". Y quería decir que me respetaba.

–¿De qué hablaba? –pregunté.

–Estabas deshaciéndote en elogios hacia tu padre.

–Estás comenzando a hablar como el último libro que leíste.

–Qué mierda importa. Por lo menos sé leer.

–Deja de decir palabrotas.

–Deja de juzgarme y sigue hablando de lo que me ibas a contar sobre tu padre.

–No te estoy juzgando.

–Sí, lo estás haciendo.

–Está bien, está bien. ¿Mi papá? Escucha, mi teoría es que la mayoría de las personas aman a sus padres. No todos, pero la mayoría. Pero

a veces algunos padres no son agradables y a sus hijos no les caen bien.
Resulta lógico. O a veces son los chicos los que no son agradables. Es
muy difícil hablar con alguien si no te resulta agradable… incluso si ese
alguien es tu padre o tu madre.

—Lo entiendo perfectamente.

A veces Sam en verdad entendía lo que yo decía. Y a veces yo sabía
exactamente lo que ella iba a decir después.

—Sylvia no me agrada en absoluto. Es la madre menos agradable del
planeta —Sam llamaba a su madre por su nombre de pila. Pero solo a
sus espaldas. Hmm.

—No —dije—. La madre de Fito es la madre menos agradable del planeta Tierra.

—¿En serio? ¿Y tú cómo lo sabes?

—Porque me crucé con ella una vez. Es adicta a la meta.

—Entonces tiene un problema. Eso apesta. Pero…

La interrumpí.

—Siempre hay un *pero* cuando estás perdiendo una discusión.

—Estaba a punto de decir que las comparaciones son odiosas.

—Sí, claro, odiosas. Una palabra de un certamen de ortografía; una
palabra que aprendiste del nuevo libro que estás leyendo.

—Cállate. *Y de verdad tengo una madre terrible.*

Me sentía realmente mal por Sam. Tal vez algún día pasara algo, y
Sam y Sylvia lograran lo que teníamos papá y yo. Era posible. Ojalá
fuera así.

Peleas. Puños. Zapatos

El tercer día de clases, le di un puñetazo a otro tipo. Quiero decir, sucedió porque sí. Sam siempre decía: "Nada sucede porque sí". Intenté apartar su voz de mi cabeza.

Verán, caminaba hacia Circle K antes de la escuela para comprarme una Coca. Sentía ganas de beber una. Y un tipo en el estacionamiento esbozó una sonrisa burlona y me llamó *pinche gringo*.

—No me vuelvas a llamar así —dije. Y luego lo hizo: me lo dijo de nuevo.

Así que le di un puñetazo. Lo hice sin pensar, como un acto reflejo. Le pegué justo en el estómago, y sentí esa descarga de adrenalina recorriéndome las venas hasta llegar al corazón.

Lo observé mientras se retorcía de dolor. Por un lado, quería pedirle perdón. Pero en el fondo sabía que no estaba arrepentido.

Me quedé allí parado. Paralizado.

Luego sentí una mano sobre el hombro. Era Fito, apartándome. Me quedé mirando mi puño, como si le perteneciera a otra persona.

—¿Qué pasa contigo, Sal? ¿Cuándo comenzaste a golpear a las personas? Un día eres un buen chico, y... Es que nunca pensé que eras esa clase de tipo.

—¿Qué clase de tipo?

–Relájate, Sal.

No dije nada. No sentía nada.

Y temblaba.

Y luego se me cruzó una idea. Tal vez, la clase de tipo que era, pues, tal vez me parecía a alguien a quien no conocía. Ya saben, el tipo al que jamás llegué a conocer y cuyos genes llevaba dentro.

Caminé a casa de Sam para buscarla. Estaba en la puerta, esperándome.

–Llegas tarde.

–Lo siento.

–Jamás llegas tarde.

–Pues hoy sí.

Me lanzó una de sus miradas de sospecha.

–¿Qué sucede?

–Nada.

–No te creo.

–No pasa nada.

–Eso significa que no quieres hablar de ello.

–No pasa nada.

Me dirigió una de aquellas sonrisas que decían "por ahora lo dejaré pasar". Significaba que iba a cambiar de tema. Lo cual no quería decir que no volviera a insistir con el asunto más adelante. Sam no era el tipo de chica que dejara pasar las cosas. En el mejor de los casos, te daba un respiro. Me alegró que estuviera dispuesta a darme una tregua.

–Está bien –dijo–. Está bien –luego señaló hacia abajo–. ¿Te agradan mis zapatos?

–Me encantan.

–Mentiroso.

–Son muy rosados.

–Qué comentario irónico.

–¿Por qué tienes tantos zapatos?

–Es imposible que una chica tenga demasiados zapatos.

–¿Una chica? ¿O solo tú?

–Es una cuestión de género. ¿Acaso no lo entiendes?

–El género, el género –dije. No sé, pero debió oír algo en mi voz.

–Algo te pasa.

–Zapatos.

–Me cago en los zapatos –dijo.

Mima

Sam y yo siempre estábamos contándonos historias, historias de lo que nos pasaba, historias sobre otras personas, historias sobre mi papá y su mamá. Tal vez fuera la manera en que nos explicáramos las cosas entre nosotros... o a nosotros mismos.

Mima. Era quien mejor contaba historias. Sus historias eran sobre hechos reales, no como las historias de mierda que se escuchaban en los corredores de la secundaria de El Paso. Debo decir que algunas de estas eran más mentira que otra cosa.

Pero las historias de Mima eran tan reales como si efectivamente hubieran existido, tan reales como las hojas de su morera. Todo el tiempo oigo su voz, contándomelas: "Cuando era niña, cosechaba algodón. Trabajaba junto a mi madre, mis hermanos y hermanas. Al final del día, estaba tan cansada que caía desplomada sobre la cama. Me ardía la piel. Tenía las manos llenas de rasguños. Y sentía que mi espalda estaba a punto de quebrarse".

Me contó acerca de cómo era el mundo, el mundo en el que creció, un mundo que prácticamente había desaparecido. "El mundo ha cambiado", decía con una voz colmada de tristeza.

Una vez Mima me condujo a una granja. Debía tener siete años. Me enseñó a cosechar tomates y jalapeños. Señaló los campos de cebollas: "Eso sí que es trabajo". Ella conocía bien esa palabra. Creo que yo no sabía nada sobre el trabajo. No era una palabra con la que aún me hubiera topado.

Aquel día, cuando cosechábamos tomates, me contó la historia de sus zapatos.

"Cuando estaba en el sexto curso, dejé mis zapatos en el terraplén de una zanja para ir a nadar con mis amigas. Y luego desaparecieron. Alguien los robó. Lloré. Ay, cómo lloré. Era mi único par de zapatos".

"¿Solo tenías un par de zapatos, Mima?".

"Solo un par. Era todo lo que tenía. Así que fui descalza a la escuela durante una semana. Tenía que esperar a que mi madre hubiera reunido el suficiente dinero para comprarme otro par".

"¿Fuiste a la escuela descalza? Qué cool, Mima".

"No, no era tan cool", dijo. "Solo significa que había muchas personas pobres".

Mima dice que somos lo que recordamos.

Me contó sobre el día en que nació papá.

"Tu padre era muy pequeño. Apenas cabía en una caja de zapatos".

"¿Eso es realmente cierto, Mima?".

"Sí. Y justo después de que llegara al mundo, lo tenía en brazos y comenzó a llover. Estábamos en el medio de una sequía, y no había llovido durante meses, meses y meses. Y fue entonces cuando supe que tu padre era como la lluvia: un milagro".

Me encanta lo que recuerda.

Pensé en contarle a Sam la historia de los zapatos de Mima. Pero decidí no hacerlo. Diría algo así como *Solo me cuentas esa historia para hacerme sentir culpable.* Y tal vez tendría razón.

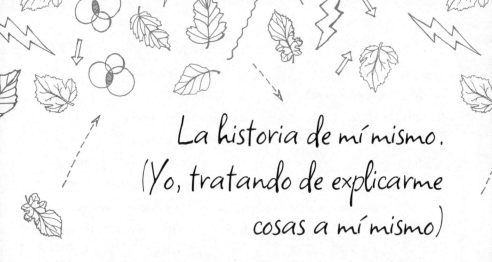

La historia de mí mismo.
(Yo, tratando de explicarme
cosas a mí mismo)

Mima dice que jamás deberías olvidar de dónde vienes. Entiendo lo que dice, pero es un poco más complicado cuando eres adoptado. Solo porque no me *sienta* adoptado no significa que no lo sea. Pero la mayoría de las personas creen que saben algo importante de ti si saben dónde comienza tu historia.

Fito dice que no importa realmente de dónde vienes.

"Yo sé exactamente de dónde vengo. ¿Y qué? Además, algunas personas tienen padres famosos. ¿Y qué? Nacer de personas talentosas no te convierte a ti en un ser talentoso. El padre de Charlie Moreno es el alcalde. Pero míralo a Charlie Moreno. Es un imbécil. Toda mi familia es adicta. Pero, como ves, lo que importa no es de dónde vengo… sino adónde voy".

No podía discutir con eso.

Se me ocurrió que el deseo de saber dónde había comenzado todo era parte de la naturaleza humana. Así es. No es que sepa demasiado sobre la naturaleza humana. Sam decía que no era bueno juzgando a los demás: "Crees que todo el mundo quiere ser bueno".

Tengo fotos en brazos de mamá. Muchísimas fotos. Pero mirar las fotos de tu madre muerta no es lo mismo que recordarla.

Murió cuando yo tenía tres años.

Fue entonces cuando vine a vivir con papá.

Tal vez, otro tipo estaría triste por no tener una madre. Pero yo no me sentía triste, en verdad que no. Amaba a mi papá. Y tenía tíos y tías que me amaban. Quiero decir, que me amaban de verdad. Y tenía a Mima. No creo que nadie me amara tanto como Mima. Ni siquiera papá.

No es que mi vida fuera como la de Fito. Fito tenía la familia más disfuncional del planeta Tierra. Y miren a Sam. Realmente no hubiera querido que la señora Díaz fuera mi madre. No, gracias. Apestaba.

Tenía una profesora de Sociología que hablaba sin parar sobre la dinámica familiar. Verán, yo, mi papá y Maggie constituíamos una familia. Me gustaba nuestra familia. Pero tal vez no haya una lógica detrás de la palabra *familia*. La verdad es que no siempre es una palabra tan buena.

Me pregunté por qué no tenía recuerdos de mamá. Tal vez no recordarla fuera peor que tener un recuerdo tergiversado. O tal vez fuera mejor. Pero resulta que ahora me encontraba preguntándome acerca de ella y el tipo cuyos genes se mezclaron con los de ella para crearme.

Estaba comenzando a hacerme muchas preguntas que jamás solía hacerme. Antes no me molestaba nada; ahora iba por ahí dándole puñetazos a la gente. Oí la voz de Sam en mi cabeza: *Nada ocurre porque sí.*

Fotografías

Tenía una foto de papá enseñándome a hacer el nudo de la corbata, tomada la mañana antes de mi Primera Comunión. Papá sonreía y yo sonreía; estábamos tan felices. Y tenía una foto en brazos de Mima a los cuatro años. Sus ojos estaban colmados de amor, y les juro que podría ahogarme en ese amor.

Las fotos de mamá conmigo son diferentes. Verán, las fotos con Mima y papá, pues, las recordaba. Aquellas fotos me hacían sentir algo por dentro. Pero ¿las fotos con mamá? No sentía nada. Sam me dijo que no recordaba nada porque no quería hacerlo. Dijo que me haría triste.

A Sam le gustaba mirar mis fotos. Pero decía que era demasiado raro ver tanta felicidad en ellas.

—Simplemente, no es real.

—¿En serio?

—Bueno, *es* real, pero un poco extraño.

—¿La felicidad es extraña?

—Está bien, es algo bueno, pero a la mayoría de las personas no les interesa ser buenas. Me refiero a que en el mundo entero no hay nadie tan bueno como tu Mima. Y tu papá, tengo que admitir que es lo máximo. Lo digo en serio. Es realmente un tipo súper genial. Pero solo hay alrededor de diez tipos como él que andan caminando por esta ciudad. Así que si piensas que tu pequeña y dulce familia es un espejo del resto del mundo, lamento desilusionarte.

Si la palabra *cínico* no hubiera sido inventada, Sam lo habría hecho, e iría de un lado a otro presentándole la palabra a todo el mundo. Pero a mí no me engañaba. Por dentro era muy dulce. Muy. Aunque tenía sus malos momentos. La conocía desde el kínder. Al final del día solía llorar cuando me despedía de ella. Desde entonces, siempre había escuchado lo que opinaba Sam, incluso cuando sabía que no tenía razón. Sam era una persona emocionalmente confundida y confusa. Tenía que ver con la dinámica de su familia. Sí, claro, ¿qué diablos sabía yo? Una vez se enojó en serio conmigo. Le dije que tenía que calmarse, y me dijo que era un "anoréxico afectivo". No creo que lo dijera como un cumplido. A veces me preguntaba por qué la había elegido para ser mi mejor amiga.

Mima decía que Dios me regaló a Sam.

Era algo hermoso para decir. Y también decía que yo soy un regalo de Dios para ella, y para mi papá.

Supongo que Dios se pasaba regalando cosas. Pero también se pasaba quitándolas. Primer elemento de prueba: se llevó a mi mamá. Pero si no se hubiera llevado a mi mamá, no tendría a papá. Y no tendría a Mima.

Papá:
PDD: universidad

La primera semana caótica de colegio había terminado. Y solo hubo dos peleas de puños. *¡Hagamos de este año el mejor de todos!*

Me encontraba sentado en el taller de papá, un poco observándolo pintar y otro poco, echándole un vistazo a la lista final de universidades a las que enviaría mis solicitudes de ingreso. El verano entero había girado en torno a preparar las solicitudes para la universidad: formularios de ayuda financiera, formularios para esto y para lo otro, búsquedas en sitios web, envíos de e-mails a los orientadores de admisión, programas y planes de estudio, y así sucesivamente. Sam estaba completamente abocada a la tarea.

Un día vino a casa y se ensañó realmente con su madre. "Esa bruja me cortó el trámite de inscripción. Dijo que las universidades a las que envié solicitudes estaban fuera de mis posibilidades, y que de dónde diablos creía que iba a sacar el dinero para pagar todo eso. Y que por cierto quién diablos me creía que era. La odio. La odio en serio. Me dijo que iba a ir a la Universidad de Texas, y que no había más que hablar. La odio".

No era la primera vez que escuchaba el asunto de que *la odiaba*.

Por mi parte, en casa intentaba guardar la mayor discreción posible respecto del proceso. No quería mudarme. Estaba pensando que podía sencillamente tomarme un año y quedarme en casa. Como si eso fuera a ocurrir.

Así que finalmente hice mi lista. Y lo único que me faltaba era conseguir mis cartas de recomendación y escribir un maldito ensayo sobre por qué debían aceptarme. Tenía tiempo. Puse la lista sobre el escritorio de mi padre.

1. Universidad de Texas
2. Universidad de California en Los Ángeles
3. Columbia
4. Universidad de Chicago
5. Universidad de Nueva York
6. Universidad de Nuevo México
7. Universidad de Arizona
8. Universidad de Colorado
9. Universidad de Washington
10. Universidad de Montana

El futuro. Todo en una sola lista. El cambio. *Maldición.* Miré a papá, absorto en su trabajo. Me gustaba observarlo pintar: el modo en que sujetaba el pincel, cómo su cuerpo entero parecía cobrar vida, el modo en que hacía parecer que pintar era tan fácil.

–La lista final está sobre tu escritorio –anuncié.

–Ya era hora –dijo.

–Puedes dejar de fastidiarme.

–Yo no te fastidio –afirmó.

Sabía que estaba sonriendo. Él sabía que yo también estaba sonriendo. Continuó trabajando como si nada. Y luego me preguntó algo que jamás me había preguntado.

–¿Alguna vez piensas en tu padre verdadero, Salvi? –él no dejó de
pintar, y no pude ver su rostro.

Sentado en su viejo sillón de cuero, me oí decir:

–*Tú* eres mi padre verdadero… Y sí, todo el tiempo pienso en ti.

La luz de la habitación hacía que su cabello canoso luciera como una llamarada. Dejó de pintar apenas un instante, y me pregunté acerca de la expresión que tenía justo en ese momento. Sabía que lo que acababa de decir lo hacía feliz. Luego continuó pintando en silencio, como si nada. Lo dejé en paz. A veces hay que dejar que las personas tengan su propio espacio, incluso cuando estás en la misma habitación que ellas. Fue papá quien me lo enseñó. Fue él quien me enseñó casi todo lo que sé.

No recordaba un momento en que papá no hubiera estado conmigo. Y había un motivo para ello: siempre lo había estado. Estuvo allí cuando nací. Estuvo con mi mamá en el hospital; fue su *coach*. Fue testigo de mi llegada al mundo. Esa es la palabra que usa. Dice: "Yo estuve allí para ser testigo de aquel hermoso suceso".

Así que estuvo allí desde el comienzo.

La cosa es esta: la verdad es que a veces *sí* pensaba en mi padre real, especialmente y por algún motivo en los últimos tiempos. Y me sentía como un traidor. En ese momento, le había mentido a papá. Supongo que fue una mentira a medias. Llamémosla, mejor, una media verdad. Si algo era una mentira a medias, era una mentira y punto.

Mima y Sam

Sam le caía realmente bien a Mima, y Mima le caía realmente bien a Sam.

Cuando éramos pequeños, a veces Mima se quedaba el fin de semana para cuidarnos las veces que papá estaba lejos en alguna muestra de arte fuera de la ciudad. Era fantástica con Sam. Siempre me encantó observarlas juntas.

Estaba hablando por teléfono con Mima. Mis llamados la hacían sentir bien. También a mí me hacían sentir bien. ¿De qué hablábamos? De cualquier cosa. No importaba. Me preguntó por Sam.

–Le agradan los zapatos –comenté.

–Es una chica –respondió Mima–. Algunas chicas son así. Pero es una buena chica.

–Sí –dije–, pero le gustan los chicos malos, Mima.

–Pues, tu Papo era un chico malo cuando era joven.

–¿Y te casaste de todos modos?

–Sí, era apuesto. Yo sabía que era un buen hombre, aunque muchas personas no lo creían. Yo sabía lo que vi en él. Terminó sentando cabeza.

Los recuerdos de mi abuelo no incluían la frase "sentó cabeza".

–Es que a veces me preocupo por Sam –dije.

–Si te preocupa tanto, ¿por qué no eres tú su novio?

–No tenemos ese tipo de relación, Mima. Es mi mejor amiga.

–¿Acaso tu mejor amigo no debería ser un muchacho?

–En realidad, Mima –dije–, no creo que importe de verdad si tu mejor amigo es un chico o una chica, mientras tengas un mejor amigo. Y de todos modos, las chicas son más amables que los chicos.

No sé por qué pero podía adivinar que Mima estaba sonriendo.

La carta

Sábado. Me encantan los sábados.

Papá entró en la cocina y se sirvió una taza de café. No miró el periódico, lo cual resultaba extraño. Papá es un animal de costumbres. Tiene sus rituales diarios: el café y el periódico de la mañana. No leía periódicos online. Era de la vieja escuela. Llevaba calzado deportivo Converse de caña alta. Llevaba jeans 501 y pantalones caqui con dobladillo y pliegues. Y corbatas delgadas. Siempre. De la vieja escuela. Los domingos leía el *New York Times,* aquello era definitivamente una de sus costumbres. Pero hoy papá ni siquiera hojeó el periódico. Se encontraba acariciando a Maggie, pero no parecía estar en la habitación. Tenía una expresión muy seria en el rostro. Seria, pero no en el mal sentido.

Finalmente, hizo un gesto con la cabeza. Sabía que había estado teniendo una conversación consigo mismo y que había zanjado algún tipo de cuestión. Se levantó de la mesa, abandonando su café. Maggie lo siguió. Unos minutos después, la perra y papá aparecieron de nuevo en la habitación. Sujetaba un sobre en la mano.

–Toma –dijo–. Creo que es hora de que te dé esto –tomé el sobre. Tenía mi nombre escrito en la parte delantera, en letra cuidada y pulcra. No era la letra de papá. Papá hacía un garabato. Miré mi nombre.

—¿Qué es esto?

—Es una carta de tu madre.

—¿Una carta de mi madre?

—Te la escribió justo antes de morir. Dijo que quería que te la entregara cuando me pareciera que fuera el momento oportuno —tenía aquella expresión que indicaba "creo que me fumaré un cigarrillo". A veces fumaba. No mucho. Guardaba sus cigarrillos en el freezer para que no se pusieran rancios—. Creo que este es el momento oportuno.

Me quedé mirando la letra de mi madre. No dije nada.

Papá alcanzó sus cigarrillos del freezer, extrajo uno y sacó su encendedor de donde lo guardaba.

—Fumemos un cigarrillo —dijo. Aquello no significaba en absoluto que me dejaría fumar. Solo era una invitación para que me sentara en los escalones traseros con él.

Maggie nos siguió afuera. Era como yo: no le gustaba que la excluyeran. Observé a papá encender su cigarrillo.

—Puedes leerla cuando sientas ganas. Ahora depende de ti, Salvi.

Sentados allí, se inclinó hacia mí y me dio un empujoncito con el hombro.

—Esto me está asustando —respondí—. ¿No crees que una carta de tu madre muerta asustaría a cualquiera?

—Bueno, tu madre… —hizo una pausa—. No la escribió para asustarte.

—Lo sé —dije.

—No tienes que leerla enseguida.

—Entonces, si no tengo que leerla enseguida, ¿por qué me la das ahora?

—¿Crees que debí esperar hasta que estuvieras en la universidad? ¿Hasta que cumplieras treinta años? ¿Cuál es el momento ideal para hacer algo? ¿Quién sabe? Vivir es un arte, no una ciencia. Además, le prometí a tu madre que te la daría.

–Hiciste bastantes promesas, ¿no?

–Así es, Salvi.

–Y has cumplido con tus promesas, ¿verdad?

–Con cada una de ellas –le dio una calada a su cigarrillo y expulsó el humo por la nariz.

–¿Fueron difíciles de cumplir? ¿Todas esas promesas?

–Algunas, sí.

–¿Tienes ganas de contarme cuáles fueron?

–Algún día.

No era precisamente la respuesta que esperaba. Miré a papá. Tenía una sonrisa amplia.

–Bueno, *sí* hubo una promesa que fue fácil de cumplir.

–¿Cuál?

–Le prometí que te amaría. Le prometí que te mantendría a salvo. Esa fue la fácil.

–A veces te doy muchos problemas.

–No –dijo–. Jamás me diste problemas. Jamás.

–Bueno, casi le rompo la nariz a Enrique Infante. Y está la cuestión de la piedra que arrojé y rompió la ventana de la señora Castro. Y también, aquella etapa en la que me encantaba matar lagartijas –de ningún modo le iba a decir que rompí la ventana de la señora Castro a propósito.

Papá se rio.

–Sí, el asunto de matar lagartijas... Eras solo un niño.

–Pero me gustaba matarlas. ¿Te acuerdas cuando me pillaste y tuvimos un pequeño funeral para la pobre lagartija muerta?

–Sí.

–Era tu manera de decirme que dejara de hacerlo.

Papá se volvió a reír.

–No eres perfecto, Salvi. Pero eres tan decente que en ocasiones me pregunto de dónde saliste. Fíjate en tu amiga, Sam. Ella sí da problemas –se rio, no una carcajada fuerte. Era una broma. Amaba a Sam–. Escucha –siguió diciendo–, como te dije, vivir es un arte, no una ciencia. Fíjate en tu Mima, por ejemplo. Ella es la verdadera artista de la familia –levantó la vista al cielo–. Si vivir es un arte, tu Mima es Picasso.

Me encantó la expresión de su rostro cuando lo dijo. Me pregunté si Mima sabía lo mucho que la amaba. No sabía nada acerca del amor entre madres e hijos, y jamás lo sabría.

Papá apagó el cigarrillo.

–El asunto con la carta es que tenía que decidir cuándo dártela. Es posible que no sea el mejor momento. Solo tú lo puedes decidir. Léela cuando estés listo.

–¿Y si no lo estoy nunca? –me lanzó una mirada, se inclinó hacia mí y me volvió a dar un empujoncito con el hombro.

Nos quedamos sentados allí un buen rato, sintiendo la brisa de septiembre y el sol de la mañana en el rostro. Quería quedarme allí para siempre, solo papá, yo y Maggie. Un padre, un hijo y un perro. Pensaba que en realidad no quería crecer. Pero tampoco tenía opción.

Papá tenía una cita pegada en una pared, junto a unos dibujos: "Quiero vivir en la quietud de la luz matinal". Me encantaba. Pero estaba comenzando a entender que el tiempo no iba a detener su marcha por mí. Tenía fotos que daban cuenta de que las cosas habían cambiado. Tuve siete años una vez, y no siempre tendría diecisiete. No tenía ni idea de cómo sería mi vida. No quería pensar en la carta. Tal vez hubiera algo en ella que cambiaría las cosas de un modo que no quería que cambiaran.

No sé por qué me dejó una carta.

Mamá estaba muerta.

Ni siquiera recuerdo haberla amado. Y la carta no iba a devolverle la vida.

PDD: miedo

Estaba a punto de poner la carta en la última gaveta, donde guardaba mis calcetines. Pero se me ocurrió que no era un buen lugar para ponerla a buen recaudo, porque todos los días me ponía calcetines, y cada vez que abriera la gaveta, vería la carta. Así que caminé de un lado a otro de la habitación intentando pensar en el lugar perfecto para guardarla. Maggie estaba tumbada sobre mi cama, mirándome. A veces, me daba la sensación de que la perra me creía loco. Por fin metí la carta en la caja donde guardaba todas mis fotografías. No sacaba aquella caja muy a menudo. Era el lugar perfecto.

Mensajeé a Sam:

> **YO:** PDD: miedo
>
> **SAM:** ¿Miedo?
>
> **YO:** Sí
>
> **SAM:** Explícate
>
> **YO:** Es una palabra que da miedo. Jajaja
>
> **SAM:** Qué gracioso. ¿Tienes miedo?
>
> **YO:** No dije eso
>
> **SAM:** Dilo

YO: ¿Alguna vez tuviste miedo de algo?

SAM: Por supuesto. ¿Y tú?

YO: Sí

SAM: Cuéntame

YO: Solo pensaba en voz alta

SAM: Ya te lo voy a sacar

Sam

Mensaje de Sam:

SAM: ¿Qué onda?

Respondo el mensaje:

YO: Me di una ducha rápida. Sin planes. ¿Y tú?

SAM: ¿Hacemos algo?

YO: Ok

SAM: ¿Tienes huevos?

YO: Sí

SAM: ¿Tocino?

YO: Sí

SAM: Genial. PDD: desayuno

YO: Te veo en 5

Sam... esa chica vivía con hambre. Su madre jamás tenía comida en casa. Y no era que fueran pobres. No eran ricas, pero no estaban precisamente usando vales de comida. A la mamá de Sam le iba más la comida rápida para llevar. Papá y yo casi nunca comprábamos comida para llevar. A veces pedíamos pizza; a veces, tailandesa. De lo contrario, cocinábamos. Me agradaba.

Cuando me crucé con papá camino a la puerta de entrada, se hallaba hablando por teléfono.

–¿Con quién hablas? –pregunté. Por algún motivo, siempre quería saber con quién estaba hablando por teléfono. No es que fuera asunto mío, pero tenía el (mal) hábito de preguntarle.

–Mima –susurró. Luego sacudió la cabeza y siguió hablando.

Creo que a veces yo le resultaba molesto a mi padre. Funcionaba en ambos sentidos. A veces él me resultaba molesto a mí. Como el hecho de que no me comprara un auto aunque nos alcanzara el dinero. Eso me molestaba de verdad. Y por más veces que sacara el tema, lo derribaba igual que a un pato durante una cacería. "Pero tenemos dinero suficiente", le decía yo. Y él: "No, *yo* tengo dinero suficiente. En cambio, tú ni siquiera puedes pagar tu celular". Me miraba con su sonrisa mordaz, y yo le devolvía la misma sonrisa.

Maggie y yo estábamos sentados en el porche delantero, esperando a Sam. Vivía a unas pocas calles, pero jamás íbamos a su casa; jamás. "A Sylvia le agrada escuchar nuestras conversaciones, y no son asunto de ella", decía Sam. Siempre aseguraba que le gustaba estar con Maggie. "Sylvia no me deja tener un perro". Y aunque Sam y Maggie tenían su propio idilio de amor, sabía que la perra no tenía nada que ver con el hecho de que quisiera venir a casa. Mi teoría era que Sam y su madre eran demasiado parecidas. Se lo dije una vez. "No sabes una mierda", fue todo lo que dijo sobre el asunto. No se podía negar que Sam era terriblemente directa. Y como el resto del universo, a veces no aceptaba la verdad.

La vi acercándose por la calle y la saludé con la mano.

–¡Hola, Sally! –gritó.

–¡Hola, Sammy! –le grité yo también. Maggie se abalanzó hacia ella para saludarla. Sam llevaba una blusa amarilla con un estampado de margaritas. Parecía un jardín de verano. Lo digo en el buen sentido. Se inclinó y dejó que Maggie le pasara la lengua por la cara. Observar a Sam y Maggie exhibiendo su afecto me hacía sonreír. Bajé las escaleras saltando y me dio un abrazo.

–Estoy muerta de hambre, Sally.

–Comamos –dije. Sabía que sería yo quien prepararía el desayuno. Sam era *igual* a su madre. La única parte de la cocina que conocía era la mesa.

Entramos. Maggie arañó la puerta, y la dejé salir. Advertí a papá sentado en los escalones traseros fumando otro cigarrillo. Me pareció extraño. Papá rara vez fumaba dos cigarrillos en una mañana. Tuve la misma sensación que había tenido el primer día de clases, como si algo estuviera cambiando en mi mundo.

–¿Qué pasa? –preguntó Sam.

–Nada –dije, tomando una sartén y sacando un poco de tocino del refrigerador. Sam se sirvió una taza de café: era un anuncio ambulante de Starbucks.

–Tu casa siempre está tan limpia –comentó Sam–. Es tan extraño.

–No tiene nada de extraño querer vivir en una casa limpia.

–Pues mi casa parece una pocilga.

–Es cierto. Me pregunto por qué –dije.

–Muy gracioso. La cuestión es que siendo hombres, ustedes viven como mujeres, y nosotras, que somos mujeres, vivimos como hombres.

–No creo que la limpieza sea una cuestión de género –repliqué.

–Es posible. Sabes, creo que debería mudarme con ustedes.

Aquello realmente me hizo sonreír.

–No creo que estés de acuerdo con las reglas de papá.

–Tu papá es súper cool.

–Sí, pero tiene reglas. La mayor parte, no escritas. Y mantener la casa limpia es una de ellas. Por algún motivo, no te imagino limpiando un retrete.

–Ni yo. Sylvia contrata a una mucama para limpiar la casa una vez por semana.

–Espero que le esté pagando bien.

–No seas sarcástico –echó un vistazo al celular y luego me miró–. Así que reglas no escritas, ¿eh? Sylvia no tiene nada por el estilo. No es tan sutil. Escribe todas sus reglas con lápiz labial sobre el espejo de mi baño.

–¿En serio?

–En serio.

–En esta casa, la mayoría de las reglas no son escritas. Prohibido drogarse. Prohibido beber alcohol. Bueno, en ocasiones especiales puedo beber una copa de vino con él.

–Pensándolo bien, si viviera aquí, ustedes me matarían de aburrimiento.

–Sí, para empezar no tenemos lápiz labial. Y tampoco tenemos colecciones de zapatos.

Me disparó una mirada.

–Y no nos gusta discutir. En cambio, tú…

–No termines la frase.

–Papá y yo te mataríamos de aburrimiento *en serio*. ¿Qué harías en una casa donde las personas no discuten?

–Cállate.

Intenté imaginarla viviendo con nosotros. Le eché una mirada. La realidad era que prácticamente *vivía* con nosotros. No creí que fuera buena idea verbalizar lo que estaba pensando. *Verbalizar* era una palabra de Sam.

—Ah, y a propósito, señor reglamento, te he visto beber algunas cervezas en las fiestas.

—No voy a tantas fiestas, ¿y alguna vez me viste ebrio?

—Me encantaría verte ebrio. Entonces podría decirte qué hacer.

—Ya me dices qué hacer.

—Qué ingenioso —nos reímos—. Es que no me entra en la cabeza, Sally. Tu padre es un artista. ¿Cómo diablos terminó siendo tan legal? Apuesto a que jamás se drogó.

—No sabría decirte.

—¿*Tú* te has drogado alguna vez?

—¿Por qué siempre me haces preguntas de las cuales ya conoces la respuesta?

—¿Por qué no te relajas un poco, Sally? Déjate llevar. Vive el presente.

—Sí, el presente. Oye, tú te relajas por los dos.

Me dirigió otra de sus miradas. Ambos sabíamos que experimentar con sustancias psicoactivas no era algo que le fuera ajeno. Le gustaba especialmente la marihuana. A mí no. La probé una vez en una fiesta, y terminé besando a una chica que ni siquiera me gustaba. Me tomaba la cuestión de los besos muy en serio. Cuando besaba a una chica (no es que sucediera muy a menudo), quería que tuviera un sentido. Simplemente, no me tomaba esas cosas como una diversión.

—Tráeme los huevos del refrigerador.

Abrió el refrigerador.

—Mierda, cuánta comida.

Sacudí la cabeza.

—La mayoría de los refrigeradores tienen comida. Espero que lo sepas.

—Cielos, qué sarcástico estás hoy, chico blanco.

Sabía que odiaba que me llamaran chico blanco. Aunque técnicamente era un chico blanco, había sido criado en una familia mexicana. Así que no podía ser considerado un típico chico blanco. No en mi mundo. Sabía más español que Sam, y se suponía que ella era mexicana.

Me entregó la caja de huevos. Sabía que estaba haciendo de cuenta que no había escuchado su comentario.

–Tranquilo –dijo. Abrió una vez más la puerta del refrigerador–. No, este refrigerador no se parece en nada al mío. Ni siquiera sé por qué tenemos uno. Tal vez debería venderlo en eBay.

–¿Y qué diría Sylvia?

–Probablemente, ni se daría cuenta de que desapareció –observó mientras rompía dos huevos y los freía en la grasa del tocino–. ¿Quién te enseñó a hacer eso?

–Mi Mima –quería agregar: *ya sabes, mi abuela mexicana*, solo para subrayar el punto de que no era el típico chico blanco pusilánime.

–Cómo me gustaría tener una Mima –dijo–. Mamá dice que no quiere tener nada que ver con su familia. ¿Sabes lo que creo? Creo que es al revés –devoró un trozo de tocino–. Me encanta el tocino. ¿Saliste anoche?

–Fui al cine.

–¿Con quién?

–Con Fito.

–¿Por qué sales con él? Es un inepto social. Siempre tiene la cabeza metida en un libro, y además dice demasiadas palabrotas.

–¿Me estás diciendo que a ti, Samantha Díaz, te parece ofensivo decir palabrotas? ¿En serio?

–Te estás burlando de mí.

–Sí, y sabes que yo también soy un inepto social.

–Sí, pero tú eres un inepto social interesante. Fito es definitivamente poco interesante.

–Te equivocas. Es increíblemente interesante. El tipo me cae bien. De hecho, sabe cómo pensar. Y sabe defender sus argumentos en una conversación inteligente… algo que no siempre se puede decir de la mayoría de los tipos que tú frecuentas.

–Como si lo fueras a saber.

Entorné los ojos. Tal vez fuera un inepto social, pero no era idiota.

–Dime entonces, ¿a cuántos de mis novios llegaste a conocer alguna vez?

–Nunca me das una oportunidad. Aparecen un día, y al siguiente desaparecen. Y *sí* conozco al tipo con el que estás saliendo ahora. Digamos que no tiene lo que se necesita para ir a la universidad.

–Eddie es agradable.

–Agradable. Ese tipo no se acercaría a esa palabra ni por error. Se gasta todo el dinero en arte corporal.

–Me agradan sus tatuajes.

–¿Por qué te gustan tanto los chicos malos?

–Son apuestos.

–Siempre que te agrade el estilo salvaje. Me refiero a que tienes tendencia a preferir un cierto tipo de estética –*estética* era una palabra de Sal. Y luego le sonreí–. Además, yo soy apuesto… y no sales conmigo.

También ella me sonrió.

–Sí, la verdad es que eres apuesto. No muy modesto… pero sí apuesto. Pero no tienes tatuajes, y, pues, no tienes lo que se necesita para ser un novio. Lo que sí tienes es lo necesario para ser un buen amigo.

Eso me hacía feliz. Me agradaba nuestra amistad tal como era. Para mí, funcionaba. Nos funcionaba a los dos. Pero ¿los tipos con los que ella salía? Más valía perderlos que encontrarlos. A todos. Apestaban.

–Escucha, Sammy –dije–, esos tipos siempre terminan lastimándote. Y tú terminas llorando, triste, deprimida, de mal humor, y todo eso, y yo acabo intentando calmarte.

–Bueno, como no tienes una vida, tienes que sacar tu cuota de emoción de algún lado.

Volví a entornar los ojos.

–La emoción no es lo mío.

–Sí, lo es, Sally. Si la emoción no fuera lo tuyo, no serías mi mejor amigo.

–Cierto.

Amaba a Sammy.

Realmente la amaba. Y quería contarle sobre el tipo al que había golpeado por llamarme *pinche gringo*. Quería contarle que tenía una furia adentro que no lograba entender. Siempre había sido un tipo paciente, y de pronto había comenzado a pensar que estaba rodeado de idiotas. El tipo junto a mí en la clase de Literatura me pasó una nota pidiéndome el teléfono de Sam. Le devolví una nota: "No soy su proxeneta, y debería patearte el trasero". Y decían que era relajado y tranquilo.

Pero la imagen que Sam tenía de mí era la de un chico bueno, y estaba enamorada de esa imagen. Estaba enamorada del Sally simple, sensato, sin complicaciones. Y no sabía cómo decirle que yo no era todas esas cosas hermosas que pensaba de mí. Que las cosas estaban cambiando y que podía sentirlo pero no expresarlo en palabras.

Me sentía como un impostor.

Pero ¿y si encontraba las palabras? Entonces, ¿qué? ¿Qué haría si dejaba de quererme?

PDD: quizás

Papá y yo estábamos delante de la mesa de la cocina. Él preparaba espagueti con albóndigas para la cena. Lo observé formar las bolitas de carne. Tenía las manos grandes y ásperas. Supongo que era porque siempre estaba fabricando marcos, estirándolos, pintando. Pintando, pintando y pintando. Me agradaban sus manos.

Escuchábamos los Rolling Stones. Me gustaba su música, pero era *su* música, no la mía.

—Papá —dije—. ¿Por qué no escuchamos otra cosa?

—¿Tienes algún problema con mi música?

—Tienes que renovarte.

—Hmm. No estoy seguro de que quiera hacerlo.

Sonreí. Él sonrió.

—Cada generación cree que es el barco más cool que ha navegado por el río.

—No es cierto.

—Sí lo es. Cada generación cree que es la que reinventará el mundo. Tengo novedades: el mundo existe hace millones de años.

—Pero cambia todo el tiempo. Además, ¿qué tiene de malo creer que puedes mejorar el mundo? Solo un poco.

–Nada. Cuando yo estaba en la universidad, estar a la vanguardia tecnológica era tener una máquina de escribir eléctrica.

Me reí.

–Jamás imaginé lo rápido que cambiarían las cosas.

–¿En qué sentido?

–Los celulares, las computadoras, las redes sociales, las actitudes…

–¿Qué actitudes?

–El tema de los gays, por ejemplo.

Papá casi nunca hablaba del tema de los gays, solo cuando tenía que hacerlo.

–¿Sabes? Cuando yo era chico, era tan difícil. Realmente difícil. Y ahora cambió. Mucha gente joven no cree que ser gay sea gran cosa.

–Es cierto –dije–. Ahora tenemos casamientos gay y todo lo demás –y luego lo miré direto a los ojos–: ¿Papá? ¿Alguna vez te casarás?

Se encogió de hombros.

–Por supuesto que tendrías que tener un novio.

Me arrojó una albóndiga, que rebotó con un golpe seco sobre la mesa.

–¿Acaso me vas a regañar?

Advertí una mirada triste y serena dibujándose en su rostro.

–Pero tú sabes que para sobrevivir siempre vamos a tener que depender de la buena voluntad de aquellos de ustedes que son heterosexuales. Y esa es la maldita verdad.

Advertí que detestaba aquella situación. Advertí la sensación de injusticia en su mirada. *Es injusto* decían sus ojos. Quería decirle que todas las cosas terribles que sucedieron en épocas anteriores se habían acabado. Y la nueva época, aquella en la que vivíamos ahora, aquella que estábamos creando, *esta* época sería mejor. Pero no se lo dije, porque no estaba seguro de que fuera cierto.

En realidad, no me gustaba el cambio, pero acababa de soltarle un sermón a papá sobre el cambio. Tal vez, el cambio fuera algo bueno. Como la cuestión del matrimonio gay, la igualdad de género y todo eso. Pero no estaba seguro de que me agradaran todos los cambios. Me refiero a los cambios que me sucedían a mí. Tal vez tuviera miedo de la persona en la que me estaba convirtiendo. Mima decía que nos convertimos en quien queremos ser. Pero aquello significaba que estábamos en control. Me gustaba el control. Pero tal vez controlar la realidad fuera solo una ilusión. Y tal vez siempre había tenido la idea equivocada respecto de quién era yo en verdad.

Decidí enviarle un mensaje a Sam y decirle que la palabra del día era *quizás*.

Reglas no escritas

–¿Le contaste a Sam sobre la carta de tu madre?

–No.

–Creí que le contabas todo.

–Nadie le cuenta todo a todo el mundo.

Papá asintió.

–Lo tendré en cuenta.

–Tú no me lo cuentas todo.

–Por supuesto que no. Te cuento lo que me parece que es importante. Y tu carta… yo diría que es bastante importante.

–Pues supongo que sí. Pero Sam no haría más que presionarme para que la leyera. No quiero que tome la decisión por mí. Seguramente, diría algo así como "Bueno, vamos, déjame leerla", y luego comenzaríamos a discutir. Y no dejaría de atormentarme hasta leerla. Sam es muy insistente, y tiene una forma de conseguir que haga lo que no siento ganas de hacer.

–¿Como qué?

–Da igual, papá.

–No, no. Ahora ya empezaste. Tienes que darme un ejemplo –aquella era una de las reglas no escritas: no podías sacar un tema sin terminarlo. Aunque no siempre cumpliéramos nuestras propias reglas.

–Está bien –dije–. Sam me enseñó a besar.

–¿Qué?

–No puedes enfadarte.

–No estoy enfadado.

–Ese "¿qué?" sonaba a enfado.

–Ese "¿qué?" sonaba a sorpresa. Creí que tú y Sam solo eran amigos.

–Y lo somos. Mejores amigos. Escucha, papá, estábamos en el séptimo curso y…

–¿El séptimo curso?

–¿Quieres escuchar la historia o no?

–No estoy tan seguro.

–Demasiado tarde.

Sacudió la cabeza, pero se estaba riendo.

–Soy todo oídos.

–Había una chica que me encantaba. Se llamaba Erika. A veces nos tomábamos de la mano, y yo quería besarla. Se lo dije a Sam, y ella dijo que me enseñaría. Le dije que no me parecía tan buena idea, pero me convenció de hacerlo. En realidad, me puso una presión terrible. Pero al final no fue nada del otro mundo.

–Así que te enseñó a besar.

Me reí.

–Fue una buena maestra.

Papá también se rio. Me volvió a mirar y sacudió la cabeza; no estaba disgustado.

–Tú y Sam. Tú y Sam –luego sonrió–. ¿Llegaste a besar a la chica en cuestión, Erika?

–No soy de los que van contando todo por ahí –sonreí.

Papá solo se rio. Me refiero a que se rio en serio.

–Harías lo que fuera por Sam, ¿verdad?

—Prácticamente, sí.

Asintió.

—Admiro tu lealtad. Pero a veces me preocupa.

—No tienes por qué preocuparte, papá. Estoy condenado a ser un tipo recto.

—¿Un tipo recto?

—Creo que sabes a lo que me refiero —quería contarle lo confundido que estaba. Me pasaba algo por dentro, y no lograba entender qué era. Comencé a enfadarme conmigo mismo. Es posible que no me drogara ni hiciera cosas por el estilo, pero no había ninguna duda de que estaba aprendiendo a guardar secretos.

—Sí, Salvi, creo que entiendo —sacó sus cigarrillos del freezer—. ¿Quieres fumarte un cigarrillo?

—Ese es tu tercer cigarrillo del día, papá.

Asintió mientras abría la puerta trasera. Se sentó en los escalones y encendió su cigarrillo.

Me senté junto a él.

—¿Qué pasa, papá?

—Tu Mima —dijo.

—¿Qué le pasa?

—El cáncer volvió.

—Creí que había desaparecido.

—El cáncer es un asunto complicado.

—Pero ha estado libre de cáncer desde que yo tenía…

—Doce años —le dio una calada honda a su cigarrillo—. Ha hecho metástasis.

—¿Eso qué significa?

—Significa que seguía habiendo algunas células de cáncer dentro de su cuerpo, y se desplazaron a otro lugar.

—¿Adónde?

—A sus huesos.

—¿Es grave?

—Muy grave.

—¿Se curará?

Me tomó la mano y la apretó.

—No creo, Salvi —parecía que iba a llorar, pero no lo hizo. Si él no iba a llorar, tampoco lo haría yo. Apagó el cigarrillo—. Tu tía Evie y yo pasaremos el resto del día con tu Mima.

—¿Puedo ir?

—Tú y yo iremos a misa con ella mañana. Luego le haremos algo de comer. ¿Te parece bien?

Entendí lo que decía. Tenían asuntos de los cuales querían hablar, y no querían tenerme cerca. Cómo odiaba que me excluyeran.

—Sí, me parece bien —dije.

Sabía que papá se había dado cuenta de la decepción en mi voz. Me puso la mano sobre el hombro.

—No tengo una hoja de ruta para este viaje, Salvi. Pero no te dejaré atrás, lo prometo.

Papá sabía cómo honrar las promesas.

Fito

Papá había ido a ver a Mima. *Cáncer.* Me imaginé a papá, Mima y la tía Evie conversando. Sobre el cáncer. Ellos, hablando. Yo, excluido. Aquello no me hacía nada feliz.

No quería pensar en Mima, en perderla, y no podía dejar de ver la expresión del rostro de papá cuando dijo "Muy grave".

Me senté en el porche con Maggie, a punto de mensajear a Sam. Pero no sabía qué escribir. Así que me quedé mirando mi celular.

Levanté la mirada y vi a Fito acercándose por la calle. Caminaba como un coyote en busca de comida. En serio. Digo, era un tipo muy delgado. Siempre me provocaban ganas de darle algo de comer. Me saludó con la mano.

—¿Cómo va todo, Sal?

—Oh, pasando el rato.

Se acercó por la acera hasta sentarse sobre los escalones junto a mí y dejó que la mochila se deslizara de sus hombros.

—Acabo de salir del trabajo.

—¿Dónde trabajas?

–En el Circle K al final de la calle.

–¿En serio? ¿Te agrada?

–Hay montones de personas desequilibradas que pasan por allí toda la semana, las veinticuatro horas del día. Todos los drogones del vecindario están esperando que sean las siete de la mañana para comprar alcohol y conseguir bajar.

Lo interesante de estar con un tipo como Fito era que me educaba. Entre él y Sam, ya estaba listo.

–Bueno, al menos no es aburrido.

–Sí, bueno, no estaría mal aburrirme un poco. Un tipo intentó que le consiguiera cigarrillos gratis. Como si eso fuera a ocurrir. Tengo que renunciar a uno de mis empleos.

–¿Cuántos empleos tienes?

–Dos. Es mucho mejor que quedarme en casa, pero tengo que mantener las calificaciones altas.

–No sé cómo lo consigues.

–Verás, Sal, funciona de la siguiente manera. Yo no tengo un padre como el tuyo. Tu padre entiende que tu trabajo es ir al colegio y obtener buenas calificaciones y toda esa mierda. Pero yo no he vuelto a ver a papá desde que se despidió de mí hace algunos años. Sé que está intentando mantenerse a flote. Digo, mamá le causó daño. Lo entiendo. Pero la realidad es que no lo tengo aquí para apoyarme. Mamá recibe ayuda del Estado, y supongo que tengo suerte de que no la hayan arrestado. Si la arrestan, estoy jodido. Lo único que me falta es terminar en un hogar de acogida. La buena noticia es que en un par de meses cumpliré dieciocho años. Entonces quedaré completamente libre.

–¿Te mudarás?

–No. He estado ahorrando dinero para la universidad, y no quiero emplear ese dinero en alquilar. De todos modos, voy a casa solo para dormir. Es solo una cama. Tengo que aguantar un poco más. No voy a morirme.

Cielos, qué aspecto de cansado tenía.

—Estaba a punto de prepararme un sándwich —mentí—. ¿Quieres uno?

—Sí —dijo—. Estoy muerto de hambre.

"Muerto de hambre" era la expresión correcta. Aquel muchacho se zampó el sándwich en una milésima de segundo. Fito era un tipo interesante. Si bien tenía calle, el asunto era que tenía un aspecto realmente pulcro. Cabello corto, lentes ridículos, camisa blanca, pantalones caqui, y le gustaba llevar corbatas negras delgadas. Como papá. Ya saben, tenía un look bien definido. En cambio, yo no tenía ningún look en particular.

—Dime, ¿por qué tú y Sam no se enganchan?

—Es mi mejor amiga.

—¿Por qué no puede ser más que una amiga? *Es atractiva.*

Lo miré con dureza.

—¿Qué?

—Es como mi hermana. A los tipos no les gusta escuchar que se hagan comentarios sobre su hermana… comentarios como "es atractiva".

—Lo siento.

—Descuida.

—Y Sam es realmente inteligente. De todos modos, supongo que no eres su tipo.

Solo sacudí la cabeza.

—No hablemos de eso —no me gustaba hablar acerca de Sam a espaldas de ella. No fue tan difícil cambiar de tema—. ¿Tienes una chica, Fito?

—Chicas, no. Durante un tiempo tuve una relación con Ángel.

Hasta entonces no había sabido que era gay. Digo, no se comportaba como un gay… lo que fuera que eso significara.

—Es un buen tipo.

–Ahh, es costoso de mantener. No tengo tiempo para eso. Los tipos me hartan.

Aquello me hizo reír.

–¿Alguna vez estuviste con un tipo, Sal?

–No. No es lo mío.

–Es que pensé que como tu papá era gay...

Me eché a reír de nuevo.

–Como si funcionara así.

Fito se echó a reír de sí mismo.

–Soy tan idiota...

–No, no lo eres –dije–. Me caes bien, Fito.

–Tú también me caes bien, Sal. Eres diferente. Digo, dices cosas como "Me caes bien, Fito". La mayoría de las personas no dice jamás una mierda así. Bueno, los tipos gays sí, pero no lo dicen realmente porque les caes bien, sino porque tal vez estén interesados en llevarte a la cama. Sabes a lo que me refiero, ¿verdad?

Le preparé otro sándwich. Se zampó el segundo igual que el primero. No dejaba de acariciar a Maggie y de decir:

–Hombre, cómo me gustaría tener un perro y vivir una vida normal y toda esa mierda –y comenzó a hablar sin parar.

Habló de su empleo, de su familia jodida, del colegio y de lo mucho que le gustaba Ángel. De todos modos, era demasiado joven para que pasara algo en serio, y no quería gastar dinero en un tipo que tal vez solo estuviera usándolo.

–Lo único que realmente me interesa es entrar en la universidad –afirmó.

Si papá hubiera estado allí, habría llamado a Fito un tipo dulce. Y solitario. Eso fue lo que realmente advertí: que estaba solo.

Finalmente miró la hora en el celular.

–Tengo que irme a la biblioteca del centro: es el lugar donde estudio. Mi segundo hogar.

Después de que se marchó, me quedé pensando en que Fito merecía algo mejor.

Y me pregunté cómo había llegado a ser tan decente cuando no había nadie a su alrededor que le enseñara cómo serlo. Sencillamente, no comprendía el corazón humano. El corazón de Fito debió haber estado roto. Pero no lo estaba. Y aunque había momentos en que me enviaba mensajes diciéndome que su vida era una mierda, sabía que no lo creía. Lo que sucedía era que a veces la vida lo lastimaba.

Supongo que la vida lastimaba a todo el mundo. No comprendía la lógica detrás de esto que llamábamos vivir. Tal vez no se suponía que lo hiciera.

Sam (y yo)

Sam pasó por casa (de nuevo). Trajo su mochila y estudiamos toda la tarde. Aquella era una de las cosas que compartíamos. Cuando estábamos en la escuela primaria, Sam no era demasiado aficionada al estudio. Pero una vez que entramos en la preparatoria, se convirtió en una estudiante realmente buena. Era sumamente competitiva: le gustaba ganar. Me refiero a que solo le interesaba ganar. Siempre fue mejor jugando al fútbol que yo. Detrás de las buenas calificaciones estaban las ganas de triunfar. Sam no les caía demasiado bien a muchas chicas, aunque ella tampoco hiciera demasiado esfuerzo por hacerse querible. "Que se vayan a la mierda esas putas".

Yo detestaba aquella palabra.

"Ten un poco de amor propio, Sammy. Emplear esa palabra para llamar a las mujeres es completamente discriminatorio. La odio. De todos modos, ¿qué clase de feminista eres?", le pregunté.

"¿Quién dijo que era feminista?".

"Tú… cuando estábamos en el octavo curso".

"No sabía una mierda en el octavo curso".

"Escucha, solo te pido que no emplees esa palabra cuando estés conmigo. Me cabrea".

Dejó de usar aquella palabra cuando estábamos juntos. Pero a veces hacía comentarios como "Es tan P".

Yo le disparaba una mirada.

Así que tenía la teoría de que Sam competía conmigo. Y no era solo con respecto a las calificaciones. Quería probarse a sí misma (y a mí) que era tan inteligente como yo. Y lo era. Diría que más inteligente. Mucho más inteligente. Sam no tenía por qué probar nada, al menos no a mí. Pero Sam era Sam. Así que estudiábamos juntos. Todo el tiempo. Y fue por ella que obtuve un 10 (bueno, dos 9) en mis cursos de Matemáticas y Ciencias. Si no fuera por ella, no habría sabido la diferencia entre un seno y un coseno. La Trigonometría, la Biología, la Estadística… todo lo que fueran números y ciencia era realmente difícil para un tipo como yo.

Pero de hecho Sam era una genia… una genia de verdad. Y también era bonita. Muy bonita. Bueno, más que bonita. Era hermosa. Así que tenía un rostro hermoso y una mente hermosa. Pero una persona era mucho más que la suma de un rostro, un cuerpo y una mente. También existía aquella otra cuestión que llamamos su perfil psicológico. Y el perfil psicológico de Sam era, pues, complicado. Cuando se trataba del trabajo escolar, Sam no obtenía más que 10. Cuando se trataba de elegir novios, siempre reprobaba.

Estaba leyendo su trabajo sobre *Macbeth*. Era bueno. Muy bueno. Tenía estilo, y me pareció que tal vez debía convertirse en escritora. Me daba la impresión de que su propia vida sería una fuente inagotable de material.

—¿Y? ¿Qué te parece? —se hallaba sonriendo. Ya sabía que el trabajo era bueno.

—Genial.

—¿Te estás burlando de mí? —cruzó los brazos.

–No. Y descruza los brazos.

Se arrojó sobre el sillón de lectura de papá.

–Qué callado estás hoy.

–Sí.

–¿Qué te pasa?

–¿A mí? A mí nunca me pasa nada. ¿Acaso no lo sabías?

–Ahora sé que realmente te pasa algo. Últimamente has estado un poco diferente. Como si hubiera algo cabreándote.

–Sí, bueno, tal vez intento comprender algunas cosas.

–¿Cómo qué?

–Para empezar, como que no quiero realmente ir a la universidad.

–Eso es una locura.

–¿Podemos no hablar de la universidad? Por favor –me pasé los dedos por el cabello y comencé a comerme una de las uñas.

–No hacías eso desde el quinto curso.

–¿Qué?

–Comerte las uñas.

–Se trata de Mima –dije.

–¿Qué?

–Mima. ¿Recuerdas que tuvo cáncer?

–Sí, lo recuerdo. Eso fue hace mucho tiempo, Sally.

–El cáncer volvió. Ha hecho metástasis. ¿Sabes lo que significa?

–Por supuesto que sí.

–Por supuesto que lo sabes –intenté sonreír.

–¿Es grave?

–Me parece que sí.

–¿Y qué va a pasar?

–Supongo que ya sabemos cómo termina esto. Papá no es optimista respecto del desenlace.

—Ay, Sally...

—Maldita sea, Sam. Estoy... Me siento, maldición, no lo sé.

—Oh —dijo—. Lo comprendo. Pero... Pero no sé. Desde que comenzó la escuela, has estado un poco... no lo sé.

—Yo tampoco lo sé. Pero ahora apareció este asunto con Mima. Auch.

—Auch —dijo.

De pronto, estaba sentada junto a mí sobre el sofá. Me tomó la mano.

—Sé cuánto la amas —susurró. Era yo el que debía estar llorando... pero era a Sammy a quien le corrían lágrimas por las mejillas.

—No llores, Sammy.

—Yo también la amo, ¿sabes?

—Sí, lo sé —y era cierto que Sam la amaba. Era muy empática. Tal vez fuera ese el motivo por el que le agradaban todos aquellos chicos malos. Eran parias de la sociedad. Era como si estuviera rescatando personas abandonadas y cobijándolas. Como si pudiera ver más allá de su aspecto rudo y advertir las partes que les dolían. Tal vez creyera que podía aliviar aquel dolor. Por supuesto que estaba equivocada. Pero encontré difícil culparla por tener un buen corazón.

—Sally, sabes que tendrás que enfrentar esto comportándote como un hombre, ¿verdad?

—No creo que sepa cómo comportarme como un hombre —dije.

—Es horrible. Lo sé. Pero tarde o temprano...

—Sí, tarde o temprano —repetí.

Nos quedamos un largo rato en silencio.

—¿Quieres lanzar la pelota?

—Sí, qué gran idea —dijo sonriendo.

Era algo que Sam y yo solíamos hacer: sacábamos nuestros guantes de béisbol y jugábamos a lanzar y atrapar la pelota. Una de las grandes virtudes de Sam era que no arrojaba la pelota como una chica.

Tenía un brazo fuerte y sabía cómo manejar una pelota. Fue papá quien le enseñó… nos enseñó a los dos. ¿Saben? Para ser un tipo gay, papá era bastante heterosexual.

Nos lanzamos la pelota el uno al otro hasta que anocheció. Sam y yo no siempre hablábamos cuando nos lanzábamos la pelota. Era como si pudiéramos estar juntos y solos a la vez. Después de guardar los guantes, le conté sobre Fito.

—¿Sabías que era gay?

—No, pero lo he visto con Ángel, y me pareció una pareja un poco rara. Digo, Ángel es un chico tan guapo, y Fito es un inadaptado social y un esquizofrénico. Me refiero a que no hacen buena pareja.

—Como si los conocieras. A ti no te agrada Fito.

—Escucha, ahora que sé que es gay, me gusta más.

—Eso no tiene sentido.

—Tiene todo el sentido del mundo.

—Supongo que en tu mundo, sí. Es solo un tipo, Sammy. Un alma perdida. A mí me cae bien.

—Ah, así que ahora te dedicas a acoger a chicos desamparados.

—No, Sam, esa sería tu especialidad —la miré directo a los ojos.

—No quiero hablar de esto.

—Ya lo sé. Entonces tendrías que explicar tu obsesión por los chicos malos.

—No tengo que explicarle nada a nadie.

—Te equivocas. Algunas veces tienes que explicarte las cosas a ti misma.

—Mira quién habla.

—Bien dicho.

Sam se rio.

—Bueno, ahora que nos hemos puesto de acuerdo con no hablar sobre lo que realmente importa, ¿de qué hablamos?

Encogí los hombros.

Pero luego cambió de opinión.

–¿Te acuerdas el otro día cuando apareciste en casa? Te pasaba algo y preferí no ponerte presión cambiando de tema para hablar de mis zapatos…

–Sí. ¿Y?

–¿Qué pasó?

Sam. Cómo me conocía.

–Le di un puñetazo a un tipo en el estómago –le dije, como si fuera irrelevante.

–¿Qué?

–Me has oído.

–¿Por qué?

–Porque me llamó un *pinche gringo*, y entonces, maldita sea, lo golpeé.

–Y eso, ¿por qué, Sally? ¿Tienes pensado convertirte en boxeador?

–No quiero hablar del tema.

Se notaba que quería hacer una pregunta, pero no dijo nada.

La acompañé a su casa. Aquello se le había ocurrido a papá. Decía que no le gustaba la idea de que Sam caminara sola de noche.

"Nunca se sabe", decía. A veces me parecía que se preocupaba más por Sam que su propia madre.

Cuando estuvimos parados delante de la puerta de su casa, Sam me miró.

–Te veo cambiado, Sally.

Encogí los hombros.

–Eres mucho más complicado de lo que creía.

No sabía por qué había inclinado la cabeza.

Me puso la mano sobre el mentón, levantó la cabeza con suavidad y me miró directo a los ojos.

–Lo que sea que esté pasando por esa linda cabecita, no puedes ocultármelo.

No dije una palabra.

Me besó la mejilla.

–Te amaré hasta el día que me muera, Sally.

Lloré todo el camino de regreso a casa.

¿Qué pasaría si...?

Sam y yo teníamos un pasatiempo. Creo que comenzó como un juego con el celular cuando ambos obtuvimos uno en el noveno curso. El juego se llamaba "¿Qué pasaría si...?". Consistía en que mientras conversábamos o nos enviábamos mensajes de texto, a uno de nosotros se le podía ocurrir preguntar algo como "¿Qué pasaría si los colibríes perdieran sus alas?". Y la otra persona tenía que pensar en una respuesta que comenzara con "Entonces...". De hecho, aquella fue una de las primeras preguntas que le envié a Sam: "¿Qué pasaría si los colibríes perdieran sus alas?". Teníamos veinticuatro horas para pensar en una respuesta, y le llevó exactamente diez horas y siete minutos responder mi mensaje: "Entonces llovería durante varios días, y el mundo conocería la furia del cielo enlutado". Me refiero a que demoró bastante en responder, pero su respuesta fue brillante. Por lo menos, así me pareció a mí.

Una vez caminábamos a la escuela cuando le pregunté:

–¿Qué pasaría si no nos hubiéramos conocido?

–Entonces no seríamos mejores amigos.

–Falso –dije. "Falso" significaba que la respuesta era inaceptable. Solo se podían obtener tres "falsos", tras lo cual quedabas fuera. Como en béisbol.

–Eres un cabrón –odiaba ser objetada. Luego sonrió. Sabía que se le había ocurrido algo–. Si jamás nos hubiéramos conocido, solo habría tres estaciones.

–Hmm –dije–. ¿Se supone que tengo que adivinar qué estación?

–Sip.

Pensé un momento, y luego sonreí.

–Primavera. Entonces no habría primavera.

–Primavera –repitió.

–A veces, eres realmente increíble, Sam.

–Tú también –dijo.

Era un juego interesante, pero era serio. A veces, los "¿Qué pasaría si...?" podían entristecernos. Y pensé, *¿qué pasaría si no hubiera golpeado a Enrique?* Entonces... entonces, ¿qué? ¿Entonces las cosas seguirían siendo iguales? Falso. Falso, falso, falso. Las cosas no seguirían siendo iguales. El último curso. La universidad. Los cambios. *¿Y qué pasaría si no hubiera vuelto a aparecer el cáncer de Mima?* Entonces la tendría para siempre. *Falso.*

Papá, yo y el silencio

Papá me llamó al celular. Seguía en casa de Mima.

—¿Vas a salir esta noche?

—No.

—¿Quieres comer pizza?

—Sip.

—¿En casa o afuera?

—En casa. Veamos una película.

—En una hora estoy allá. Pide la pizza.

Apenas terminé de hablar con papá, Sam me envió un mensaje:

SAM: ¿Debo llevar rojo o negro?

YO: Rojo. ¿Sales con Eddie?

SAM: ¿Celoso?

YO: Jajaja. Que te diviertas

SAM: Creo que llevaré negro

YO: Es lo que llevaría yo si saliera con él

SAM: No seas tan mierda

YO: Intenta portarte bien

SAM: No eres nada divertido

YO: La diversión está sobrevalorada

SAM: Consíguete una novia

YO: Ya pasé por eso

SAM: Inténtalo de nuevo. Oh, debo irme

Sam siempre tenía que tener a un tipo al lado. En cambio yo, la última chica con la que salí estaba perdidamente enamorada de mí. Era como si hubiera ganado una carrera y yo fuera el trofeo. A mí me encantaba; demasiado. Resulta que también estaba saliendo con un tipo que asistía a la Escuela Secundaria Cathedral. Su manera amable de romper conmigo fue decirme: "¿Sabes, Sal? Eres demasiado inteligente para mí". A Melissa –así se llamaba– le gustaba que sus tipos fueran tontos y lindos. No es que yo fuera feo. Es solo que Melissa necesitaba ser el miembro inteligente de la relación. ¿Acaso son relaciones en la secundaria? Es posible. De cualquier manera, no me interesa jugar el papel de tonto. Y además, Melissa odiaba a Sam. Y antes de ella, salí con Yolanda. Me dijo que era ella o Sam. "¿Sam?", pregunté. "La conozco desde que tenía cinco años. Solo somos amigos". Me abandonó como a un perro sarnoso. Quedé destruido. No sé muy bien lo que buscaba en una chica. Algunos tipos solo querían sexo. No es que no quisiera sexo, pero de hecho a mí no se me estaba dando. Aún no. En fin, siempre había esperanza.

La opinión de Sam respecto de mi comportamiento con las mujeres: "Estás demasiado aferrado a tu identidad de chico bueno".

Maldición, no conseguía comportarme como un chico malo. Sí creía que la interpretación que hacía Jeff Buckley del "Aleluya" era cool. ¿Acaso no contaba para algo?

Y yo no era un chico bueno. No de verdad. ¿Y qué sentido tenía todo el asunto de dividir el mundo en chicos buenos y chicos malos? ¿Qué significaba realmente?

Cuando regresó, papá lucía un poco abatido.

–Tu tía Evie y yo llevaremos a Mima a la Clínica Mayo.

–¿Dónde queda? –pregunté.

–En Scottsdale.

–¿Scottsdale?

–Es un suburbio de Phoenix. Si vas en auto, queda como a seis horas de aquí.

Asentí.

–¿Cuándo?

–Pasado mañana.

–Qué pronto –dije.

–Lo que no tenemos es tiempo –aseguró. Me miró como diciendo "¿Podemos hablar de esto mañana por la mañana?". A veces yo también lo miraba así. Supongo que tenía derecho a hacerlo.

Comimos pizza y vimos una película vieja (*Matar a un ruiseñor*). A papá le encantaban las películas viejas. Le gustaba Gregory Peck. Sin duda, era de la vieja escuela. Nadie en la Escuela Secundaria El Paso sabía siquiera quién era Gregory Peck. Bueno, salvo Sam. A ella le encantaban las trivias de las películas. Había sido una de sus etapas: entre la etapa de los colibríes y la etapa de los arquitectos famosos. Ahora estaba en la etapa de los zapatos. Un tiempo antes, solo usaba chanclas y zapatos de tenis. Me parecía que la etapa de los zapatos había llegado para quedarse.

Era una noche tranquila.

–¿Aún sigue en pie el plan de prepararle el almuerzo a Mima mañana? –le pregunté a papá antes de irme a dormir.

–En realidad, iremos a su casa. Pero tu Mima dijo que nadie iba a cocinar en su cocina excepto ella –ambos sonreímos. Esa era su forma de amar a las personas: alimentándolas.

Antes de irme a la cama, estudié la fotografía de Mima y yo. Estábamos sentados en su porche, y ambos nos reíamos de algo. Todas las fotos que tenía de Mima y yo eran fotos felices. Me pregunté si la felicidad desaparecería cuando muriera. Pero tal vez no moriría. Tal vez, no.

Abrí mi laptop y busqué la Clínica Mayo. Parecía que aquella gente sabía lo que estaba haciendo. Y luego busqué cáncer. Un asunto serio. Pero no tenía ni la menor idea del estadio del cáncer de Mima. Estadio I: mucha esperanza. Estadio IV: no tanta. No es que fuera a arrojar la esperanza por la ventana. No me consideraba un católico muy convencido. Me refiero a que mi papá era gay, y la Iglesia Católica no estimaba demasiado a los gays. Supongo que podría decirse que yo le guardaba cierto rencor, incluso si mi padre no. Pero Mima y la Iglesia Católica se llevaban perfectamente bien. Saqué mi rosario y recé. Mima me lo había regalado cuando tomé mi Primera Comunión. Así que recé. Tal vez serviría de algo.

Sam

Cuando sonó mi celular, seguía con el rosario entre las manos. El teléfono sonó y sonó, pero para cuando lo encontré en el bolsillo de mi pantalón, había dejado de sonar. Maggie gruñía. Odiaba los celulares. Miré la hora: 1:17 a.m. Era una llamada de Sam. Luego el teléfono volvió a sonar.

—¿Sam?

—Oh, cielos —dijo—. Sally, Sally, Sally… —sollozaba en el teléfono.

—¿Sammy? ¿Dónde estás? ¿Qué pasó?

Por fin se calmó lo suficiente.

—¿Puedes venir a buscarme? —lanzó.

—¿Dónde estás?

Comenzó a llorar de nuevo.

—¿Dónde estás, Sam? —creo que prácticamente grité—. ¿Dónde estás? ¿Dónde estás?

—Estoy justo fuera de Walgreens.

—¿Qué Walgreens, Sam? ¡Mierda! ¿Cuál? —me estaba asustando—. ¿Te has lastimado?

—Solo ven a buscarme, ¿sí, Sally? —cielos, parecía herida.

—¿Sam? ¿Sam, estás bien? —estaba llorando de nuevo—. ¿Sam? Espérame, Sam. No te vayas a ningún sitio. Llego enseguida. Solo espérame.

PARTE 2

Habíamos estado tan seguros
de nosotros mismos,
pero ahora estábamos extraviados.

Algunas veces durante la noche

–¿Papá? ¡Papá! –me alegraba que tuviera un sueño ligero.

–¿Qué sucede?

–Es Sam.

Extendió el brazo y encendió la lámpara de su mesilla de luz.

–¿Está bien?

–No lo sé. No paraba de llorar. Parece muy asustada.

–¿Dónde está?

–Walgreens.

–Yo conduzco –dijo. No ofrecí ningún reparo.

Se encontraba sentada sobre la acera, con la cabeza gacha. Papá la vio apenas llegamos. No se podía decir que a aquella hora de la madrugada hubiera una gran asistencia en Walgreens. Se abalanzó fuera del coche, y yo salté tras él.

–¿Sam?

Ella corrió a sus brazos, llorando.

Papá la abrazó.

–Shhh. Tranquila. Te tengo. Te tengo.

Sam y yo nos sentamos en el asiento trasero mientras papá conducía. Le apreté la mano. Había dejado de llorar, pero seguía temblando. Como si tuviera frío. La acerqué aún más, y alcancé a sentirla tiritando contra mi hombro.

—¿Necesitas que te llevemos al hospital? —sabía que papá había pensado bien en las preguntas qué haría… y en las que no.

—No —susurró.

—¿Estás segura?

—Estoy segura.

—¿Dónde está tu mamá?

—Tenía una cita con alguien. Suele apagar el teléfono.

—¿Estás segura de que no necesitas ir a un hospital?

—Sí, solo lléveme a casa.

Nadie dijo nada mientras conducíamos. Cuando papá estacionó frente a la casa de Sam, salió del coche.

—Necesito hablar con tu madre.

—No creo que esté en casa.

—Allí está su auto.

—Sí, pero Daniel pasó a buscarla.

—Tal vez esté en casa —papá insistió.

Resultó que Sam tenía razón: no había nadie en su casa.

—No creo que sea buena idea que esta noche te quedes aquí sola.

Me di cuenta de que Sam sintió alivio. Reunió algunas cosas, y regresamos a casa. Papá preparó té. Nos sentó a ambos a la mesa de la cocina.

—¿Quieres hablar de lo que pasó? —Sam no dijo nada—. Sé que no soy tu padre, Samantha, pero hay ciertas cosas que no puedes dejar de contarles a los adultos que tienes cerca… a los adultos que te quieren.

Sam asintió.

–No tienes que contarme… pero en la mañana, cuando tu madre venga a buscarte, vas a tener que contarle lo que pasó. Mírate… sigues temblando. ¿Cómo se rompió tu blusa?

Sacudió la cabeza.

–No quiero contarle a mi mamá.

–No creo que sea una opción, Sam. De verdad que no –había tanta ternura en la voz firme de mi padre que casi tuve ganas de echarme a llorar. Pero también sentí ira. Estaba furioso. Quería meterme en el auto, encontrar a Eddie y molerlo a golpes.

Sam levantó la mirada a mi padre.

–Lamento ser una molestia tan grande.

Papá le sonrió.

–Es parte de tu encanto.

Ella se rio… y luego comenzó a llorar de nuevo.

–Vamos a intentar dormir un poco.

Todas las palabras que teníamos dentro se habían ido a dormir… así que no hablamos. Sam se quedó dormida en mi cama junto a Maggie. Teníamos un dormitorio extra, pero no sentía ganas de estar sola. A mí siempre me había costado menos quedarme solo. Me eché sobre el suelo en mi bolsa de dormir, pero no lograba conciliar el sueño. No podía dejar de imaginar lo que había pasado. Era extraño que Sam guardara silencio sobre algún tema.

Y luego comencé a pensar en lo que papá le diría a Sylvia. Ya habían tenido charlas anteriores. Muchas. Así las llamaba papá. Charlas. Sí. Y de pronto un torrente de furia me atravesó por dentro. Odiaba a Eddie. Odiaba a ese hijo de puta. Y quería hacerle daño. Y luego pensé: *cómo me gustaría ser más como papá.* Papá no era el tipo de persona que hubiera empleado jamás los puños para resolver un problema. Pero yo no era como él. Además, él era artista, y lo artístico me resultaba totalmente ajeno. Y luego pensé en que debía parecerme más a mi padre biológico… el hombre que se había acostado con mi madre una noche. Y odié esa idea.

Cielos, quería detener todos esos pensamientos que me daban vueltas por la cabeza como un ratón que gira y gira en una rueda.

Finalmente, me levanté.

3:12 de la madrugada.

Entré en la cocina para servirme un vaso de agua. Papá estaba en los escalones traseros, fumando un cigarrillo.

Me senté junto a él.

—¿Cuántos cigarrillos van hoy, papá?

—Demasiados, Salvi. Demasiados.

Sam (y su madre)

Cuando desperté, conseguí abrir los ojos con esfuerzo. Algunos días hay que tener mucha energía. Volví a mirar el reloj. Ya eran más de las diez de la mañana. Mi cama estaba vacía… Sam se había levantado. Tenía una sensación extraña en la boca del estómago. Por lo menos sabía una cosa: no sería un día normal. Pero tuve la impresión de que los días normales estaban desapareciendo.

Conseguí llegar a los tumbos al baño, lavarme el rostro y cepillarme los dientes. Podía oír el agua corriendo en el baño de huéspedes, así que supe que Sam se estaba duchando. Sam y sus duchas. Si podía, se duchaba hasta tres veces por día. Me pregunté si se sentía sucia. No es que *realmente* estuviera sucia… pero algunas personas se sentían así respecto de sí mismas.

A veces yo también lo sentía. Como cuando golpeaba a las personas.

Entré en la cocina, pero me detuve en seco. Papá y la señora Díaz (alias Sylvia) charlaban, y papá le soltaba una reprimenda dentro de lo que una persona como él era capaz de hacer. Podría haberme quedado allí escuchando a hurtadillas, pero no era mi estilo. Así que respiré hondo y entré en la cocina.

—Buenos días —dije. Tomé una taza y me serví un poco de café. Papá y la señora Díaz habían dejado de hablar, y supe que se trataba de uno de aquellos silencios incómodos. Decidí aprovechar la oportunidad:

–Para que conste, Sam no me contó nada de lo que pasó.

–Pero tú debes tener alguna idea de lo que pudo haber ocurrido –la señora Díaz tenía una voz grave. Sam siempre decía que sonaba a la vieja actriz Lauren Bacall.

Sacudí la cabeza. Quería decirle que tenía mis teorías, pero no eran más que eso.

–No –dije.

–¿No te dijo nada?

–No –todos nos dimos vuelta y miramos a Sam.

Cruzó los brazos.

–Les contaré la versión corta y omitiré los detalles desagradables. Fui a una fiesta con Eddie. Él quería que fuera a una de las habitaciones y tuviera sexo con él. Creo que quería que todo el mundo supiera que podía tenerme. Es lo que creo –miró a su madre–. Y antes de que preguntes, sí, había estado bebiendo… pero no estaba *tan* ebria –anoche había estado asustada y perdida; ahora solo estaba furiosa–. ¿Alguna pregunta?

–Te podrían haber violado, Samantha –no advertí si la señora Díaz estaba enojada con Sam, con Eddy o simplemente con toda la situación.

–Sí, es cierto.

–No te crie para tomar decisiones estúpidas…

Sam interrumpió a su madre.

–Mamá, no me criaste y punto. Me crie a mí misma –miró a su madre. Me refiero a que *realmente* la miró–. Iré a secarme el cabello.

–Te llevaré a casa ya mismo –para cuando las palabras de la señora Díaz se habían emitido, Samantha estaba saliendo de la cocina–. ¡Cómo te atreves a marcharte sin más, jovencita!

Sam giró en redondo y miró a su madre directo a los ojos. Creí que le gritaría, pero no lo hizo.

—¿Te dijeron alguna vez que tu discurso está plagado de clichés? —respiró hondo y sacudió la cabeza—. Nunca estás, mamá. *Jamás* has estado.

Me di cuenta de que Sam no estaba enojada en absoluto. Estaba herida. En ese momento alcancé a oír todo el dolor que había soportado en su vida. Y me pareció que toda la casa se había quedado en silencio para escucharlo.

Pero miré a la señora Díaz, y justo en ese momento comprendí que su hija era un libro que ella no sabía cómo leer… su propia hija. Tenía una expresión en el rostro casi parecida al odio.

—Muchacha desagradecida y consentida —se levantó de su lugar ante la mesa de la cocina y miró directo a papá—. Estoy segura de que crees que yo soy la culpable —luego dirigió la mirada a Sam—. Haz lo que quieras… siempre lo has hecho —caminó hacia la puerta de entrada.

Papá la siguió fuera.

Sam y yo nos quedamos ahí parados, sin saber qué hacer.

—Lo siento, Sam. No sabes cuánto lo siento —dije por fin.

—Todo esto es culpa mía —respondió.

—¿Qué es culpa tuya? —pregunté.

—Todo.

Quería decirle que odiaba a Eddie y también a su madre. Los odiaba de verdad. Pero creí que no debía decir nada. Oí a papá y a la señora Díaz hablando en el porche. Alcancé a oír a ella levantando la voz, y también me di cuenta de que papá intentaba calmarla.

—No todo es culpa tuya. Todo estará bien, Sam —no estaba seguro de que todo fuera a estar bien, pero lo dije de todos modos. Le dirigí una sonrisa torcida—. ¿Quieres café?

Asintió.

Nos sentamos a la mesa de la cocina y bebimos café. A lo lejos se oía la conversación apagada entre su madre y mi padre.

—No todo es culpa tuya, Sam —repetí mirándola. Quería que me creyera.

Y sí, el deseo apremiante de pegarle a Eddie hasta dejarlo paralizado era como un monstruo que me crecía por dentro. Por suerte no sabía dónde vivía.

Sam. Promesas

Antes de que papá y yo saliéramos a recorrer el viaje de cuarenta y cinco minutos a Las Cruces para ver a Mima, le envié un mensaje a Sam:

YO: ¿Estás OK?

SAM: Es horrible ser yo

YO: No digas eso

SAM: Lamento todo lo que pasó

YO: No te preocupes

SAM: ¿Aún me amas?

YO: Siempre

SAM: ¡He terminado con los chicos malos!

YO: Hmm

SAM: Dije que he terminado

YO: ¿Lo prometes?

No me respondió el mensaje. Una cosa era segura: Samantha no hacía promesas que no pudiera cumplir. En ese sentido, era como papá. Pero había una enorme diferencia. Sam rara vez hacía promesas: de ese modo conservaba la conciencia tranquila.

Yo. Y papá. Hablando

Tomamos las carreteras secundarias a Las Cruces. A veces lo hacíamos; era mucho mejor que conducir por la I-10. Quería preguntarle acerca de su conversación con la señora Díaz, así que lo intenté con una estrategia indirecta.

—Papá, ¿te agrada la señora Díaz?

—Qué pregunta interesante —dijo.

—Qué respuesta interesante —repliqué. Papá sonrió.

—Lo importante no es si me agrada o no —sabía que estaba pensando. Intentaba concentrarse en la carretera—. Sylvia y yo somos amigos.

—¿En serio?

—Claro. No es que nos llevemos demasiado bien... pero aprendimos hace mucho tiempo que mientras tú y Sam fueran amigos, no teníamos más remedio que soportarnos el uno al otro. Ambos respetamos la amistad que hay entre ustedes.

—Pero ¿crees que es una buena madre?

—Creo que ya conoces la respuesta a esa pregunta.

—Te pone furioso que sea una madre tan ausente, ¿verdad?

—Sí, es cierto. Pero no hay nada que pueda hacer al respecto. No puedo decirle a Sylvia cómo criar a su propia hija. No es asunto mío.

—Eso no es cierto –dije–. Amas a Sam, ¿verdad?

—La conozco desde que tenía cinco años. Por supuesto que la amo.

—¿El único motivo por el cual la amas es porque la conoces desde los cinco años?

—Por supuesto que no. Amo a Sam por muchos motivos. Pero no soy su padre.

—Un poco sí, papá.

Sacudió la cabeza, pero me di cuenta de que estaba sonriendo. Aunque también, me di cuenta de que se sentía un poco frustrado.

—Escucha, siempre le he dicho a Sylvia lo que pensaba. Siempre. Y ella no siempre ha apreciado mi opinión. Pero sabe que me preocupo por Sam y que me importa mucho lo que le pasa. Lo valora. Más de lo que crees. Y sabe que cuando Sam está en casa, está a salvo. Y lo agradece.

—Tiene una manera muy curiosa de manifestar su agradecimiento.

—Es una mujer dura, Salvi. Ha sufrido mucho.

—Lo que digas –dije asintiendo–, pero no me agrada.

—Lo sé. Tú no crees que realmente ame a Sam… pero la ama. No todo el mundo ama de la misma manera, Salvi. Y solo porque no ame a Sam como a ti o a mí nos gustaría que lo hiciera no significa que no ame a su hija. Es muy difícil ser madre soltera.

—Claro, y ser padre soltero es tan fácil.

—No me quejo.

No supe qué decir después de eso. Y ni siquiera había llegado a la parte acerca de lo que habían hablado en nuestro porche. Maldición.

Papá y yo nos quedamos en silencio un rato. Miré los campos. Si no fuera por el río, toda aquella zona no habría sido más que desierto. Pero el río traía agua a los campos, y transformaba el paisaje en un valle fértil. Y pensé: *mi papá es como el río. Acarreó agua para muchas personas; principalmente, para mí, pero también para Sam.*

La historia de Mima y yo

Una vez Sam dijo: "Somos lo que nos gusta". Mi respuesta: "¿Significa que eres un par de zapatos?". Eso en cierto modo dio por finalizada la conversación. Pero sabía a qué se refería. No sé por qué me acordé de eso mientras nos dirigíamos a casa de Mima. Le envié un mensaje a Sam:

YO: Somos lo que recordamos

SAM: De acuerdo

YO: Lo dijo Mima

SAM: Sabía que era demasiado ingenioso para ser tuyo

—Quítate las ganas antes de que entremos —papá odiaba que me pusiera a enviar mensajes delante de otras personas.

YO: Me voy

SAM: Tienes a tu papá encima. Jajaja. Hablamos

Le mostré mi celular a papá, sonreí, y lo puse en el bolsillo.
—¿Estás contento ahora?
—Muy.

Mima estaba sentada en el porche con un vestido floreado color rosado y rodeada de las flores de su jardín: rosas, geranios y otras cuyos nombres desconocía. Dentro de pocas semanas, las flores desaparecerían.

Cuando me acerqué a ella, me pareció tan pequeña. Podía sentir sus huesos bajo su cuerpo delgado y envejecido.

—No me llamaste esta semana, *malcriado* —siempre me decía así cuando no la llamaba.

Me reí.

—Te quiero —susurré. Éramos básicamente una familia que decía mucho "te quiero", especialmente con Mima.

—*Mijito* —dijo—, ¿estás más alto?

—Es posible.

Envolvió las manos alrededor de mi rostro y me miró a los ojos. Sus manos eran viejas, pero eran las manos más suaves y dulces que jamás me hubieran tocado. No dijo nada. Solo sonrió.

Papá nos observó. Siempre me preguntaba qué pensaba cuando nos veía a Mima y a mí juntos. Cosas buenas. Sabía que estaba pensando cosas buenas.

Estaba sentado ante la mesa de la cocina. Mima no parecía enferma. Bueno, un poco cansada sí, pero de todos modos allí estaba, estirando tortillas de harina, y allí me encontraba yo, sentado frente a ella, observándola. Mis tíos y tías miraban un partido de fútbol americano en la sala. Las que hablaban, sobre todo, eran mis tías; mis tíos estaban perdidos en un mar de uniformes de los Cowboys de Dallas. Una familia de Cowboys. A papá y a mí no nos gustaba demasiado el fútbol americano. Papá leía la sección de deportes. Mi teoría era que se mantenía informado del mundo deportivo para poder tener una conversación decente con sus hermanos… era su forma de quererlos.

Observé las manos de Mima mientras amasaba la harina.

Me sonrió.

–Te gusta mirarme hacer tortillas.

Asentí.

–¿Te acuerdas del día que me enojé con Conrad Franco?

–Sí, me acuerdo. Me dijiste que lo odiabas.

–Y tú dijiste: "Ay, *mijito*, tú no odias a nadie". Y yo te dije "Sí, lo odio".

Se rio.

–¿Te acuerdas de lo que me respondiste?

–Lo recuerdo –asintió–. Te dije que solo había dos cosas que hacía falta aprender en la vida. Tenías que aprender a perdonar y tenías que aprender a ser feliz.

–*Soy* feliz, Mima –le estaba mintiendo, pero no todas las mentiras son malas.

–Eso significa que has aprendido a perdonar.

–Es posible que no –no dije nada sobre las ganas que tenía de andar por ahí noqueando a la gente.

Sonrió mientras estiraba una tortilla perfectamente circular. ¿Cómo lo hacía? Colocó la tortilla sobre el *comal*.

Yo estaba listo con la mantequilla. Siempre me daba la primera tortilla, y yo la untaba con mantequilla y me la devoraba.

–Ay, Salvador, ¿la probaste siquiera?

Nos echamos a reír. Reír era parte de la manera en que nos comunicábamos. Alcancé a oír a mis tíos prorrumpir en aclamaciones ante alguna jugada, y Mima y yo nos miramos.

–Odio el fútbol americano –dijo.

–A Papo le encantaba.

—Y le encantaba el béisbol. Cuando miraba sus partidos, no tenía que hablar con nadie —sacudió la cabeza—. Tu Papo no sabía cómo hablar con la gente.

—Le gustaba hablar con los perros.

—Es cierto.

—¿Lo extrañas?

—Por supuesto.

—Yo también lo extraño. Extraño sus palabrotas.

Ella sonrió y volvió a sacudir la cabeza.

—Ave María purísima, tu Papo nunca se topó con una palabrota que no le gustara. Conocía todos los insultos en dos idiomas. Y los usaba casi todos los días de su vida. Me engañó, ¿sabes? Jamás dijo un solo insulto conmigo mientras salíamos. Ay, qué sorpresa me esperaba. Pero iba a misa todos los domingos.

—No creo que a Dios le importara… que le gustara decir palabrotas.

—No te hagas ideas.

—Me gustan las ideas —respondí.

—Hmm —dijo.

—Hmm —repetí. Me gustaba esa pequeña interjección. Papá la había heredado de ella, y yo la había heredado de él. Tal vez yo también tuviera algo de la vieja escuela.

—Cómo te quería tu Papo.

—Sí, lo sé. Pero tenía una manera rara de querer a la gente, ¿verdad?

—¿Sabes? Cuando lo conocí, me pareció tan hermoso.

—Tal vez la hermosa eras tú, Mima.

—¿Alguna vez te dije que eras muy parecido a tu padre?

—No creo, Mima.

—Claro que sí.

No iba a discutir con ella.

–Te gusta hablar –dijo luego–, igual que Vicente.

–Sí, papá es bueno para eso. Habla sobre las cosas que importan.

Asintió.

–Debió haber sido escritor.

–¿Y por qué no lo fue?

–Dijo que ya había demasiadas palabras en el mundo.

–En eso tiene razón –asentí.

–Sí –dijo–. Creo que sí.

–Papá se parece más a ti. No se parece en nada a Papo.

–Es cierto. Yo amaba a tu Papo… pero ya hay demasiados hombres como él en el mundo –se rio–. Soy mala. Tu Mima es mala.

–No –dije–. Eres dulce, Mima, eso es lo que eres.

Dejó de estirar las tortillas y me miró. Yo le devolví la mirada.

–¿Tienes miedo, Mima? –le pregunté entonces.

–No –respondió–. No tengo miedo.

No sabía que yo empezaría a llorar. Dejó a un lado su viejo rodillo y se sentó junto a mí.

–Tal vez me quiten el cáncer en la Clínica Mayo.

No entendía cómo podía estar tan tranquila. Si yo estuviera muriéndome, estaría realmente triste. Y enojado. De hecho, *estaba* enojado. Estaba muy enojado.

Me sostuvo entre los brazos. Yo quería aferrarme a ella y no soltarla nunca. Pero *iba a tener* que soltarla. Y eso me dolía. ¿Por qué duele cuando amas a alguien? ¿Qué tiene el corazón humano? ¿Qué tenía *mi* corazón? Me pregunté si había un modo de retenerla en este mundo para siempre. Y fue como si me leyera la mente.

–Nadie está destinado a vivir para siempre –susurró ella–. Solo Dios vive para siempre. ¿Ves estas manos? Las manos envejecen. Así debe ser, *mijito*. Incluso el corazón envejece.

Me soltó y volvió a su trabajo. Me entregó otra tortilla tibia.

–Esto hará que todo mejore.

Me observó untar la tortilla recién hecha con mantequilla.

–Tienes manos grandes –dijo–. Tu Papo tenía manos grandes –asintió con la cabeza. Conocía ese gesto. Era su gesto de aprobación–. Estás convirtiéndote en un hombre.

En ese momento no me sentía como un hombre. Me sentía como un chico de cinco años que no quería hacer nada sino jugar en una pila de hojas. Un chico de cinco años, con un corazón voraz que quería que su abuela viviera para siempre.

Mis tíos y tías (y los cigarrillos)

Ponerme a mirar a mis tíos y tías era mucho mejor que mirar a los Kardashian. No es que me gustara mirar a los Kardashian. Solo lo hacía porque Sam no dejaba de hablar de ellos.

Algunas veces me unía a la conversación, pero en general escuchaba. Mima estaba durmiendo una siesta, y todo el mundo se encontraba sentado alrededor de la televisión, mirando el partido de los Cowboys de Dallas. Mi tío Mickey estaba a punto de encender un cigarrillo. La tía Evie le disparó una mirada.

–Llévatelo afuera.

–Estoy mirando el partido.

–Ah, así que ahora te gusta hacer varias cosas a la vez. Llévatelo afuera. Tu madre está enferma, idiota –a la tía Evie le gustaba esa palabra: *idiota*.

El tío Mickey salió por la puerta de entrada, con el cigarrillo y una cerveza en la mano. Me crie en una familia de fumadores. Pero yo no era demasiado aficionado al humo de cigarrillo. No es que aquello impidiera que mis tíos y tías me cayeran bien. El tío Mickey decía que los fumadores eran más interesantes que los no fumadores. La tía Evie me dijo que no le hiciera caso. "Es un idiota". Cuando decía ese tipo de cosas, jamás sonaba cruel. Me pregunté cómo lo lograba. Tal vez fuera porque era realmente dulce. Todo el mundo la quería. El tío Tony decía que Evie era Mima con la boca sucia.

"Heredó esa boca sucia de Papo".

A mí me pareció bastante acertado. Y mi tía Lulu, pues, era la única que no fumaba. Y tampoco bebía cerveza. Ella y papá bebían vino. También eran los únicos que habían ido a la universidad. El tío Mickey decía que ir a la universidad te convertía en un esnob. Por lo general, papá se limitaba a escuchar hablar a sus hermanos, sin añadir comentarios propios.

Salí por la puerta y me uní al tío Mickey en el porche.

–¿Y, *vato*? ¿Vas a graduarte o qué?

–Qué –dije.

–Eres un sabelotodo.

–Sip.

Me encantaba el tío Mickey. Tenía cabello largo, una barba candado y los dientes más derechos que había visto jamás. Su piel estaba curtida por trabajar al sol, y no parecía importarle un carajo lo que pensara cualquiera de él. Era alto y tenía tatuajes, y mucha gente le tenía miedo. Pero era un tipo realmente dulce. Cuando era chico, me levantaba y me parecía que veía el mundo entero cuando estaba sentado sobre sus hombros. Y siempre me estaba metiendo billetes a escondidas en la mano; billetes de uno, de cinco, de diez y de veinte. Era su modo de quererme.

–¿Cuándo vas a dejar de fumar eso? –pregunté.

–Mierda, cuando me muera –se rio. A mis tíos les encantaba usar la palabra con la M. Papá decía que lanzaban esa palabra de un lado a otro como si fuera una pelota de fútbol. Era su modo de decir que, solo porque a mis tíos les gustara esa palabra, no significaba que yo tenía permiso para usarla en casa. No señor.

Me senté junto a él, sin decir demasiado.

–Eres igual a tu padre –dijo el tío Mickey–. Te gusta estar sentado y pensar demasiado.

–Pues, solo pensaba que si dejas de fumar, vivirás más tiempo. Ya sabes, podrías quedarte aquí y ponerme más billetes en el bolsillo.

Esbozó una amplia sonrisa.

–Entonces, cabrón, ¿el único motivo por el que quieres que viva más tiempo es para que pueda darte más dinero?

–No –dije–. Quiero que vivas más porque te quiero más que la…

–Conmigo puedes decir *mierda*.

–Lo sé.

Frotó el nudillo contra mi cabeza; era algo que siempre había hecho. Papá tenía razón: cada uno tenía su propio modo de amar.

–Estoy orgulloso de ti –dijo–. Eres un buen chico. Algún día serás alguien.

Todos somos alguien. Eso es lo que pensé.

- -

Volví a la sala. El partido había terminado. Los Cowboys perdieron, lo cual no puso a nadie de buen humor. Papá hablaba con mi tío Julián por teléfono, y tenía el semblante serio. El tío Julián y papá eran realmente unidos, aunque mi tío fuera mucho mayor. Papá apagó el teléfono, y mis tíos y tías se quedaron mirándolo como preguntando "¿Qué dijo?".

–Julián está de acuerdo conmigo.

El tío Tony parecía indignado.

–Pues maldita sorpresa, Vicente.

–Mira, Tony, no empieces.

La tía Evie miró al tío Tony.

–No más cervezas para ti.

El tío Tony sacudió la cabeza y señaló a mi padre.

—¿Por qué siempre tiene que estar a cargo de todo?

Papá tenía una expresión paciente en el rostro.

—Nadie está a cargo, Tony. Todos estamos a cargo.

El tío Tony se puso un cigarrillo en la boca pero no lo encendió.

—¿Qué harán en la Mayo? Ni una maldita cosa. Los médicos pinche gringos no saben una mierda.

Tía Lulu hizo aquello de cruzarse de brazos.

—Eso no es cierto. Y no todos son gringos. Hay buenos médicos y malos médicos. Mamá tiene que ir a la Mayo.

Entonces papá hizo un anuncio con su voz firme.

—La llevaremos Evie y yo… y eso es todo. Ya programé su cita. Tenemos que estar allí el miércoles.

El tío Tony no parecía muy contento.

—¿Y luego qué, Vicente?

La tía Evie no ocultaba su impaciencia con el tío Tony.

—Como si lo supiera. No sabemos. Tenemos que averiguar lo que pasa dentro del cuerpo de mamá.

Tío Tony sacó el cigarrillo apagado de la boca.

—¿Y tus clases? ¿O acaso los profesores de arte no tienen que presentarse a trabajar?

Papá le dirigió una sonrisa mordaz.

—Solo cuando sentimos ganas de hacerlo.

El tío Tony se quedó un rato en silencio.

—Lo siento —dijo entonces—. No fue mi intención…

—Lo sé —asintió papá.

En algún momento el tío Mickey había entrado en la sala.

—¿Cuánto tiempo estará allá?

—No lo sé —respondió papá—. Ya veremos.

El tío Mickey tenía una expresión rara en el rostro.

–Bueno, pero maldita sea, no la dejen morir allá.

Todo el mundo se quedó callado durante mucho tiempo.

–Mickey –dijo papá por fin–, no dejaremos que muera allá.

La tía Lulu miró al tío Mickey.

–No nos consta que esté muriendo.

–Tienes razón –aseguró papá–. Habrá análisis. Y luego la traeremos de regreso. Pero tenemos que saber lo que está pasando.

El tío Mickey asintió. Y luego miró a papá.

–Por lo menos sabes cómo hablarles a los médicos y sirves para algo, *puto*.

Y luego toda la sala echó a reír. Papá, mis tíos y tías… si había algo que sabían hacer era reír. Papá llamaba este tipo de comportamientos *silbar en la oscuridad*. Supongo que cuando te encuentras en la oscuridad, lo mejor que puedes hacer es silbar. No siempre será de día, y la oscuridad regresará. El sol saldrá y luego se pondrá. Y volverá la oscuridad. Si no silbas, el silencio y la noche te tragan.

El problema era que yo no sabía silbar. Supongo que iba a tener que aprender a hacerlo.

PDD: plegarias

Pasé por la habitación de Mima y advertí que la puerta estaba entreabierta. Me asomé como lo había hecho siempre desde que era un niño. Estaba despierta, rezando con su rosario. Hizo una seña para que entrara, dando una palmadita sobre la cama. Me senté junto a ella. Rozó la mano sobre mi brazo.

–Qué fuerte eres –dijo. No le creí, pero asentí.

–¿Por quién estás rezando? –susurré.

–Por tu tío Mickey.

–Necesita que recen por él –dije.

Ella sonrió y asintió.

–Todos necesitamos que recen por nosotros.

Cerró los ojos y continuó rezando. Escuché sus susurros, y mi mente se echó a volar. El asunto de pensar me costaba cada vez más. Lo que pasa es que si querías rezar, tenías que concentrarte. Pensar no era rezar, al menos eso lo tenía claro. Jamás había podido concentrarme y mantener a raya todos los pensamientos. Tal vez rezar fuera algo demasiado anticuado para mí. Papá decía que de chico quería ser San Francisco, y luego se dio cuenta de que no servía para eso. Yo aún no sabía para qué servía o no servía, pero tampoco estaba escrito que yo sería San Francisco.

Mientras Mima rezaba, cerré los ojos. Le dije a Dios que necesitaba a Mima mucho más de lo que Él la necesitaba. *Tú ya tienes más de lo que te corresponde.* Me pregunté si Mima aprobaría mi plegaria. Seguramente, no. Me habría dicho que era un malcriado. Pensé que más tarde le enviaría un mensaje de texto a Sam: "PDD: plegarias". Me pregunté si era normal que los tipos de mi edad estuvieran pensando en orar. Tal vez sí. Tal vez no. ¿Qué diablos significaba mi obsesión con la palabra *normal*?

Al escuchar las suaves avemarías de Mima, pensé, *¿y si las plegarias desaparecieran del mundo? ¿El mundo seguiría estando bien?* No es que el mundo estuviera tan bien. El mundo real no era el mundo de mi padre. El mundo real creía en puñetazos, armas, violencia y guerra. Y estaba comenzando a pensar que yo era una parte más importante de aquel mundo real de lo que quería admitir.

Pensaba en tipos como Enrique Infante y aquel idiota de Eddie, tipos que no tenían respeto por nadie, y me ponía furioso. Sentía pequeñas explosiones por dentro, y hasta quería pegarle a Dios porque se estaba llevando a mi Mima, lo cual era el colmo de la estupidez porque Dios no era alguien a quien se le pudiera pegar. Además, ¿qué clase de persona era con estos impulsos de querer pegarle a Dios? Papá no creía en pegar o dar puñetazos. Y supongo que yo *sí*. Me refiero a que tenía a aquel tipo Eddie en la mira. Y sabía que papá diría que causarle daño a otro ser humano solo porque te había provocado un daño a ti no era manera de vivir tu vida. Y tal vez tuviera razón. Pero ese pensamiento no vivía dentro de mí.

Yo (y las plegarias)

Antes de marcharnos de casa de Mima, le envié un mensaje a Sam:

YO: ¿Qué pasaría si las plegarias desaparecieran del mundo?

SAM: Esa es difícil. No es mi tema

YO: Ni el mío

SAM: Es hora de consultar a Sylvia. Jajaja

YO: En serio, ¿crees que el mundo necesita plegarias? '

SAM: No lo sé. Supongo que nos hace sentir mejor

YO: Si nadie rezara, ¿el mundo se iría a la mierda?

SAM: El mundo se ha ido a la mierda

YO: Habla en serio

SAM: Estoy hablando en serio

YO: No estás ayudando

SAM: Rezaré por ti

YO: Muy graciosa

SAM: Sally, el serio

YO: Hablamos después

SAM: No te enojes

YO: Si estuviéramos hablando por teléfono, este es el momento en que te cuelgo

Mientras nos alejábamos de casa de Mima, papá me miró.

–¿De qué te ríes? –preguntó.

–De nada –respondí.

–Estabas enviándote mensajes con Sam, ¿verdad?

Asentí.

–Tú y Sam... qué pareja.

No podía discutírselo. Una parte de mí quería quedarse a solas en la tranquilidad de mis propios pensamientos, y otra quería conversar con papá.

–¿Qué pasaría si las plegarias desaparecieran del mundo? –me escuché preguntarle.

–Esa es fácil –dijo–. El mundo también desaparecería.

–¿Lo dices en serio?

–Supongo que sí.

–¿Tienes pruebas?

–No te hagas el listo. No, no tengo pruebas. No necesito pruebas.

–Mima reza por nosotros. ¿Eso quiere decir que nuestro mundo desaparecerá cuando Mima se muera?

–No.

–¿No?

–No, porque quedamos nosotros. Y también quedan otros... otros que rezan.

–¿Tú?

–Yo soy uno de ellos, sí.

–¿Para qué rezas?

–Para que haya más bondad en el mundo. Y también rezo por ti.

Si papá no hubiera estado conduciendo, lo habría abrazado. Entonces, pensé: *¿cómo puede amarme tanto este hombre?* Me sentí tan idiota. ¿Cómo podía siquiera pensar o preguntarme por el hombre cuyos genes tenía? De todos modos, ¿qué significaba la estructura genética comparada con el hombre que me había criado y amado? Era *tan* idiota.

En cuanto a las plegarias... ¿Cómo se le podía rezar a un Dios al que querías pegarle?

Mi papá

Papá no estaba muy conversador camino a casa. Pero hay momentos en los que los silencios son cómodos y otros en los que no lo son.

—Hoy fue diferente en casa de Mima —dije finalmente.

—Sí —asintió—. Supongo que así serán las cosas durante un tiempo. Espero… —no terminó la oración.

—¿Qué esperas?

—Espero que todos logremos manejar bien esta situación.

—Lo hicimos bien cuando murió Papo.

—Supongo que sí. Pero Papo era Papo, y Mima es Mima… y no es igual.

Sabía a lo que se refería.

—Sí, es cierto.

—Las familias pueden ser complicadas. Las personas se enojan cuando tienen miedo.

—Especialmente, el tío Tony.

—Sí, tu tío Tony es…

—Lo entiendo, papá, en serio.

Papá asintió.

—Cada uno está haciendo lo mejor que puede.

—Lo sé —dije—, pero tú y yo no somos complicados. Y somos una familia, ¿verdad?

—Sí, lo somos, Salvi. Dentro de lo que es una familia, tú, yo y Maggie somos lo menos complicado que hay. Pero no somos una unidad autónoma; pertenecemos a algo que nos supera en tamaño, ¿verdad? ¿Sabes? Cuando era joven, intenté hacer lo imposible por divorciarme de mi familia.

—¿Por qué?

—Era demasiado difícil, demasiado cansador, demasiado complicado. Durante muchos años, viví una especie de exilio autoimpuesto. Me fui a la universidad, viví mi propia vida, fui en busca de mis sueños, intenté enfrentar algunos demonios. Supongo que pensé que podía hacer todo eso solo. Pensé que porque era gay, mi familia me odiaría, no me entendería o me echaría. Así que yo mismo me autoexpulsé. Era más fácil hacer de cuenta que no pertenecía a una familia. Intenté fingir que no pertenecía a nadie.

—¿Y qué cambió, papá?

—Yo cambié. Eso fue lo que cambió. Yo. No quería vivir sin mi familia. De ninguna manera. Y además estabas tú.

—¿Yo?

—Sí. Tu mamá vivía aquí. Necesitaba ayuda. Regresé.

—Realmente querías a mi mamá, ¿verdad?

—Fue la mejor amiga que tuve en mi vida. Tú me trajiste de nuevo a mi familia. Quiero que lo sepas.

—¿Yo?

—Sip —dejó de hablar. Estacionó a un lado de la carretera—. Aquí tienes, toma el volante.

¿Yo? ¿Lo había traído de nuevo a su familia? Guau. Tendría que pensar acerca de ello. Me hacía feliz que me pudiera contar sobre las cosas que sentía. Y que me necesitara para conducir, que me necesitara para hacer algo por él. Eso también me hacía feliz.

Mientras conducía por la I-10, me pregunté si mi padre continuaría con la conversación que había iniciado. A veces comenzaba a contarme algo sobre sí mismo y luego se detenía en el medio de la historia.

—Necesito un cigarrillo —dijo.

—Prohibido fumar dentro del auto —respondí.

—De todos modos, no los traje.

—Mejor.

—Mejor —repitió—. Quieres a tus tíos y tías, ¿verdad?

—Sí. Me gusta que no finjan ser algo que no son. Son simplemente ellos mismos. Eso me gusta.

Papá asintió.

—A mí también. Pero el asunto es que en esta familia no se nos da por ser normales. No somos una bonita fotografía de Facebook. Nos portamos mal, decimos palabrotas, bebemos demasiada cerveza y decimos todo lo que no debemos decir. No intentamos ser el retrato ideal de la familia americana. Somos quienes somos. Y no somos perfectos. Pero ¿sabes qué? Me equivoqué en no confiar en ellos. Mima tiene un dicho: *Solo, te haces menos.* ¿Sabes lo que significa?

—Sé hablar español, papá.

—Sí, pero ¿sabes lo que significa?

—Creo que significa que no son los demás quienes te hacen sentir solo. Eres tú mismo quien lo provoca.

—Qué chico listo. Viví separado de mi familia porque no confiaba en ellos. No confiaba en que me amaran lo suficiente. Debería sentir vergüenza de mí mismo. Jamás recuperaré esos años —me echó un vistazo—. Jamás subestimes a las personas que te aman.

Asentí.

—Sé que a veces crees que las personas son como libros. Pero nuestras vidas no tienen tramas perfectas y lógicas, y no siempre decimos cosas hermosas e inteligentes como los personajes de una novela. Así no funciona la vida. Y no somos cartas…

—¿Quieres decir como la que me dejó mamá?

—No me refería a eso, pero ahora que lo mencionas… Escucha, no podemos volcar lo que sentimos y pensamos… no podemos escribir lo que somos y ponerlo en un sobre y decir "Este soy yo". No sé lo que intento decir. Sencillamente, supongo que me arrepiento de algunas cosas. Lamento informarte que arrepentirse es parte de la vida.

—Pero ¿tiene que ser así?

—Sí, creo que *debe* ser así. Porque siempre vamos a cometer errores —tomó un respiro. Intentaba explicarme algo a mí y tal vez incluso a sí mismo—. Digámoslo así: muéstrame a un hombre que no se arrepiente de nada y te mostraré a un hombre sin conciencia alguna.

Asentí.

—Bueno, papá —dije—, por lo menos tienes una conciencia.

Se echó a reír.

Y luego yo me eché a reír.

Silbar en la oscuridad.

PDD: ¿crianza? ¿Naturaleza?

Cuando llegamos a casa, papá fue directamente a su taller. El trabajo era mejor que los cigarrillos. Sabía que comenzaría un cuadro nuevo. Sacaría uno de sus lienzos estirados y empezaría. Y luego podría dormir. Una vez me había dicho que el arte no era algo que *hacía*. "Es algo que soy", afirmó.

Como yo no llevaba el arte por dentro ni había encontrado nada parecido a lo que tenía papá, fui a mi habitación.

Mensajeé a Sam:

YO: ¿Estás en casa?

SAM: ¿En qué otro sitio?

YO: Nos vemos en el colegio mañana

SAM: Sip. Rompí con Eddie

YO: ☺

SAM: Los tipos son unos imbéciles. Con razón tu papá no sale con nadie

YO: Jajaja

SAM: En serio

YO: No puedes descartar a todos los tipos del planeta

SAM: ¿Por qué no? Jajaja

YO: ¿Puedes vivir sin mí?

SAM: Maldito engreído

YO: Jajaja. Me voy a dormir

SAM: Dulces sueños

YO: Para ti también

Conecté mi teléfono en el cargador y activé el despertador para las 6:30. Respiré hondo e intenté recordar si me había lavado los dientes. Daba igual; si no lo había hecho, no iba a ocurrir. Acaricié a Maggie, echada junto a mí sobre la cama.

Antes de quedarme dormido, pensé lo que había dicho papá: que la vida no era perfecta y agradable como un libro, y que la vida no tenía una trama llena de personajes que dijeran cosas hermosas e inteligentes. Pero se equivocaba en eso. Porque papá decía cosas hermosas e inteligentes. Y era real. Era el ser más real de todo el mundo. Entonces, ¿por qué no podía ser como él?

Se me ocurrió algo, así que entré a Internet y comencé a buscar información. Encontré un debate: "Naturaleza vs. crianza en psicología. Este debate en términos de la Psicología se ocupa del grado en que determinados aspectos del comportamiento son un producto de características heredadas (es decir, genéticas) o adquiridas (es decir, aprendidas)".

Leí algunos artículos, y me pareció que nadie conocía realmente la respuesta a aquella pregunta, a *mi* pregunta: ¿qué importaba más? ¿Cuál era la fuerza que me hacía vivir: las características genéticas recibidas de mi padre biológico o las características adquiridas de mi padre, el hombre que me crio?

¿Cuál de mis padres ejercería una *mayor* influencia en el hombre en que me convertiría?

Yo (en la oscuridad)

Desperté a las 3:14 de la madrugada. Había estado soñando que caminaba bajo la lluvia. En el sueño, estaba perdido. Pensé en el primer día de colegio, cuando la lluvia me empapó y me sentí tan solo. Miré mi celular. No podía seguir el ritmo de los acontecimientos. Sam y el susto con el cabrón de Eddie. No quería pensar en ello. Sam y su madre. No quería pensar en ello. Yo y la carta de mamá. No quería pensar en ello. Mima y el cáncer. No quería pensar en ello. Yo y los cambios que me agitaban por dentro. No quería pensar en ello. Yo, la universidad, el futuro y el estúpido ensayo que debía escribir para la admisión en el que ni siquiera había pensado en escribir. No quería pensar en ello.

Así que comencé a pensar en mi familia y en todas las cosas buenas que recordaba de ellos: la vez que el tío Mickey me levantó en brazos cuando un perro suelto se dirigía directo a mi garganta; la mañana que mi tía Evie terminó en el hospital porque se cayó de una escalera al colgar las luces navideñas, y la sarta de palabrotas que le salieron de la boca mientras se hallaba echada sobre el suelo; la tarde que Papo se cayó del techo y apenas se sacudió el polvo, riéndose, mientras Mima sacudía la cabeza y se persignaba; el fin de semana que el tío Mickey pasó en la cárcel y se perdió mi fiesta de cumpleaños; la mañana de verano cuando le arrojé piedras a un nido de avispas y terminé en la sala de urgencias, y mi tía Lulu me frotó una especie de ungüento sobre el cuerpo durante tres días seguidos; el verano que pasé en casa de Mima porque papá estaba enseñando en Barcelona; las barbacoas en casa de Mima, cuando contaba todas las latas de cerveza y el dinero que obtenía en la planta de recolección de aluminio; y la vez que armé una pirámide humana en nuestro jardín trasero para mi cumpleaños número quince y conseguí ser la punta de la pirámide. Fue como si las escenas de mi vida pasaran por mi cerebro con la velocidad de una jauría de perros que corría por las calles, perros que corrían y corrían, sin poder parar aunque estuvieran cansados.

Sonreí para mis adentros. Muchas personas en el mundo tenían vidas realmente de mierda, y ni siquiera era culpa suya. Como Fito. Algunas personas sencillamente nacían en la familia equivocada o eran adoptadas por la familia equivocada, o nacían con algo roto por dentro. Papá no tenía nada roto por dentro, aunque algunas personas creyeran que lo había porque era gay. Pero aquellas personas estaban equivocadas. No lo conocían.

Yo. Y mis puños

Pasé delante del tipo al que le di un puñetazo en el estómago por llamarme *pinche gringo*. Me miró fijo. Por un lado quería decir "Lo siento" y "Realmente, no soy aquel tipo". Pero, bueno, en realidad *sí* lo era. Estaba pensando si no debía confesarle aquel incidente a mi padre, porque en general le contaba todo lo que me pasaba. Pero en realidad aún no había puesto nada en palabras. Sam siempre decía: "Si no puedes ponerlo en palabras, entonces es que no estás seguro de nada".

Estoy cerrando el puño.

Este es mi puño.

Quiero golpear un muro y decirle a Dios que cure a Mima. Y después, golpearlo también a Él.

Quiero golpear a Eddie y obligarlo a decirle a Sam que lo siente.

Seguía pensando en que había una posibilidad de que resultara como el tipo cuyos genes viven en mí. Y seguía odiando aquella idea.

Sam

Sam me llamó después del colegio. Se había quedado en casa, enferma.

—¿Estás realmente enferma?

—Sip. Enferma de Sylvia.

—¿Qué pasó?

—Discutimos.

—Vaya novedad.

—Vete al diablo —a veces, cuando Sam y su mamá se trenzaban en una riña violenta, Sam sufría un bajón. El otro indicio de que estaba pasando por un mal momento era el hecho de que me hubiera llamado. No hablábamos mucho por teléfono. Mayormente, nos enviábamos mensajes.

—¿Quieres hablar de ello?

—Por supuesto que quiero hablar de ello. ¿Acaso no te llamé?

—Creo que deberías venir a casa —dije.

—De acuerdo.

—Te haré algo para comer.

—Estoy cagada de hambre.

—Bueno, bueno, basta de palabrotas.

—¿Te ofendo, Sally?

—Hay otras palabras en tu léxico. Usa tu imaginación.

–Qué tipo correcto y formal.

–Tienes una cloaca por boca.

–Chico blanco.

–Amante de chicos malos.

Entré en el taller de mi padre, que estaba buscando fotografías viejas.

–Hola –dije.

–Hola –me sonrió.

–¿Qué haces?

–Busco una foto de Mima. Una en particular.

–¿Por qué?

–La necesito para un cuadro.

Asentí.

–Tía Evie, Mima y yo nos vamos a Scottsdale mañana por la tarde –nos estudiamos mutuamente durante un momento–. Sé que quieres venir.

Lo interrumpí.

–Papá, me quedaré a cargo del fuerte.

Sonrió… luego se rio.

–¿Te acuerdas?

Asentí.

–Me acuerdo.

Es lo que me había dicho que hiciera la primera vez que me dejó solo en casa.

Me miró.

–Seré honesto contigo.

–Siempre eres honesto conmigo, papá.

–Hasta donde tú sabes.

Me reí.

–Hasta donde yo sé.

–Tengo un poco de miedo. No, déjame comenzar de nuevo. Tengo mucho miedo.

–¿Mima?

–Sí, tengo un presentimiento. ¿Sabes lo que intento decir? Tendrás que tener paciencia conmigo. Es un poco como aprender a hablar un idioma nuevo. No es algo que se domine tan fácilmente.

Sam me envió un mensaje:

Envía a Maggie afuera a saludarme.

Abrí la puerta de entrada y observé a Maggie corriendo hacia Sam, moviendo la cola. La observé pasarle la lengua por el rostro como de costumbre, la sonrisa de Sam y luego el abrazo.

Sam y Maggie subieron los escalones del porche a los saltos. Ella me miró de arriba abajo.

–¿Sabes? Realmente deberías conseguirte un tatuaje.

–No soy yo.

–Tienes razón. No eres tú. Me agrada como eres. Más o menos.

–¿Más o menos?

–Sí, me agrada que no seas como los otros chicos que me agradan.

–Sí, lo sé.

–Pareces decepcionado, Sally.

–Pues…

–¿Qué?

–Nada… ¿Y si descubrieras que soy otra persona? Ya sabes, alguien que termina siendo una persona diferente de quien creías que era.

—Te conozco, Sally.

—¿Lo crees?

—No tiene sentido lo que dices. Vamos. Entremos en la casa.

Papá estaba preparando sus famosos tacos. Sam adoraba los tacos de papá. Yo también. Maggie, la tercera. Sam y yo fuimos a la sala, y alcancé a oler las tortillas de maíz mientras mi padre daba forma y freía los tacos. Cielos, me encantaba aquel aroma. Sam no dejaba de cruzarse y descruzarse los brazos mientras hablaba.

—Mi mamá es tan perra.

—Retráctate —dije.

—Una vez que dices algo, no puedes retractarte jamás.

—Sí puedes —Sam tenía el tipo de mirada que podía paralizarte. Pero yo también podía dirigir esa clase de miradas.

—Me retracto —cruzó los brazos—. Es mala. Puede ser realmente mala. Asentí.

—¿Sabes lo que me dijo? "Si no te cuidas, muchachita, vas a terminar haciendo el baile del caño, semidesnuda, rodeada por viejos pervertidos y babosos. ¿Y tú crees que quieres ir a Stanford?". No tenía ningún derecho de decir algo así.

—Tengo que admitir que en este momento tu madre no me agrada demasiado.

Sam sonrió.

—Así me gusta —se lanzó sobre el sofá—. ¿Puedo preguntarte algo?

—Claro.

—¿Alguna vez te agradó mi madre?

—Bueno, no la conozco realmente. No parece demasiado interesada en que la conozcan. Al menos, no por mí.

–Sí, supongo que tienes cierta razón.

–¿Alguna vez quieres ser madre, Sam?

–Jamás pensé en ello.

–¿Nunca?

–No realmente. ¿Y tú, Sally? ¿Quieres ser papá algún día?

–Sip. Claro que sí. Quiero tres hijos.

–¿Tres?

–Cuatro, tal vez. Eso sería genial.

–Vaya, buena suerte en conseguir una chica que quiera casarse contigo.

Aquello me hizo sonreír. Pero luego advertí que tenía una expresión triste en el rostro.

–¿Sabes, Sally? –dijo–. Creo que tendría miedo de ser madre. Creo que no sería una muy buena.

–Oye –respondí–, creo que serías una madre genial.

–¿Qué te hace pensar eso?

Señalé mi corazón y le di unos golpecitos.

–Porque tienes mucho de esto. Es todo lo que se necesita.

–Eres como tu padre, ¿sabes? Quiero decir, sé que no es tu padre verdadero…

–Sí, lo es.

–Sí, lo es –asintió.

Y en ese preciso instante deseé con todo mi corazón torcido que mi papá hubiera sido el hombre que me engendró.

Luego se oyó su voz resonando en la sala.

–¿Alguien quiere tacos?

Maggie comió un taco: era todo lo que se le permitía. Papá comió tres. Sam y yo comimos cinco cada uno.

Acompañé a Sam a casa. La noche estaba calma; el tiempo, casi demasiado perfecto.

–Papá se va mañana.

–¿Llevará a tu Mima a la Clínica Mayo?

–Sí.

–No quieres hablar de ello en este momento, ¿verdad?

–No, supongo que no.

–Hazme un favor. No saques temas de los cuales no quieras hablar.

–Está bien, está bien. Dame un respiro. Quiero y no quiero hablar de ello.

–Entiendo. Tu Mima es realmente dulce.

–Sí, lo es.

–¿Tienes miedo, Sally?

–En realidad, jamás perdí a nadie que amaba. Bueno, no es cierto. Perdí a mi Papo.

–Y perdiste a tu mamá.

–Sí, Sam, es cierto. Pero no lo recuerdo. Si no recuerdas algo, no te duele.

–¿No sería genial, Sally, si pudiéramos presionar la tecla "borrar" de nuestros cerebros y olvidar todas las veces que alguien nos lastimó?

–No estaría mal. Pero tal vez, no. Digo, el dolor es parte de la vida, ¿no?

–Correcto –dijo Sam–. A veces, eso realmente apesta.

–Supongo que no podemos elegir solo las cosas buenas para recordar, ¿no?

La observé entrar en su casa. Me quedé allí parado un momento. Asomó la cabeza fuera de la puerta, sonriéndome. Me saludó con la mano en un gesto verdaderamente dulce. Y yo le devolví el saludo.

Papá y yo

Desperté con el martilleo de la lluvia y el viento contra la ventana. Luego comenzaron los rayos. Y los truenos, como si el cielo se fuera a rasgar por la mitad. Tomé mis pantalones y me dirigí al porche delantero, seguido por Maggie. Necesitaba observar el show; era uno de mis hobbies preferidos.

No me sorprendió encontrar a papá parado allí, fumando un cigarrillo y observando la lluvia y los rayos cayendo con fuerza. Me paré a su lado. Me pasó el brazo alrededor, y me incliné contra él, contemplando los rayos y oyendo el chasquido de los truenos y la cortina de lluvia que caía. No sé cuánto tiempo nos quedamos allí. A veces había momentos en que el tiempo no existía. O tal vez existiera, pero, bueno, simplemente no importaba.

No dijimos una palabra.

Papá tenía razón. El mundo realmente tenía demasiadas palabras. El sonido de la lluvia era todo lo que necesitábamos.

Fue una tormenta intensa. Pero no tenía miedo. Sabía que el amor de mi padre era aún más intenso que cualquier tormenta.

—¿Estarás bien? —susurró.

—Sí.

–No habrá fiestas descontroladas, ¿no?

–Solo Sam –dije–. Supongo que con ella tengo mi cuota de descontrol bien cubierta.

Se rio.

–Te llamaré todos los días.

–¿Cuánto tiempo te quedarás?

–No lo sé.

Asentí.

–Vamos a dormir. Tengo que levantarme temprano.

–No –dije–. Esperemos a que acabe la tormenta.

Entre tormentas

El aire estaba límpido; el cielo, un azul tan profundo como pocas veces había visto.

Pensé en lo que mi padre me había dicho un día de verano. Me había caído; tenía la rodilla raspada y sangraba. Nos sentamos en el porche trasero, donde me limpió la herida y me colocó una venda. El cielo se había despejado tras una tormenta de verano. Yo había estado llorando, e intentó hacerme sonreír. "Tienes los ojos del color del cielo. ¿Lo sabías?". No sé por qué lo recordé. Tal vez, porque sabía que estaba diciendo que me amaba.

De cualquier modo, mis ojos no eran ni por asomo tan bellos como el cielo. Ni cerca.

Me senté en las escaleras de adelante y respiré el aire al tiempo que la tía Evie y Mima detuvieron el auto delante de la casa. Mima salió y sonrió como si no sucediera nada. Estaba parada sobre la acera, y llevaba un vestido azul pastel que me recordó a un día de verano. Lucía como se la veía siempre: bonita, fuerte y feliz. Descendí las escaleras de un salto y la abracé.

–*Mijito* de mi vida –dijo–, te ves tan apuesto.

–Lo que importa no es el aspecto.

—Es cierto —me retuvo el rostro entre las manos como lo había hecho tantas otras veces—. Todo el mundo es hermoso —dijo.

—No todo el mundo —afirmé.

—Sí, todo el mundo.

Le sonreí. No iba a discutir con ella.

Papá descendió los escalones de la entrada llevando una maleta. Observé mientras él y mi tía acomodaban todo en la cajuela.

La tía Evie me guiñó un ojo.

—Hola, amorcito —aquello era típico de ella. Todo el mundo era un *amorcito*.

—Hola —saludé.

—¿Vas a ser un buen chico?

—Siempre soy un buen chico, tía Evie.

—¿Siempre?

—Bueno, casi siempre.

—Pues, eso me basta.

Papá abrió la puerta para que entrara Mima.

—¿Lista?

Ella asintió, y una sombra de tristeza le cruzó el rostro.

Levantó la mano para saludarme, y le devolví el saludo.

Abracé a papá. Se veía serio.

—Cuida bien a Maggie.

—Lo haré.

—Dile a Sam que confío en ella para que no te metas en líos.

—Se lo diré.

La tía Evie me abrazó y subió al asiento trasero. Los observé alejarse. Pensé en la tormenta de la noche anterior. Una había terminado, y otra estaba a punto de comenzar.

Yo, Fito. Los amigos

Aquella noche, papá me llamó solo para decir que estaban internando a Mima en la Clínica Mayo. Me había dejado la tarjeta del cajero en caso de que necesitara algo. "No hagas locuras con la tarjeta". Bromeaba. Lo sabía. Me encontraba sentado en el sillón de cuero de papá, y Maggie estaba echada a mis pies. Cuando terminé de hablar con papá, eché un vistazo a la casa. Miré el cuadro pintado por papá que colgaba en la pared. Era un cuadro grande que ocupaba casi todo el espacio. Se trataba del retrato de muchos chicos alrededor de una piñata. Los chicos eran sus hermanos y hermanas. Y el que intentaba darle a la piñata era mi tío Mickey. El chico que personificaba a mi padre estaba a un lado. Me encantaba ese cuadro. Pero al contemplarlo, me volví a sentir solo. No sentía ganas de estar solo. Sabía que ciertos pensamientos comenzarían a acosarme. Maldición.

Mientras me servía un vaso de leche fría, se me cruzó el siguiente pensamiento por la cabeza: *si me cruzara con mi padre biológico, ¿nos reconoceríamos por el parecido físico? ¿Nos daríamos cuenta?* No es mi padre, no es mi padre, no es mi padre.

Le envié un mensaje a Sam:

YO: Me siento solo. ¿Pijamada?

SAM: Ay, no puedo. Día de semana. Y Sylvia está en pie de guerra

YO: ¿Qué pasó?

SAM: Está enojada por el tema de Eddie y me está reteniendo las solicitudes para la universidad. Está furiosa. Yo estoy furiosa. Esto es un infierno

YO: Lo siento

SAM: Me tengo que ir. Sylvia acaba de entrar. Ha estado escribiendo algo en el espejo de mi baño. Hablamos después

Decidí enviarle un mensaje a Fito:

YO: Papá no está. ¿Quieres venir a casa?

FITO: Se está haciendo tarde

YO: ¿Dónde estás?

FITO: Trabajando en C. K. No debería estar mensajeando

YO: Qué mala onda. ¿Cuándo sales?

FITO: 11

YO: ¿Quieres venir a casa cuando salgas?

FITO: Ok. En un rato. No es que me esperen en casa

YO: Genial. Haré unos sándwiches

FITO: Cool

Pasadas las once, Maggie y yo salimos a sentarnos en los escalones delante de la casa para esperar a Fito. En general, cuando debía ir al colegio al día siguiente no me quedaba despierto hasta tarde, salvo que estuviera haciendo la tarea, pero no tuve que esperar mucho. Maggie ladró, y apareció Fito entre las sombras.

–Hola, ¿en qué andas?

–Las estrellas –dije.

Fito sonrió.

–No tengo tiempo para mirar las estrellas.

–Qué lástima.

–Sip.

Entramos y le preparé un sándwich.

–¿No quieres uno? –preguntó.

–No. Creo que solo haré algunas palomitas de maíz.

–¿Tienes palomitas de maíz?

–Sip –tomé una bolsa y la puse en el microondas. Fito engullía a toda velocidad–. ¿Acaso no comes nunca?

–Oh, sí, mamá es una gran chef –emitió una especie de carcajada–. Recibe vales de comida. Maldita sea, vende los vales para comprar drogas.

–Eso apesta –dije.

–Tú lo has dicho –respondió–. Y tu padre, ¿dónde está?

–Mi Mima está enferma. Tiene cáncer. La llevaron a la Mayo en Scottsdale para revisarla. Así que estará fuera por un par de días.

–Qué jodido lo de tu Mima.

–Sí –dije–. He estado pensando mucho.

–Eso no es bueno. Cuando yo me pongo a pensar, acabo pasando un mal momento.

–Supongo que yo también. Pero bueno, ¿te acuerdas de aquel asunto sobre la vida no examinada que la señora Sosa siempre nos señala?

–Sí, sí, la señora Sosa –y luego comenzó a imitar la voz de nuestra profesora de Literatura, con una expresión realmente tonta–. "Las vidas no examinadas no merecen ser vividas. ¿Me estás escuchando, Fito? ¿Puedes decirme qué filósofo lo dijo?"–y luego se rio–. Esa profesora siempre cree que no le presto atención. Carajo, siempre le presto atención.

La gente jamás creía que Fito pudiera hacer algo bueno. Detestaba esa actitud. Ni siquiera Sam lo creía.

Me agradó quedarme allí sentado conversando con él. Hablamos del colegio y de los profesores, y comimos palomitas de maíz y luego comimos más palomitas de maíz y bebimos un par de Cocas.

–¿Sabes? Algún día iré a buscar a mi padre –dijo Fito de pronto.

–¿En serio? –pregunté.

–Sip. Digo, él y yo nos debemos una oportunidad. Ya sabes, de entablar una relación.

Asentí.

–¿Alguna vez irás a buscar a tu bio-padre? –así llamaba él a mi padre: mi bio-padre.

–¿Qué le diría?

Fito encogió los hombros.

–Tal vez, nada. Tal vez solo respondería a una pregunta que tienes en la cabeza.

–Tal vez –dije–. No lo sé. Trato de no pensar en eso.

–Sí, lo entiendo –Fito era bueno interpretando lo que sentían las personas. Luego dijo–: Dime, ¿por qué te llamaron Salvador?

–Buena pregunta.

–Digo, tu mamá era gringa, ¿verdad?

–Sip.

–Y supongo que tu bio-padre no era mexicano.

–No lo creo. No sé. Supongo que sencillamente le gustó el nombre.

–Es un nombre con una gran carga.

–Sí, supongo que sí –luego lo miré y le pregunté–: ¿Cuál es tu nombre verdadero, Fito?

–Adam.

–No te creo. ¿Adam?

–Sip. Cuando nací, hacía un tiempo que mamá estaba limpia, y Adam, pues, era el tipo nuevo y se suponía que yo representaba la vida nueva. Maldita sea, ya sabemos cómo terminó eso. Y no sé... mis hermanos siempre me llamaron Fito porque tenía pies chiquitos. Así que los pies equivalen a Fito –encogió los hombros–. Es estúpido. Tengo una familia estúpida.

–A mí me gusta Fito –dije.

–A mí también me gusta Fito –respondió.

Papá llamaba todos los días.

Hablábamos, pero no parecía ser el mismo. Y no había mucho de qué hablar. O tal vez había demasiado. De todos modos, me gustaba escuchar su voz, y me gustaba que me dijera que me quería. Me pregunté si le era más fácil decir las palabras *te quiero* por ser gay. Le pregunté a Sam acerca de ello. Me dijo: "No seas estúpido, Sally".

Incluso un tipo inteligente podía ser estúpido: yo era la prueba viviente.

El resto de la semana que papá no estuvo, me metí en Facebook; no es que fuera un fanático de Facebook y no es que posteara nada. Era de aquellos a los que solo les gusta leer los posteos de los demás. Supongo que necesitaba un poco de compañía. En general, mis amigos posteaban cosas estúpidas. Pero a veces no me importaba que fueran estúpidas. Siempre cliqueaba LIKE. Se puede decir que no discriminaba demasiado poniendo LIKES; no le hacía mal a nadie. Era mi manera de hacer que las personas se sintieran bien. Cuando me desconecté, me serví un cuenco entero de helado. Me senté en los escalones traseros y miré las estrellas. Recuerdo cuando le enseñé a Mima las constelaciones y lo orgullosa que estaba de mí por interesarme en el cielo. Y recuerdo lo que dijo Fito: *No tengo tiempo para mirar las estrellas*.

Sentado allí mirando las estrellas, me sentí realmente muy, muy pequeño.

Sam y yo

Sam me envió un mensaje:

SAM: ¡Viernes! ¡Pijamada!
YO: ¡Pijamada!

Cielos, podíamos ser tan ridículos. Pero si alguna vez se lo decía, se pondría furiosa. No quería considerarse a sí misma una ridícula. Ni hablar. Luego me puse a pensar en que la mayoría de las personas creía que yo era el chico que evitaba que Sam frecuentara malas compañías. No creía que fuera para tanto. Vino a casa e hizo la pregunta de siempre:

–¿Qué hay para cenar? –cielos, para una chica que comía como ella, uno pensaría que habría sido gorda. Pero no, no lo era.

–Podríamos pedir pizza.

–¡Ardovino's!

–Sip.

–No hacen pedidos.

–Papá dejó el auto.

Al instante estaba hablando por su celular, pidiendo la pizza.

–No te olvides de la ensalada.

Decidimos mirar una película vieja de la colección que tenía papá.

–*Matar a un ruiseñor* –dijo Sam.

–La acabo de ver con papá.

–Pues yo no.

–Pero yo sí.

–Mala suerte, cariño. No vas a morirte si la vuelves a ver.

–¿Eso crees? –pregunté–. Escucha, publicaron una especie de secuela… y Atticus termina siendo un racista.

–Sí, claro, ¿y leíste el libro?

–No, pero…

–Pero… pero nada, Sally. En esta versión, Atticus no es racista. Así que enfoquémonos, Sal.

No sé por qué me molestaba en discutir con Sam. El resultado era siempre el mismo. Así que en lugar de prolongar un debate que iba a perder de todos modos, tuve que claudicar.

–La próxima vez me toca elegir a mí.

–De acuerdo.

En la mitad de la película, Sam me dio un golpecito con el dedo.

–Creo que tu papá es un poco como Atticus Finch.

–El que no es racista.

–Sí, ese.

–¿Lo crees, Sammy?

–Sip. Y es tan apuesto como Gregory Peck.

–Sip –dije.

–¿Por qué cuando vienes siempre te quedas con la cama?

–Porque soy mujer.

–A veces eres tan ridícula, Sam.

–Sí, claro.

–¿Y por qué siempre tienes que dormir con Maggie?

–Deberías preguntárselo a Maggie.

Miré a la perra.

–Traidora –luego giré la vista a Sam–. Creo que a veces deberías dormir en el suelo.

–Cállate –apagó la luz–. Vete a dormir –pero no podíamos dejar de reírnos.

Todo estaba en silencio.

–Cuéntame un secreto –oí que decía Sam entonces.

–¿Un secreto?

–Todos tenemos uno.

–Primero tú.

Se quedó completamente en silencio.

–Sigo siendo virgen –dijo finalmente.

Sonreí para mis adentros, feliz de que no se hubiera acostado con ninguno de esos chicos malos.

–Yo también.

Se rio.

–Todo el mundo sabe eso, idiota. Cuéntame un secreto de verdad.

–Tengo una carta de mi mamá.

No sabía que se lo diría.

–¿Qué? ¿En serio? ¿De verdad?

–Sí, me la dio papá.

–¿Cuándo?

–Hace un tiempo.

–¿Qué decía?

–No la he abierto.

−¿Qué? ¿Qué diablos te pasa? −encendió la luz para que pudiera ver su expresión−. ¿Tienes una carta de tu madre, tu madre que está muerta, y no la has abierto? Qué imbécil.

−No soy un imbécil. Solo que no estoy listo para abrirla.

−¿Y cuándo estarás listo? ¿Cuando la Tierra desaparezca por el calentamiento global?

−Ahora *tú* eres la imbécil.

−Está bien, cuéntame. Sabía que algo te pasaba. Lo sabía.

−Sí, claro.

−No te burles de mí, idiota. Cuéntame.

−Es solo que, pues, no estoy listo.

−¿Por qué?

−No tengo una respuesta.

Me di cuenta de que estaba exasperada.

−Escucha, yo te la leeré −dijo.

−Eso es exactamente lo que pensé que me dirías… que es exactamente el motivo por el que no te lo conté.

No dijo nada durante un tiempo largo… pero me di cuenta de que estaba contrariada. Apagó la luz.

−No te enojes conmigo, Sam −susurré.

−¿Tienes miedo de leer lo que dice?

−Supongo que sí.

−¿Por qué, Sally?

−No lo sé.

−¿Sabes lo que creo? Creo que estás enojado con tu mamá porque se murió. Es solo que nunca admitiste para ti ese sucio secretillo.

−Ah, ¿así que ahora eres el maldito Dalai Lama?

−Sip.

Le dirigí una sonrisa mordaz en la oscuridad.

—Bueno, cuando estés listo y la hayas leído, Sally, ¿me dirás lo que escribió?

—Lo prometo. ¿Y me prometes no fastidiarme para que lo haga?

—Lo prometo.

—Me alegro de que seamos amigos, Sammy.

—Yo también, Sally.

Hizo silencio y sentí su respiración. Me pregunté por qué las chicas no roncan. Tal vez lo hicieran, pero Sam no. Sabía que yo roncaba a veces. No era un experto en ronquidos. Me quedé recostado en el suelo dentro de mi bolsa de dormir y comencé a hacer una lista de las cosas en las que no era un experto: el cáncer; las chicas; los tipos gays; las madres; los bio-padres; la crianza vs. la naturaleza; la ira; el miedo. Me quedé dormido en el medio de mi lista.

Papá y yo

Desperté temprano. Sam estaba profundamente dormida.

Definitivamente, era dormilona. En cambio, yo, no tanto.

Me senté y observé la salida del sol. Llamó papá. Dijo que el tío Julián se había tomado dos semanas e iría a Scottsdale para estar con Mima mientras permanecía en la Clínica Mayo. Y él volaría esa misma noche.

—¿Vas a volar? Creí que habías ido en auto.

—No. El viaje en auto fue demasiado largo para Mima. Y el vuelo solo tarda una hora.

—Ah.

—Creí que te había contado.

—Supongo que no me acuerdo. Me alegro de que vuelvas a casa —dije—. El fuerte no es el mismo cuando no estás.

—¿Qué? No has destrozado la casa, ¿verdad?

—Descuida. Vino Sam. Tuvimos nuestra pijamada habitual.

—No practicaron cómo besar, ¿no?

—Por supuesto que no. Jamás debí contarte.

—Solo preguntaba por si acaso.

Advertí que no dijo nada sobre Mima. Si las noticias hubieran sido buenas, habría dicho algo.

Sylvia

Estaba preparando *omelettes*, y Sam le estaba dando tocino a Maggie.

–Le hace mal –dije.

–No parece estar de acuerdo.

Le dirigí una mirada admonitoria. Ella me devolvió la mirada. Luego comenzó a enviar un mensaje de texto.

–¿A quién le escribes?

–Es privado.

–Claro, si es tan privado, ¿por qué lo estás haciendo delante de mí? –la miré con una de mis sonrisas más mordaces.

–Si debes saberlo…

–Por supuesto.

–Estoy enviándole un mensaje de texto a Sylvia. Hoy íbamos a salir de compras.

–Qué bien. Más zapatos.

–Aquello fue solo una etapa.

–Tonterías. Los colibríes fueron una etapa. Aunque sufriste una recaída y volviste a incidir en ella. Pero los zapatos son una etapa crónica.

–¿Crónica?

–Sip. Así que ¿cuál es la etapa nueva?

–El vinilo.

–¿El vinilo?

–Sylvia tiene discos antiguos y un tocadiscos. El otro día lo saqué y reproduje algunos discos. Pertenecía a su tío. Tengo que reconocer que si bien no sirve para limpiar una casa, Sylvia es capaz de conservar una colección de discos en perfecto estado. ¿Quién mierda lo hubiera dicho?

–Estás empleando esa palabra de nuevo.

–Repítela conmigo –esa chica sí sabía sonreír.

–No.

–Vamos, no te matará.

–Uso esa palabra con moderación.

–Apuesto a que te casarás con una chica mala.

–No lo creo.

Sacudió la cabeza. No paraba de jugar con su teléfono.

–Sylvia no me responde el mensaje. Me lo prometió. Está intentando compensar el hecho de que a partir de ahora no me deja salir a menos que conozca antes al tipo. Y prometió que si me portaba bien, conversaríamos acerca de mi solicitud para entrar en Stanford. ¿Si me porto bien? ¿Qué significa? ¿Quién evalúa mi conducta? ¿Ella o yo?

–Creo que ella tiene el honor de hacerlo –dije–. Y por lo menos se está comportando de manera maternal. Es un avance.

–En mi mundo, no.

–¿Quieres que se involucre o no?

–¿Que se involucre? Es ella quien me acostumbró a vivir con una madre no involucrada. ¿Qué se supone que tengo que hacer ahora?

–Dejarte llevar.

–Haré un pequeño esfuerzo. Pero si no me funciona, le diré que se largue.

–Lo preparé tal como te gusta –dije, y le puse el *omelette* delante.

–Siempre tienes la posibilidad de trabajar como un cocinero de comida rápida –comentó. Sonrió mientras llamaba a su madre.

–Oh, sí, la ambición de mi vida.

–¡Mierda!

–¿Qué?

–La llamada fue directo al correo de voz. Algunas cosas nunca cambian. Los novios siempre vienen antes.

–Tranquila, ni siquiera es mediodía.

–Por lo general, llega a casa a las diez.

–Bueno, tal vez este tipo sea especial.

–Son todos especiales.

Fue entonces que sonó su teléfono.

Todo fue tan extraño, casi como si hubiéramos estado caminando en un sentido y de repente camináramos en otro y estuviéramos en un camino desconocido, intentando desplazarnos en la oscuridad, sin saber ya hacia dónde íbamos. Habíamos estado tan seguros de nosotros mismos, pero ahora estábamos perdidos. Perdidos como jamás lo habíamos estado. Oí la voz de Sam atendiendo la llamada

–Sí, soy Samantha Díaz… –y la observé asentir con la cabeza sin parar, y luego un torrente de lágrimas se deslizó sobre su rostro y no dejaba de susurrar incrédula–: Pero cómo, cuándo, no, no.

Y luego me miró con aquellos ojos suplicantes y dolidos, pidiéndome que le dijera que esto no era real, que no estaba sucediendo, y susurró:

–Sally, Sally, Sally. Está muerta, Sally, está muerta.

–Te tengo –susurré, recordando lo que papá había dicho cuando recogimos a Sam de Walgreens aquella noche–. Te tengo, Sam –y la sostuve.

Sam, yo y la muerte

¿Qué sabía yo de la muerte? Maldición, ni siquiera sabía demasiado acerca de la vida. Sam sollozaba sobre mi hombro mientras llamé a papá.

—¿Ya estás casi en casa?

—Estoy en el aeropuerto.

Estaba temblando y también llorando… aunque no sabía por qué lloraba. En realidad, sí. Estaba asustado. Tan asustado. Y no podía soportar que el dolor que sufría Sam fuera tan intenso.

—¿Qué pasó?

—Sylvia, papá. Ella y su novio…

—¿Ella y su novio, qué, Salvi?

Si decía las palabras, toda la situación se convertiría en algo real. Y no quería que fuera real.

—¿Salvi?

Entonces las palabras brotaron como un torrente.

—Murieron en un accidente de auto.

Papá se quedó callado del otro lado del teléfono.

—¿Dónde está Sam?

—Está aquí.

—Qué bueno —dijo papá—. ¿Ya lo sabe su tía?

–No lo sé.

–¿Cómo está Sam?

–Está llorando sobre mi hombro.

–Va a necesitar ese hombro. Llama a su tía. Estoy a punto de embarcar.

–¿Papá?

–¿Qué, hijo?

–No sé. No sé. No sé qué hacer, papá –intentaba no derrumbarme, pero sabía que Sam me necesitaba, así que solo tragué saliva como si estuviera bebiendo un vaso de agua y una aspirina, y me obligué a dejar de temblar–. Papá, apresúrate en volver a casa.

–El vuelo demora solo una hora –dijo–. Concéntrate en tratar de mantener la calma.

Sam y yo nos aferramos el uno al otro. Fue lo que hicimos: nos aferramos el uno al otro.

–Estoy aquí, Sam. Estoy aquí. Siempre estaré aquí.

–Prométemelo –susurró.

–Lo prometo.

Pensé en Sylvia.

Sylvia jamás regresaría. Jamás.

Pensé en mi mamá.

PARTE 3

Por alguna razón, el hecho de que
ella fuera tan dispersa me ayudaba
a mí a no serlo. No tenía sentido,
pero lo que había entre Sam y yo,
pues, tenía una lógica propia.

PDD: consuelo

No me queda demasiado claro lo que sucedió entre el momento en que llamé a papá y el momento en que llegó. Recuerdo a Sam sentada en la silla de lectura de papá, aturdida o paralizada o… no lo sé, no puedo explicarlo.

Todo era *No lo sé, no puedo explicarlo*. Todo. Sí recuerdo que Sam se metió en la ducha. Pude oírla sollozando a través de las paredes. No lo soportaba. No sabía exactamente lo que estaba pasando en su corazón… algún tipo de turbulencia, creo. Tal vez estuviera peleando consigo misma, sintiéndose culpable porque ella y su madre hubieran tenido una relación tan compleja, una relación que había sido casi desagradable. Difícil. Supongo que a veces el amor es trabajoso y complicado. Creí que lo sabía. Pero no, no lo sabía.

Creo que jamás había visto la expresión de dolor en un rostro. No aquel tipo de dolor. Era algo terrible. Y tenía una sensación persistente en la boca del estómago. Recuerdo haberle preguntado a Sam el número de teléfono de su tía.

—Se llama Lina —susurró mientras me entregaba su celular. Debí llamarla, pero no lo recuerdo. Seguro que la llamé, porque apareció en la puerta y sé que Sam no la llamó. Creo que sabía que existía, pero jamás la había conocido. Se parecía a Sylvia, solo que era un poco mayor. Y parecía mucho más dulce que Sylvia. Me miró y yo la miré.

—¿Así que tú eres Sal? —preguntó.

Asentí. La invité a pasar, pero sin palabras. Echó un vistazo alrededor de la sala, y me sonrió.

—Hace un tiempo que no veo a tu padre.

—Está volviendo de Scottsdale.

Asintió.

—Sí. Sylvia me contó que tu abuela estaba enferma.

Asentí.

Tenía la voz suave.

—Lo siento. Tal vez se restablezca.

—Eso espero —dije—. Sam acaba de salir de la ducha.

—Sylvia me contó que eras un chico muy dulce.

Encogí los hombros. Intenté imaginarla diciendo algo así.

No creo que ninguno de los dos supiera qué decir. No es que nos conociéramos. Era evidente que ella sabía algo sobre mí, pero no demasiado. Yo no tenía un interés particular en que me redujeran a ser un chico dulce. Una cosa era que mi padre me dijera una cosa así, ¿pero una desconocida? De cualquier modo, no era cierto. ¿Y por qué diablos estaba pensando en esta mierda mientras Sam estaba en la otra habitación con un corazón que jamás volvería a sanar de sus heridas? Tal vez, su corazón no se curara nunca. Tal vez el dolor la habitaría para siempre. Entonces, ¿por qué diablos me hallaba pensando en cosas tan estúpidas y triviales?

Tenía la cabeza inclinada y estaba en silencio. Me sentía como un idiota. Sentí que me miraba. La tía de Sam.

—¿Tienes hambre? —su tono era amable.

—No. Sí. No lo sé —no sabía nada.

Sonrió.

—¿Dónde está tu cocina? —levantó la vista, y supe que Sam había entrado en la sala. Me volteé y advertí aquella mirada extraña y triste en su rostro. La observé mirarse con su tía Lina durante lo que pareció mucho tiempo. Hubo algo que se dijo. Algo importante. Algo que debía decirse sin palabras.

Y luego la tía de Sam la estaba conteniendo en sus brazos, y las lágrimas cayeron silenciosas por los rostros de ambas.

El mundo había cambiado, y este mundo nuevo era silencioso y triste.

Por alguna razón, terminamos en la cocina. Sam parecía más calma. Demasiado calma. No era una persona calma, y me asustaba que estuviera así. No dejé de observarla.

—Deja de mirarme, me estás asustando —dijo finalmente.

Sonreí. La Sam que conocía seguía allí.

—Lo siento.

La tía de Sam abrió el refrigerador.

—Tu padre tiene una cocina bien provista.

—Nos gusta cocinar —respondí.

—Llámame Lina —dijo—. Así me llama Samantha.

Asentí. Era como la tía Evie: se hacía cargo de las cosas. Sam y yo habíamos conseguido arreglárnosla bastante bien. Lo habíamos logrado, pero era difícil arreglársela cuando no sabías qué hacer. Lina parecía saber exactamente qué hacer. Tenía más experiencia con estas cosas que nosotros. Y en este momento, la experiencia era importante.

—¿Les gustan las tortillas?

—Sí, hay algunas en el refrigerador.

—Esas no —dijo.

Sam sonrió.

—¿Nos prepararás algunas?

—Claro, amor. Te haré algunas de mis tortillas.

Sam y yo la observamos mientras preparaba la masa, sin medir los ingredientes jamás, trabajando a partir de la experiencia de muchos años. Como Mima.

Supongo que había algunas mujeres que sencillamente sabían cómo preparar tortillas, a quienes les gustaba prepararlas y alimentaban a la gente con su arte. Supongo que había personas que andaban por el mundo y entendían el modo de consolar a los demás. *Consuelo* era la palabra del día. Me gustaba esa palabra mucho más que *muerte*.

Nadie dijo nada. Solo se oía el sonido de Lina extendiendo las tortillas con el rodillo sobre la mesa de la cocina.

Estaba pensando en Mima.

En medio de nuestro silencio, papá entró en la sala.

–Llegué –anunció–. Hola, Lina.

–Vicente.

–Tortillas –dijo.

Lina asintió.

–Es lo que hago. Preparo tortillas.

Hasta entonces, no sabía que siquiera se hubieran visto alguna vez, que se conocieran. Cielos, realmente no sabía absolutamente nada.

Papá miró a Sam.

–Hola –dijo.

Sam cayó en sus brazos, sollozando.

–Ahora estoy completamente sola –repetía una y otra vez.

Y papá susurraba una y otra vez:

–No lo estás, Sam. No lo estás.

Y lo único que hice yo… ¿lo único que pude hacer? Lo único que pude hacer fue observar.

Papá y Lina (y los secretos)

Papá y Lina bebían café y comían tortillas en la cocina. Hablaban de los preparativos para el funeral. Hablaban del seguro de Sylvia; si tenía uno. ¿Y un testamento? ¿Tenía uno? Papá parecía tener todas las respuestas. Sí, tenía seguro. Sí, tenía un testamento.

Lina estaba sorprendida.

Sam también estaba sorprendida.

–Tengo copias –dijo papá. Tuve la extraña sensación de que papá había ayudado a Sylvia a organizar su vida. A juzgar por el modo en que se ocupaba de su casa, no había sido la persona más organizada del mundo. ¿Se podían pensar cosas malas de los muertos? ¿Había permiso para hacerlo?

Pero luego comencé a pensar que era raro vivir la vida y al mismo tiempo estar preparado para la muerte. No lo entendía. Me refiero a que un poco sí. Digo, era bueno que Sylvia hubiera dejado un testamento. Sam estaría a buen resguardo.

Lina y papá comenzaron a hacer una lista de lo que debía hacerse. Supongo que era parte de lo que hacían los vivos: cuidaban de sus muertos.

Sam y yo nos aburrimos. O, tal vez, sencillamente no pudiéramos lidiar con ello. Pero me alegró que papá y Lina discutieran el tema, porque parecía calmar a Sam. Estaban tomando las riendas del asunto. En ese sentido, los adultos eran buenos. Al menos, algunos de ellos.

Entonces se me cruzó por la cabeza la siguiente idea: Sylvia estaba muerta y jamás regresaría. Y no había nada que papá o Lina pudieran hacer al respecto; esto era algo que estaba fuera de su control.

Sam y yo salimos un momento a la sala, sin saber qué hacer. Yo no dejaba de observar su rostro.

–Deja de hacer eso –dijo. Maggie ubicó la cabeza sobre el regazo de Sam–. Dile, Maggie, dile que deje de mirarme así.

–No estoy mirando, solo estoy preocupado por ti.

–Pues a mí también me preocupa mi estado –y luego hubo un instante de dolor real en su voz–. Me siento extraña –dijo–. Y vacía. Me siento vacía.

–Y tienes voz de cansada.

–Es por llorar tanto.

–Llorar es bueno.

–Pero te cansa –siguió acariciando la cabeza de Maggie–. Se fue, Sally. Se fue –no iba a llorar, no en ese momento. Creo que solo necesitaba decirlo.

–Sí –asentí.

–No le dije que la amaba.

–Ella lo sabía.

–¿Lo crees?

–Samantha, ella lo sabía –le aseguré. Ella asintió.

–Quiero dormir para siempre.

–Dormir. Sí, intenta dormir un poco.

La observé levantarse sin hacer ruido y caminar hacia la habitación libre que teníamos, con Maggie siguiéndole los pasos. *Duerme, Sam, y cuando despiertes, estaré aquí. Lo prometo, estaré aquí.*

No debí escuchar la conversación a hurtadillas. Pero, en realidad, no me arrepiento. Papá y Lina se hallaban sentados sobre los escalones de atrás. Y la puerta estaba abierta. Podía escuchar cada palabra. Ambos fumaban cigarrillos. Sí, podría haber entrado en el jardín trasero y habrían cambiado de tema, pero… me quedé allí parado, escuchando.

—Vicente, estoy tan furiosa con ella.

—No sirve de mucho estar furioso con los muertos.

—Lo sé. ¿Acaso crees que no lo sé? Estaba conduciendo. Estaba ebria. Cielos, ¿quién hace una cosa así? ¿Quién hace una estupidez como esa? Tenía una hija.

—Cálmate, Lina. Solo…

—¿Solo qué?

—Simplemente, hagamos esto. Por Sam. Su madre está muerta. Fue un accidente.

—Su vida entera fue un accidente.

—Entonces, ¿cuánto tiempo vas a seguir enfadada? —hubo una pausa, e imaginé a papá dando una calada a su cigarrillo—. ¿Hace cuánto que estás enfadada con ella?

—Toda mi maldita vida.

—¿Así que vas a guardarle rencor? Está muerta. ¿Qué dices? Olvídalo.

—Así nomás, ¿no? ¿Así nomás? No tienes idea de lo que me ha hecho sufrir mi hermana.

—Oh, me lo imagino bastante bien. Tal vez no conozca los detalles, pero me lo imagino bastante bien —hubo otra pausa, y luego escuché a papá diciendo—: Prométeme una cosa, Lina. Solo prométeme una cosa.

—¿Que te prometa qué?

—No le cuentes a Sam cómo murió su madre.

—¿Quieres decir que le mienta?

—¿Qué sugieres? ¿Lastimarla un poco más? ¿Eso quieres?

—Sabes que no.

—Entonces, todo lo que tienes que decir, Lina, es que fue un accidente de auto. ¿Qué tiene de difícil? Y de hecho *fue* un accidente de auto.

—Es una mentira.

—Prométemelo.

Sé que no debí haber escuchado aquella conversación. Debí haberme alejado de la cocina, alejarme de sus voces. Pero no me arrepentí. No me arrepentí en absoluto. Mientras caminaba hacia el porche delantero, me pregunté quién tenía razón, Lina o mi padre. No sabía que mi padre era capaz de mentir acerca de cosas que de verdad importan. Pero me pareció comprender que Sam le importaba más que la verdad detrás de un informe de accidente. Me alegró haber escuchado. Me ayudaba. Era hora de crecer... aunque siempre había querido que las cosas siguieran igual. No estaba a cargo del mundo que me rodeaba. Papá había empleado casi toda su energía protegiéndome. Tal vez hubo un tiempo para eso. Ahora el tiempo de protegerme tocaba a su fin. Pero no estaba listo para ser un hombre. Esa era la verdad. Y Sam no estaba lista para ser una mujer. Y me pareció que ser protegidos un poco más no era necesariamente algo malo. Porque Sam y yo aún lo necesitábamos.

Lápiz de labios

–Quiero ir a casa.

Me quedé mirándola.

–¿Me acompañas?

–Claro –sabía que tenía un signo de interrogación en mi rostro.

–Necesito ir a buscar algunas cosas.

–Llevaremos el auto.

Asintió.

─ ─ ─ ─ ─ ─ ─ ─ ─ ─ ─ ─ ─ ─ ─ ─ ─ ─ ─ ─

Sam se quedó parada fuera de su casa un largo rato, mirando la puerta.
Me entregó su llave. Abrí la puerta y le tomé la mano.

–Está bien –dije.

–Nada está bien.

–Estoy aquí –insistí.

Echó una mirada alrededor de la casa como si jamás la hubiera visto.
Caminó hacia la habitación de su madre. La puerta estaba abierta.

–Hizo la cama –susurró. Me miró–. Jamás hacía la cama.

Seguí observándola.

–Lo estás haciendo de nuevo.

–Lo siento.

–No puedo entrar en esa habitación.

–Entonces, no lo hagas. No tienes que hacerlo.

La seguí mientras entraba en su habitación.

–Es un desastre –dijo–. Yo soy un desastre.

–Shhh. Deja de torturarte. Eso me toca a mí.

Aquello la hizo sonreír. Tomó una maleta y comenzó a empacar algunas cosas, y luego entró en el baño. La oí sollozar. Luego vi por qué. Su madre había dejado una nota en el espejo del baño, en lápiz labial: *Solo porque mi amor no sea perfecto no significa que no te ame.*

Sam se arrojó sobre mí. Mi camisa se humedeció con sus lágrimas. Y no dejaba de susurrar una y otra vez: "¿Qué voy a hacer, Sally, qué voy a hacer?".

Sam y yo y algo llamado hogar

Nos sentamos en la cama de Sam, echando una mirada alrededor de la habitación. No estoy seguro de lo que buscábamos. Me envió un mensaje de texto. Algunas veces lo hacíamos: nos enviábamos mensajes aunque estuviéramos en la misma habitación:

SAM: No puedo vivir aquí

YO: No tienes por qué hacerlo

SAM: ¿Dónde está mi hogar?

YO: Yo seré tu hogar

Se inclinó contra mí.

–Sácame de aquí, Sally.

- -

Antes de marcharnos de casa de Sam, usé mi teléfono para tomar fotografías a la última nota que Sylvia le había dejado a su hija. Quería que Sam tuviera una copia. Para que no se olvidara nunca. Como si lo fuera a hacer.

Papá y Sylvia

−¿Cómo pudo ocurrir algo así?

Estábamos sentados en la mesa de la cocina, bebiendo sopa. Afuera hacía frío, y me pareció que este año el invierno había llegado temprano.

Escuché a papá responder a la pregunta de Sam:

−La gente muere todo el tiempo en accidentes, Sam. ¿Acaso no has leído esas señales de advertencia en la carretera? La última que leí decía tres mil novecientas veintiún muertes en las carreteras de Texas este año. Conduzcan con prudencia. Los accidentes son la parte cruel de la vida. Es parte de la ecuación de esto que llamamos vivir. Si lo piensas bien, los accidentes son habituales.

−Vaya consuelo −dijo ella.

Me alegró que fuera sarcástica. Era un buen signo.

−No tengo ninguna explicación, Sam. Al final, la vida y la muerte son misterios.

Sam se quedó mirando a papá.

−Lo cual no explica absolutamente nada.

−Lo cual lo explica todo. Nos decimos cosas como: "Es la voluntad de Dios".

−¿Cree en eso?

–No, no lo creo y por eso no lo digo. No puedo decirlo. Pero algunas personas sí lo creen. Las personas dicen todo tipo de cosas para intentar explicar lo que no pueden explicar. Lo único que sé es que tu madre y su novio murieron en un accidente de auto. Es todo lo que sé.

–Entonces, ¿ahora qué haré?

–Bueno, puedes vivir aquí si quieres.

–¿En serio? ¿Acaso no tengo que irme a vivir con mi tía Lina?

–No.

–¿No?

Papá tenía una expresión seria en el rostro. Cuando se hallaba tomando una decisión, tenía una determinada mirada.

–Necesito decirte algo, Samantha.

La llamó *Samantha*. Esto era serio. Me pregunté si le iba a decir la verdad sobre el modo en que había muerto su madre.

–Cuando tú y Salvi tenían alrededor de seis años, arrestaron a tu madre por conducir en estado de ebriedad.

–¿En serio?

–Sí. No estoy intentando hacer que tu madre quede mal, Samantha. Te lo prometo. Solo escúchame. Fue así: me llamó por teléfono en medio de la noche. Me dijo que estaba en la cárcel. Era 2 de julio –me miró–. Aquella noche ustedes estaban en una de sus pijamadas. Le pedí a tu tía Evie que los recogiera a ambos la mañana siguiente. Pasaron el fin de semana del 4 de Julio en casa de Mima. Los dos. No sé si lo recuerdan.

Sam y yo nos miramos.

–Yo, no –dije.

–Yo, sí –respondió Sam–. Fue la primera vez que pude arrojar petardos. Pero es lo único que me acuerdo.

Papá asintió.

–Logré sacar a tu madre de la cárcel. Al final, consiguió conservar su licencia. En aquella época no eran tan estrictos acerca de ese tipo de cosas como ahora. Pero hice que tu mamá escribiera un testamento. Supongo que se puede decir que le solté una reprimenda.

–¿Qué le dijo?

–Te aseguro que no quieres saber realmente todos los detalles.

–Sí, quiero –Sam le dirigió a papá una de sus miradas–. Quiero escuchar todos los detalles.

Papá sacudió la cabeza.

–Le dije a tu madre que podía vivir su vida como quisiera. Le dije que su vida no era asunto mío. Pero también le dije que tenía que pensar en ti. Tenía unas cuantas cosas bonitas para decirme. Recuerdo haber perdido los estribos con ella. Yo también sé lanzar insultos. Así que se puede decir que aquel día nos dijimos muchas barbaridades –papá se rio–. Lo gracioso es que fue en ese momento que Sylvia y yo nos hicimos amigos. Por lo menos, llegamos a un tipo de acuerdo.

»El punto de la historia es el siguiente… –las lágrimas corrían por las mejillas de mi padre, y miró a Sam directo a los ojos–. Cuando me entregó una copia del testamento que había redactado, me dijo: "Si alguna vez me pasa algo, Vicente, te he nombrado el tutor legal de Samantha". Tu madre te quería muchísimo, Sam –se detuvo–, y yo también –se paró de la mesa de la cocina–. Me voy a fumar un cigarrillo.

Sam. Papá. Yo. Nuestra casa

Sam y yo nos miramos. Ambos llorábamos, pero, ya saben, solo lágrimas. De nuevo, se trataba de un asunto silencioso.

–Vas a tener que aprender a limpiar –le dije entonces a Sam.

Se rio y yo me reí, y supongo que necesitábamos reír, porque no podíamos parar. ¿Estaríamos aprendiendo a silbar en la oscuridad?

Cuando finalmente nos calmamos, le propuse:

–Vamos a sentarnos con papá –así que nos sentamos en las escaleras mientras él fumaba.

Y luego papá preguntó:

–¿Alguien quiere jugar a lanzar y atrapar la pelota?

Así que jugamos toda la tarde a lanzarnos la pelota. A veces alguien decía algo, pero mayormente jugamos en silencio, y todo el mundo volvió a estar calmo. Se acabaron las lágrimas. Al menos, por el momento. Las lágrimas volverían, pero teníamos este pequeño momento de tranquilidad que nos ayudaba a sobrevivir.

Estábamos a salvo. Estábamos en casa.

PDD: extinto

Me senté ante mi escritorio, mirando fijo mi computadora. Quería escribir algo, pero no sabía qué. Vi el texto de Sam aparecer en mi celular. Estaba sentada en la sala decidiendo si quería ver televisión.

SAM: PDD: extinto

YO: ¿? Emplea la palabra en una oración

SAM: La voz de mi madre está extinta

YO: ☹

Sabía por qué las personas le temían al futuro: porque el futuro no iba a parecerse al pasado. Aquello resultaba realmente atemorizante. ¿Cómo sería el futuro de Sam ahora que la voz de su madre estaba extinta? ¿Cómo sería mi futuro cuando la voz de Mima abandonara este mundo?

No podía dejar de escuchar los susurros de Sam: *¿Qué voy a hacer?*

Sam y yo.
Y una palabra llamada 'fe'

La mañana del funeral de Sylvia, me hallaba tumbado en la cama pensando. Le envié un mensaje de texto a Sam:

YO: ¿Estás despierta?

SAM: Sip

YO: ¿Dormiste?

SAM: Un poco

YO: ¿Tú crees?

SAM: ¿?

YO: Si tienes fe

SAM: No, no tengo fe. Quisiera tenerla, pero no la tengo. ¿Y tú?

YO: No lo sé

SAM: ¿Y tu papá?

YO: Sí, creo que sí. Pero no como Mima

SAM: Me gustaría tener lo que ella tiene

YO: Tal vez podamos aprender cómo conseguirla

SAM: Mamá = sin fe = ☹

YO: ¿Estás segura?

SAM: Me lo dijo

YO: Ah

SAM: ¿Crees que a Dios le importe?

YO: Sí

SAM: ¿En serio?

YO: Sí

SAM: ¿Entonces por qué el mundo está tan jodido?

YO: Por nosotros, Sam

SAM: Apestamos

Sylvia. Adiós

Aquel día estaba soleado y hacía frío.

El cuerpo de Sylvia fue cremado. No había querido una misa. Pero al final –por Sam–, papá y Lina decidieron tener una misa íntima en la Catedral de St. Patrick. No había mucha gente; solo unos pocos: algunos compañeros de trabajo de Sylvia, que parecían realmente tristes. Lina estaba allí con su esposo y sus tres hijos, primos mayores a quienes Sam apenas conocía, pero eran muy amables y cariñosos. Y también estaba Fito. Le había enviado un mensaje de texto explicando lo sucedido. Así que apareció. Llevaba una corbata y una chaqueta de sport negra. No había duda de que Fito era un tipo con clase.

Sam llevaba un vestido negro y las perlas de su madre.

Por un instante pensé que de pronto se había convertido en mujer.

En cuanto a mí, me sentía torpe en el traje que tenía puesto.

Lo que más me impresionó de Sam fue que no perdió el control. Se sentó junto a mí, y hubo momentos durante la misa en los que me tomó del brazo y alcancé a ver lágrimas corriéndole por las mejillas, pero parecía tener sus emociones bajo control. Luego pensé en la palabra del día: *dignidad*.

La Sam que yo conocía jamás tenía sus emociones bajo control.

Pero aquel día se hallaba revestida de dignidad.

Mucho más hermosa que las perlas.

Fue solo durante el breve trayecto a casa que se apoyó en mí y lloró. Como un animal herido. Y luego recuperó la calma.

–Soy un desastre total –dijo.

–No lo eres –respondí–. Eres una chica que ha perdido a su mamá.

Sonrió.

–Vino Fito. Qué dulce.

–Sí.

–Recuérdame una vez más por qué nunca me agradó.

Hubo una pequeña recepción en casa. Supongo que es lo que la gente acostumbra hacer. No es que lo supiera. Lina me dijo que yo era un joven apuesto.

–No tan apuesto como tu padre –dijo. Y luego me guiñó el ojo.

Era un ser humano muy decente, de eso estaba seguro. Y aunque sabía que había estado furiosa con su hermana, comprendía que había motivos detrás de su ira, porque una mujer como ella no parecía en absoluto ser una persona irascible. Y mi papá le caía realmente bien. Así que le pregunté:

–¿Cómo conociste a papá? ¿A través de Sylvia?

–No, en realidad, conocí a tu papá hace años en una galería de arte, en San Francisco. Compré uno de sus cuadros –sonrió–. Imagina mi sorpresa cuando me enteré de que teníamos a Sylvia en común.

Aquello me hizo sonreír.

–¿Qué tan cercana era tu relación con ella? –le pregunté.

–No mucho. Sylvia no me caía muy bien. Pero la quería de todos modos. Era mi hermana.

Por algún motivo, me pareció que aquello tenía sentido.

–Sabes, Sal –dijo–, hubo un tiempo en que amenacé con quitarle a Samantha.

–¿Por qué no lo hiciste?

–Por tu padre. Hablamos. Yo sabía que Samantha estaría bien.

–Porque te lo dijo papá.

–Sí.

–¿Tanto confiabas en él?

–Los hombres como tu padre son escasos. Espero que lo sepas.

–Creo que lo sé –asentí–. ¿No te importa que Sam venga a vivir con nosotros?

–¿Por qué debería importarme? Quiero estar cerca de ella. Siempre he querido estar cerca de ella, pero su madre no lo permitía. Si la llevara a vivir conmigo, comenzaría a odiarme… y seguramente terminaría escapándose. Y vendría directo aquí. Volvería corriendo a lo que conoce, a lo que ama.

Asentí.

–Sí –dije. Quería decirle que creía que tenía un corazón hermoso. Pero me di cuenta de que habría tiempo para eso. O tal vez tenía miedo de decirle algo así a un adulto que apenas conocía.

Sam sostuvo la urna que contenía las cenizas de su madre.

–¿Qué se supone que tengo que hacer?

–No lo sé.

–No eres de mucha ayuda.

–No.

Finalmente, colocó la urna delante de la chimenea. Nos quedamos mirándonos el uno al otro. Sam, Fito y yo nos sentamos en los escalones delanteros. Sam miraba fijo un trozo de pastel como si no reconociera qué era. Yo bebía una taza de café. Fito iba por su tercera porción de ensalada de patatas. Juro que ese tipo no se llenaba nunca.

Luego Fito miró a Sam.

—¿Y tu padre? —le preguntó entonces.

—¿Mi padre? Lo vi una vez. Apareció a la puerta pidiéndole dinero a Sylvia. Todo un triunfador.

—Entonces, ¿por qué tu madre se casó con él?

—Esa es fácil. Era apuesto.

—Debió haber otro motivo.

—Mi madre no era tan complicada —se rio. Creo que se estaba riendo de sí misma—. En realidad, estoy exagerando. Mamá no era tan super-ficial como la describo. No cabe duda de que mi padre debió tener al-gunas virtudes. Tal vez fuera inteligente, ¿quién sabe? Lo cierto es que no tenía una moneda.

—Bueno, por lo menos lo conociste. Eso ya es algo.

¿Y qué?, pensé. *¿Por qué eso ya era algo? ¿Qué era?*

—Siempre puedes buscarlo, Sam —dijo Fito.

—¿Por qué querría hacerlo? —preguntó ella—. Sencillamente, no tengo interés.

—¿Por qué? —pregunté.

—El día que vino no estaba interesado en mí. En absoluto. Lo extraño fue que yo tampoco estaba interesada en él. Fue un momento incómodo y raro. No le importó. Y por algún motivo, aquello no me dolió.

Me pregunté acerca de ello. Supongo que Sam, Fito y yo teníamos mucho en común. Compartíamos este asunto del padre ausente. Salvo que yo *sí* tenía un padre que me cuidaba y me amaba. Y ahora Sam y yo compartíamos este asunto de la madre muerta, salvo que era diferente. En realidad, Sam había conocido a su madre. Y así como el asunto de su papá no le dolía, supongo que el asunto de mi mamá no me dolía a mí. Sam decía que sí me dolía. Pero yo no sentía eso. De verdad.

Y luego fue como si Fito me leyera la mente.

—¿Alguna vez piensas en tu madre?

—Sí, pero es raro… ya que en realidad no la recuerdo.

—¿Y nunca vas a buscar a tu bio-padre? Me refiero a que dijiste que algunas veces pensabas en él.

Sam decidió unirse a la conversación.

—Sally, nunca me contaste sobre tu padre biológico. Jamás.

—Nunca pensé demasiado en él, excepto recientemente.

—¿Cuán recientemente? ¿Desde la carta?

—Sí, bueno, tal vez un poco antes.

—Hmm –dijo–. Hay muchas cosas sobre las que no hablas estos días, Sally.

Fito solo se quedó mirándonos.

—¿Qué carta?

Sam respondió su pregunta. No podía ser de otra manera.

—Sally tiene una carta de su madre, que escribió antes de morir, y tiene miedo de abrirla.

—Ábrela, hombre. Yo la abriría. ¿Qué te pasa?

—No dije que no la abriría. Solo que aún no lo he hecho.

Fito sacudió la cabeza.

—¿Y qué esperas, hombre? Tal vez te enteres de algo interesante sobre tus padres y toda esa mierda.

—*¡Tengo un padre!*

—Y él es lo máximo, hombre. Pero estás todo cabreado, y seguro que te pasa algo.

–A todo el mundo le pasa algo, Fito.

Sam no dejaba de mirarme, esa típica mirada escrutadora que solía emplear conmigo. Y luego sonrió.

–Por lo menos me diste otra cosa en qué pensar además del hecho de que mi madre está muerta.

Todo el mundo se había ido a casa.

Salvo Lina.

Lina y papá bebían una copa de vino. Sam y yo nos habíamos cambiado los trajes de funeral.

Caía una fría llovizna, y me pregunté si tendríamos un invierno frío. Maggie rascaba la puerta. La dejé entrar. Y luego pensé que tal vez la vida fuera así: siempre habría algo rascando la puerta. Y lo que fuera que estuviera rascando seguiría rascando y rascando hasta que le abrieras la puerta.

Me volví a sentar a la mesa de la cocina. ¿Qué tenían las mesas de la cocina?

Lina echó un vistazo a Sam.

–Tengo algo para ti.

Metió la mano en la cartera y extrajo un anillo. Lo colocó en la palma de Sam.

Ella lo miró fijo. No dejaba de mirarlo y mirarlo.

–Es un anillo de compromiso –susurró.

–Lo llevaba puesto la noche del accidente.

–No lo llevaba cuando salió de casa.

Lina asintió. Tenía una sonrisa triste.

–Creo que tu madre se comprometió la noche que murió.

–¿Con Daniel?

Lina asintió.

–Entonces obtuvo lo que siempre había deseado.

–Sí, obtuvo lo que siempre había deseado.

–¿Y Daniel?

–Su familia llevó su cuerpo para que fuera enterrado en San Diego.

Sam siguió mirando el anillo. Siguió asintiendo con la cabeza.

–Entonces debió haber muerto feliz.

Apoyó la cabeza sobre la mesa y lloró.

Río

Me hallaba tumbado en mi cama, pensando. Podía oír el viento afuera. Sam tenía a Maggie como préstamo. No es que hubiéramos puesto en marcha un sistema de préstamos. Maggie parecía entender que Sam estaba triste, así que estaba bien. De todos modos, la extrañaba.

Luego, recibí un mensaje de Sam:

SAM: El mundo ha cambiado

YO: Sobreviviremos

SAM: Los amo a ti y a tu papá. Lo saben, ¿verdad?

YO: Nosotros también te amamos

SAM: Ya no voy a llorar más

YO: Llora todo lo que quieras

SAM: No la odiaba

YO: Lo sé

SAM: ¿Pijamada?

YO: Claro

Salí de la cama, encendí la lámpara, me puse los pantalones para correr. Saqué la bolsa de dormir del armario. Sam y Maggie entraron a la habitación. Ella se arrojó sobre mi cama; Maggie me lamió el rostro antes de saltar sobre la cama.

—Escuchemos una canción, Sally —dijo Sam.

—Ok —respondí—. ¿Qué te parece "Stay With Me"?

—Sam Smith es gay, lo sabías, ¿verdad?

—¿Tienes algo contra la gente gay?

Y de repente, como si nada, nos echamos a reír.

¿Acaso no era curioso que lo hiciéramos? Se suponía que no debíamos estar de humor para reír. Pero eso es lo que estábamos haciendo: Sam y yo nos reíamos.

¿Silbando en la oscuridad?

Silbando en la oscuridad.

—Dame una canción, ¿sí, Sally?

—¿Qué?

—Necesito una canción. Dame una.

Pensé un momento.

—Tengo una —dije—. Se llama "Río".

—¿Quién la canta?

—Emili Sande.

—Ella me gusta.

—A mí también —dije. Extraje mi laptop y encontré la canción en YouTube.

Sam apagó la luz.

Nos quedamos recostados en la oscuridad oyendo la voz de Emili Sande.

Y cuando acabó la canción parecía que el mundo había quedado completamente en silencio.

Luego oí la voz de Sam en la oscuridad:

—Entonces ¿tú serás mi río, Sally? —lloraba otra vez.

—Sí —respondí—. "Yo correré por ti" —le habría cantado toda la canción, pero no tengo la voz más afinada del mundo.

—¿Y moverás las montañas solo para mí?

—Sí —susurré.

Y luego yo también estaba llorando. No un llanto descontrolado, sino llanto. Suave, como si viniera de un lugar dentro de mí que también era reposado y suave, y que era mejor que aquel lugar duro en mi interior cuando hacía un puño o quería hacer uno.

Quizás el río estuviera hecho de lágrimas. Las mías y las de Sam.

Quizás el río estuviera hecho de las lágrimas de todos. Todos los que alguna vez habían perdido a alguien. Todas aquellas lágrimas.

Cigarrillos

Desperté temprano. Mi mente intentó asimilar todo lo que había sucedido. La vida siempre había sido fácil y sosegada, pero de pronto sentía que estaba viviendo mi vida como una carrera de postas y no había a quién entregarle el testigo. Me quedé recostado en la cama, repitiendo los nombres de mis tíos y tías. Siempre lo hacía cuando estaba estresado. Y de repente entré en pánico. *¡El colegio! ¡Ay, mierda, el colegio!* Y entonces me di cuenta de que era sábado. Me había perdido toda una semana de clases. Me pregunté si papá había llamado a la escuela. Por supuesto que lo había hecho. Me levanté. Sam estaba completamente dormida, y Maggie me buscaba como si fuera hora de salir y hacer lo que hacía todas las mañanas. Maggie. Su vida era simple. Solía creer que la mía también.

Maggie y yo nos abrimos paso hacia la cocina.

Papá se estaba sirviendo una taza de café. Abrí la puerta trasera para que la perra saliera fuera. Levantó la mirada hacia mí, ladró, movió la cola y salió corriendo al jardín. Los perros son increíbles. Saben cómo ser felices.

Papá sacó otra taza y me sirvió un café. Lo tomé y bebí un sorbo. Papá preparaba un café realmente bueno.

–¿Cómo dormiste?

–Bien. Sam vino a mi habitación e hicimos una pijamada.

–¿Se quedaron hablando toda la noche?

–No. Creo que lo que no quería era quedarse sola. Necesitaba dormir.

–Dormir es bueno –dijo.

–¿Y tú?

–Bien. Dormí bien.

Abrió la gaveta donde guardaba sus cigarrillos. Ya no los conservaba en el freezer.

–Hace un poco de frío –dijo–. ¿Quieres buscarme un abrigo?

Fui al armario en la entrada, me puse un abrigo y tomé uno para papá.

Me entregó su café, y lo sostuve mientras se ponía el abrigo.

–A veces me gustaría atravesar toda esta pesadilla durmiendo –dije mientras nos sentábamos–. Ya sabes, como la canción. Despertarme cuando haya pasado todo. Sería bueno dormir hasta despertar más sabios.

–Me gusta esa canción, pero no funciona así, ¿verdad, Salvi?

–Sí, lo sé. No me agrada la muerte.

–No creo que a nadie le agrade. Pero es algo con lo que tenemos que vivir –dio una calada a su cigarrillo y me miró–. Las noticias sobre Mima no son buenas.

Asentí.

–Vuelve a casa. No hay mucho que podamos hacer salvo hacerla sentir cómoda.

–¿Se va a morir?

–Sí, Salvi. Creo que vamos a perderla.

–Odio a Dios.

–Eso es fácil de decir. Déjame que te cuente un secretito, Salvi. Odiar a Dios requiere mucho esfuerzo.

–Él no la necesita. Yo *sí*.

Apagó el cigarrillo y me rodeó con sus brazos.

–Toda tu vida he intentado protegerte de toda la mierda que hay en el mundo, de todas las cosas malas. Pero no puedo protegerte de esto. No puedo protegerte y no puedo proteger a Sam. Todo lo que tengo es un hombro. Tendremos que conformarnos con eso. Cuando eras pequeño, solía cargarte. A veces, extraño aquellos días. Pero aquellos días se acabaron. Puedo caminar a tu lado, Salvi… pero no puedo cargarte. ¿Entiendes lo que digo?

–Sí –susurré. Y luego me levanté–. Voy a salir a caminar.

–Caminar es bueno, Salvi.

Estaba intentando no pensar en nada mientras caminaba. Pero era difícil evitar pensar en todo. Así que me puse los auriculares y escuché música. Había un tipo que me gustaba, un cantante, Brendan James, y tenía una canción llamada "Nothing for Granted"; la escuché una y otra vez, cantando con él. Para no tener que pensar en nada.

Pero mientras me dirigía de regreso a casa, se me ocurrió que me gustaría embriagarme. Jamás me había embriagado. Y pensé que podría ayudar. Si te embriagabas, no tenías que pensar en nada, ¿no? Me encontraba pensando estupideces y haciendo cálculos estúpidos en la cabeza. Me estaba volviendo un poco loco.

Sam (mudanza a casa)

Justo cuando llegaba al porche delantero, comenzó a caer la lluvia fría. El auto de Lina estaba aparcado delante de la casa. Supuse que había venido a visitar a Sam.

Cuando entré, olí el aroma del tocino. Lina y Sam estaban bebiendo café y conversando. Maggie estaba sentada pacientemente, esperando que le cayera alguna migaja.

Hacía calor en la cocina y me sentí seguro. No dejé de observar a papá mientras les servía a todos huevos revueltos con tocino. Sam y Lina conversaban sobre dirigirse a casa de aquella para revisar las pertenencias de Sylvia.

—Vas a querer guardar algunas cosas, Samantha.

Sam parecía bastante tranquila. No como lo estaba siempre, pero tampoco se había derrumbado. Realmente, quería saber lo que le estaba pasando por la cabeza. No, eso no era cierto. Quería saber lo que le estaba pasando por el corazón.

Oí la voz de papá mientras masticaba mi tocino.

—Qué callado estás.

—Sí, hoy no tengo tantas palabras adentro.

Sam sonrió.

–Eso es normal.

–Sí –dije–, normal.

Teníamos suerte de que la habitación libre fuera grande. Y, aún más, que tuviera un armario grande. Papá y yo vaciamos el mueble de todas las porquerías que teníamos acumuladas: la ropa que ya no nos poníamos, objetos de todo tipo de los que nunca llegábamos a deshacernos. "Restos", los llamaba papá. "Siempre hay restos en la vida de la gente". Papá dijo que todo iría a St. Vincent De Paul, la versión católica de una organización que reciclaba objetos usados.

Llevó toda la tarde mudar a Sam.

–Demasiados zapatos –dije–, y demasiadas blusas, faldas, pantalones, vestidos y…

–Cállate –respondió.

Papá y yo fuimos a buscar un tocador antiguo que había pertenecido a Sylvia. Tenía un enorme espejo en la parte posterior, lo instalamos en el dormitorio de Sam. Era el único mueble que quería.

–Puedes quedarte sentada todo el día mirándote –dije.

–Cállate –respondió Sam.

Estuvimos bromeando un poco toda la tarde. Todo estaba agradable y tranquilo, como si nada hubiera pasado. Sam solo se estaba mudando. Nada del otro mundo. La vida seguía. Y tal vez fuera algo bueno. Sylvia estaba muerta y Mima se estaba muriendo, pero Sam, papá, Lina y yo estábamos vivos. Y lo único que se podía hacer era seguir viviendo. Así que era lo que estábamos haciendo: estábamos viviendo. O intentando hacerlo.

Estaba feliz de que Sam viviera con nosotros. Muy feliz. ¿Pero Sam? Tal vez estuviera muy lejos de sentirse feliz.

Bueno, diablos, yo también estaba muy lejos de sentirme feliz.

Atrasados

Jueves. Un día normal. De regreso al colegio. Al final del día, cuando me encontré con Sam frente a su locker, un imbécil pasó junto a ella y le dirigió una mirada realmente lasciva. Le enseñé el dedo y le lancé una mirada intimidante.

—Qué belicoso estás hoy —dijo Sam.

—No me gusta cómo te miró.

—¿Así que últimamente les prestas atención a los imbéciles?

—Lo siento, Sam.

—Antes las cosas no solían afectarte —comentó. Pero debió ver algo escrito en mi rostro, porque añadió—: Y tampoco solías ser tan duro contigo mismo.

—Es posible que lo fuera —dije—, es solo que sabía ocultarlo.

—Ay, Salvi —se inclinó y me besó el hombro—. Vamos a casa.

- -

A casa. Allí es donde estaba Mima. Había regresado a casa, a Las Cruces.

Sam y yo estábamos acomodándonos a nuestra rutina escolar. Nos habíamos atrasado, así que teníamos mucha tarea. Todas las noches, nos quedábamos hasta tarde para ponernos al día, y de alguna manera la tarea nos ayudó a ambos. Sam estaba decidida a toda costa a mantener su promedio arriba. Estaba un poco fanatizada.

–Ni un solo 9 –decía–. Solo 10.

–No tengo problema con sacarme 9 –respondí.

–No te conformes –replicó.

–No me estoy conformando –contesté–. Pero no quiero enloquecer.

–Yo ya estoy más loca que la mierda –pasó la página del libro que estaba estudiando–, y no estás tan atrasado.

–Jaja –dije. No tenía sentido hablar con ella. Me hubiera encantado que volviera a entusiasmarse con los zapatos, o algo. Se encontraba desorientada por los altibajos emocionales. Estudiar la ayudaba a enfocarse. Así que supongo que estaba bien que se internara en las minucias de la tarea. Por lo menos, era terreno conocido. Y por algún motivo, el hecho de que ella fuera tan dispersa me ayudaba a mí a no serlo. No tenía sentido, pero lo que había entre Sam y yo, pues, tenía una lógica propia.

Papá había estado trabajando mucho. Dijo que estaba atrasado. Sí, atrasado… todo el mundo se había atrasado.

Y había hecho mucho frío… lo cual no era normal para esta época del año. ¿Qué pasaba con el tiempo? Muy extraño.

Observé a Sam mientras leía. Tenía la mirada triste e intensa a la vez. Papá hablaba con Mima por su celular. Advertí una expresión en su rostro. Tenía una palabra para ella: *perturbada*. Y me pregunté qué expresión tendría *yo*. No tenía una palabra del día.

Las tragedias de los demás

Sam entró en la cocina mientras yo bebía una taza de café.

–Es sábado –dijo.

–Sip.

–Nueva etapa.

–¿Nueva etapa?

–Tiendas de empeño.

–¿Tiendas de empeño? Ya pasaste por esa etapa.

–Sí, bueno, a veces las etapas vuelven como un *boomerang*.

–Divertido. La historia se repite. Se llama "reincidencia".

–Una palabra que yo te enseñé.

–Una palabra que rige tu vida.

–Cállate, Sally. Voy a ignorar tu falta de entusiasmo. No la tomaré como una falta de empatía por una persona en mi estado.

–Sam, a veces eres realmente una manipuladora descarada.

–Déjame ir directo al punto, Sally. Préstamos Dave en la calle El Paso. Ese es nuestro destino.

–¿El que tiene el Elvis parado afuera?

–Ese mismo.

–¿Por qué volvemos a las tiendas de empeño?

–Porque, como he intentado persuadirte en el pasado, hay una historia triste detrás de cada objeto que se vende en las tiendas de empeño.

–Persuadirme –dije–. ¿Cómo pude olvidarlo? Así que vamos a entretenernos con objetos tristes. No, peor aún, ¿vamos a entretenernos con voyerismo? Espiando o inventando las tragedias de otras personas. Genial.

–A mí me encanta.

–Eres extraña. Fantásticamente extraña.

–Soy fantásticamente todo –me disparó una sonrisa falsa–. Dame el gusto –luego me envió un mensaje. Extendí la mano para tomar mi celular y le dirigí una de mis miradas. Leí su texto:

SAM: Estoy de luto. No puedes negarme nada

Le respondí lo siguiente:

YO: Necesitas un terapeuta

Leyó el texto y sonrió; luego apoyó el celular.

–No –dijo–. Necesito las tragedias de los demás.

Mima

Esperé a que Sam se alistara para ir a la tienda de empeño. Siempre tenía que alistarse.

–¿Qué? ¿Vamos a encontrarnos con algún chico malo con el que tal vez quieras coquetear? –me miró desafiante.

Decidí llamar a Mima. Odiaba esto de esperar. Oí su voz.

–Hola –dije, como si no pasara nada malo.

Casi podía verla sonreír.

–Me preguntaba cuándo ibas a llamarme –cuando me extrañaba, decía este tipo de cosas.

–Lo siento, Mima.

–Descuida.

Y luego tan solo hablamos. Le conté todo lo que recordaba acerca de lo que le había sucedido a Sylvia, que Sam estaba viviendo ahora con nosotros, que estaba triste y que no me gustaba la muerte, y ella tan solo escuchó y me dijo que lo sentía y que estaba bien estar confundido y que debía confiar en Dios… Y aunque no me gustaban los sermones acerca de Dios, no me importaba cuando era Mima quien los pronunciaba. Luego finalmente me animé a preguntarle cómo se sentía, si estaba bien, y me dijo que estaba cansada todo el tiempo, y le volví a preguntar si tenía miedo.

–No, no tengo miedo.

Y luego hubo un silencio del otro lado del teléfono.

–Quiero que cuides a tu padre –y quise decirle, *¿acaso no me debe cuidar él a mí?*, pero no lo hice. Luego me enojé conmigo mismo: *¿cuándo vas a dejar de ser tan niño?* Y luego volví a oír la voz de Mima.

»Tu padre está muy triste.

–Lo sé.

–Tiene un corazón blando.

–Lo sé.

–Siempre me he preocupado por él.

–¿Por qué?

–Tu padre sabe cómo dar. Pero a veces también necesita que alguien le dé algo.

–¿Cómo qué?

–Amor.

–Pero yo lo amo.

–Yo también lo amo.

–No comprendo.

–Cuando yo no esté…

–No quiero hablar de eso.

–Salvador, todo el mundo se muere. Es algo muy normal.

–No parece normal. Cuando la señora Díaz murió en un accidente de auto, no parecía muy normal.

–La gente se muere en accidentes de auto todo el tiempo.

–Es lo que dijo papá.

–Tu padre tiene razón.

–No me agrada. Quiero que vivas para siempre.

–Entonces sería Dios. No quiero ser Dios. Querer ser Dios es un pecado. Ay, mi Salvador, ya hemos hablado de esto –Mima se quedó muy callada. Luego dijo–: Sería una maldición vivir para siempre. Los vampiros viven para siempre. ¿Quieres ser un vampiro?

Ambos nos echamos a reír.

Y luego comenzamos a hablar de otros temas como si nada. Temas normales. Lo que quería decirle era que no me importaban el pecado o Dios. Quería decirle que Dios era solo una idea hermosa, y que no tenía ningún interés en las ideas hermosas. Él era solo una palabra con la que todavía no me había cruzado, que aún no había conocido, por lo que aún era un extraño. Quería decirle que ella era real, y era mucho más hermosa que una idea. Sé que no le habría gustado lo que tenía para decirle, y no quería discutir con ella, así que no dije nada de ello.

–Tienes que tener fe –comentó.

Deseé que aquella palabra fuera mi amiga.

–Lo estoy intentando, Mima.

–Me alegro –respondió–. Cuando vengan mañana, dile a Samantha que quiero hablar con ella.

–¿Sobre qué?

–Solo quiero hablar con ella.

Eso significaba que no me contaría. Entonces me sentí un poco molesto. Tenía ese sentimiento de exclusión que se alojaba en mi interior.

–Se lo diré.

Creo que se dio cuenta de que estaba molesto.

–Ya no tiene a su madre.

–Qué triste.

–Como tú.

–En realidad, yo no la recuerdo.

–Está bien. Eras pequeño. Pero tu madre era hermosa. Es difícil perder a una madre.

Pensé en mi carta.

–Pero tengo a papá –dije–. Eso alcanza –no estaba seguro de que esa fuera la verdad, pero quería que lo fuera.

–Sí, tienes a tu padre. Pero está solo. ¿Lo sabías?

–¿Te lo dijo?

–No hace falta que me cuente. Soy su madre. Lo percibo.

¿Cuándo aprendería *yo* a percibir las cosas?

Sam y yo
(y las tiendas de empeño)

Cuando terminé la llamada, advertí a Sam en la habitación. Levanté la vista para mirarla.

—¿Estás escuchando a escondidas?

—Un poco. Odio verte triste —dijo.

—Yo también odio verte triste —respondí.

—Podemos hacer esto —afirmó.

—¿Lo crees?

—Sí —dijo.

Fe. Sam tenía fe. Solo que no se permitía descubrir aquel secreto.

- -

Allí estaba aquel Elvis ridículo con un micrófono, saludándonos justo fuera de Préstamos Dave. Sam se sacó una selfie de ella y Elvis.

—Vamos, dale un beso.

—No.

—Vamos.

—No.

—Mi madre se murió.

—No comiences.

—Pues, es cierto.

—La mía también se murió.

Me miró fijo. Luego yo también la miré fijo. Sin duda, éramos un par de seres humanos muy raros.

Así que entramos en la tienda de empeños. Estaba atestado de trastos. Sam fue directo a las alhajas.

—Mira aquel anillo.

—Parece un anillo de compromiso.

—Sip. Eso es lo que es. Apuesto a que ella lo empeñó después de patearle el trasero. Apuesto a que él la estaba engañando.

—Bueno, tal vez siga casada con el tipo y solo necesitaran el dinero. Tal vez hayan perdido sus empleos. A veces las personas caen en una mala situación económica.

—Me gusta más mi historia.

—Sí, es más trágica.

—No, seguramente esté más cerca de la verdad.

—No tienes una opinión muy elevada de la naturaleza humana, ¿verdad?

—Tu problema, Sally, es que crees que todo el mundo es como tú, tu papá y tu Mima. Tengo noticias para ti.

—Tu problema, Sammy, es que crees que todo el mundo es como los chicos malos con los que sales.

—Para empezar, ya no salgo con chicos malos. Y en segundo lugar, el mundo está lleno de personas conflictivas —se volteó y echó un vistazo alrededor de la tienda—. ¿Ves eso? Es una laptop. Apuesto a que un drogón la robó y la empeñó.

—Eso no es legal, ¿verdad?

—Está bien, supongamos que un drogón tenía abstinencia…

—¿Abstinencia?

—Ya sabes, estaba desesperado por consumir su dosis de droga.

–¿Cómo sabes todo esto?

–De veras, tienes que salir un poco más –me miró adoptando su típica mueca de suficiencia–. Haces que sienta ganas de fumar.

–Mala idea.

–Así que este drogón tuvo que empeñar su laptop para conseguir otra dosis. Fue eso o le debía dinero a su *dealer*.

–Sin duda, serás escritora.

–Bueno, hay muchas historias tristes en el mundo.

–Y tú harás lo posible por contarlas todas.

–A nadie le interesan las historias felices.

–A mí, sí.

Entonces sus ojos se posaron en un brazalete de tenis.

–Mira todos esos brillantes.

–¿Por qué los llaman brazaletes de tenis?

–Porque puedes jugar al tenis y no necesitas quitártelo.

–¿Es cierto?

–¿Cómo mierda lo voy a saber? –se rio.

–Cielos, esa palabra realmente se ha vuelto parte de tu vocabulario.

–Acabo de perder a mi madre.

–Basta.

No dejaba de mirar el brazalete.

–Mamá tenía un brazalete igual a ese.

–Bueno, todos son más o menos iguales.

–No, no lo son.

–¿Y?

–Estoy pensando que ese brazalete pudo haber sido de mi madre.

–Eso es un delirio.

–¿Por qué es un delirio?

–Porque sí.

—Bueno, el brazalete no estaba entre sus cosas.

—¿Estás segura?

Me miró como si fuera evidente.

—Tal vez lo perdió.

—Sin duda es una posibilidad. Una vez perdió un par de zapatos de cuatrocientos dólares.

—¿Gastó cuatrocientos dólares en un par de zapatos? Qué locura.

—Ella era así.

—¿Cómo puedes perder un par de zapatos?

—Salió a bailar con un tipo. Se los quitó. Se los olvidó. Cuando regresó, oh sorpresa, habían desaparecido.

Pensé en Mima y su historia acerca de los zapatos robados. El tema de los zapatos. Muchas tragedias giraban en torno a zapatos perdidos. No dejaba de sacudir la cabeza.

—Vámonos.

Volvió a mirar el brazalete de tenis.

—Tal vez lo perdió y algún tipo lo empeñó.

—¿Lo crees? Oye, salgamos de aquí de una buena vez.

— —

De regreso a casa, no podía dejar de pensar en que el mundo no solo estaba loco, sino súper loco. Laptops, brazaletes de tenis y zapatos de cuatrocientos dólares. Loco. Chiflado. Supongo que estaba pensando en voz alta, porque Sam señaló:

—Cuatrocientos dólares por un par de zapatos no es tan descabellado.

—Es demasiado dinero por un par de zapatos, Sammy. ¿Sabías que cuando Mima era chica, solo tenía un par?

—Pero eso era la Edad de Piedra.

—¿Estás llamando dinosaurio a Mima?

–No, no, no es lo que estoy diciendo. En ese momento, el mundo era diferente, es todo. Hoy cuatrocientos dólares por un par de zapatos… no es nada.

–Pues, todo lo que puedo decir es que podría hacer muchísimas cosas con cuatrocientos dólares.

–¿Cómo qué?

–No lo sé. Diferentes cosas. Quiero decir, no me interesan las compras.

–¿Estás tratando de decirme que eres un tacaño? Odio a los tacaños.

–No soy un tacaño; es solo que no me interesa el dinero. Y supongo que gastarlo no me interesa. Además, papá me compra todo lo que necesito. Bueno, algunas cosas las tengo que comprar yo mismo. Pero no tengo interés. ¿Tiene algo de malo?

–Pues a mí sí me interesa gastar.

–Sí, lo sabe todo el mundo. Por eso jamás tienes dinero.

–Sí, no como tú, que acumulas todo el efectivo.

–No lo acumulo. Lo ahorro.

–¿Tienes una cuenta bancaria?

–Sip.

–¿Cuánto dinero tienes?

–Oh, no lo sé, como cuatrocientos o quinientos dólares.

–¡Mierda!

–Te dije… no me gusta gastar. Cuando mis tíos y tías o Mima me regalan dinero por mi cumpleaños, o Navidad o fechas importantes, lo pongo en el banco. Y papá me da dinero cuando lo necesito. Guardo un poco y pongo el resto en el banco. Digo, va sumando. He estado haciendo eso desde que tenía alrededor de cinco años. Ahorrando mi dinero.

–Cielos, eres un viejo de mierda.

–Basta. Oye, si lo quieres, te lo regalo.

–No quiero tu dinero, Sally.

–Solo digo que no me importa. Te lo daré.

–Realmente lo harías, ¿no? ¿Me darías todo ese dinero?

–Claro que sí.

–Eres horriblemente dulce –se inclinó hacia mí y me besó en la mejilla–. Lástima que no seas mi tipo.

–A esta altura, parecería incesto.

Se rio.

–Lo sé. Puaj –me dirigió otra de sus miradas–. Eres *realmente* dulce –dijo–, pero…

–Pero ¿qué?

–No tienes que ser dulce todo el tiempo.

–Qué bueno, porque no lo soy.

–Pero te torturas con ello.

–¿Vas a ser terapeuta o escritora?

–Sea lo que sea, genio, siempre seré tu mejor amiga.

Sam, yo y Maggie

Había vuelto a dormir con Maggie. Oí a Sam llorando. Su habitación estaba justo del otro lado del corredor, y yo tenía la puerta abierta. Así que Sam estaba cerca. Estaba cerca y lejos a la vez. No soportaba estar recostado en la cama mientras escuchaba sus sollozos quedos. Papá me había dicho que sería así. Subidas y bajadas, una y otra vez, por los altibajos emocionales. Salí de la cama.

–Vamos, Maggie –me siguió, y abrí la puerta del dormitorio de Sam–. Ve, Maggie –la perra entró en el dormitorio de Sam, y cerré la puerta.

Sam necesitaba a Maggie más que yo.

Leer rostros

Desperté bien temprano. Afuera no hacía tanto frío, aunque era fines de octubre. El tiempo había vuelto a ser más o menos normal. El Paso era así. Me sorprendió encontrar a Sam sentada a la mesa de la cocina.

–Tienes un aspecto terrible –dije.

–Gracias.

–Tengo una idea, Sammy.

–¿Qué?

–¿Por qué no comenzamos a correr todas las mañanas? Ya sabes, nos haría bien.

–¿En serio?

–¿Recuerdas lo buena que eras jugando al fútbol?

–Era buena en serio.

–Y casi intentas pasar las pruebas para formar parte del equipo de atletismo. Salvo que dijiste que no te gustaba el *coach*. Tal vez sea bueno comenzar a movernos. Tiene sentido –dije. Sam estaba pensando. Me gustaba la expresión que adoptaba cuando pensaba.

–¿Sabes? Suena bien.

–¿Solo bien?

–Diablos, ¿por qué no? Hagámoslo.

Y así comenzamos a correr. Sam corría un poco más adelante que yo. Tal vez estuviera llorando mientras corría, pero me pareció bueno. Me refiero a que tenía muchos motivos para llorar.

Cuando regresamos a casa aquel domingo por la mañana tras nuestra primera carrera, le sonreí. Nos sentamos en los escalones delanteros del porche y esperamos a que nos bajaran las pulsaciones.

—¿Sabes? –dije–. En realidad, no tienes un aspecto tan terrible.

—Lo sé –respondió–. Es imposible que tenga un aspecto terrible.

De pronto advertí una figura conocida acercándose por la acera.

—¿Eres tú, Salvador?

Estudié su rostro un momento. No había cambiado demasiado. Tenía el cabello entrecano; la última vez que lo había visto, su cabello había sido oscuro, sin señales de envejecimiento. Pero su rostro no había cambiado.

—¿Marcos?

—¿Te acuerdas? Cielos, eres casi un hombre.

—Soy casi muchas cosas –dije. No sé por qué lo dije. Me estaba contagiando de Sam.

Se rio.

—Pensé que te habías mudado –comenté.

—Me mudé. Regresé hace un par de meses. De hecho, vivo a un par de calles de aquí.

—¿Has visto a papá?

—No, no. Aún no, pero estaba dando una vuelta y quise pasar y ver cómo andaba.

Sam me dio un pequeño codazo.

—Ella es Sam. ¿La recuerdas?

Asintió.

—Sí, la recuerdo —le sonrió—. Sigue siendo bonita.

—Por supuesto que lo soy —respondió ella—. Y yo también te recuerdo. Creo que no me caías demasiado bien.

Aquello sí lo hizo reír con ganas.

—No, creo que no.

Sam lo estaba mirando con recelo.

—No te gustaba ir al cine con nosotros: eso es lo que recuerdo.

—Bueno, nunca me gustó demasiado el cine.

Me di cuenta de que Sam no estaba convencida. Pero por algún motivo, decidió ser amable.

—Bueno —dijo—, solo éramos niños. Seguramente éramos insoportables —le sonrió. Si hay algo que reconozco es que, cuando quería, Sam podía ser encantadora.

Fue entonces que papá salió al porche delantero. Percibí la mirada en su rostro cuando vio a Marcos.

No entendí muy bien la mirada.

No supe si era buena o mala.

Jamás le había visto aquella mirada en mi vida.

Fue uno de esos momentos embarazosos, ya saben, una de aquellas veces en las que quisieras escabullirte de la habitación. Papá parecía verdaderamente incómodo, y era algo raro en él. Era la clase de persona que no se alteraba por nada. Entonces carraspeó.

—¿Y? ¿Cómo va todo, Marcos? Tanto tiempo.

—Todo bien —respondió él.

Hubo otro silencio incómodo, así que le di un empujoncito a Sam.

—Vamos a ducharnos.

—Sip —dijo—. Huelo mal.

Entramos en la casa y fuimos directo a mi habitación. Cerré la puerta.

Sam me miró.

—¿Lo crees?

—¿Si creo qué?

—No te hagas el tonto. ¿Crees que ese tipo era el novio de tu papá?

Asentí.

—Sabes, nunca lo pensé. La última vez que lo vi tenía doce años. ¿Qué diablos sabía cuando tenía doce años? Desde luego, en aquella época no terminaba de entender el asunto de los gays y lo que realmente significaba. ¿Y tú?

—Hmm, en realidad, no. No realmente.

Ambos encogimos los hombros.

—Pero Sammy, creo que recuerdo a papá verdaderamente enojado por algo cuando Marcos se marchó. Y un día le pregunté por qué Marcos había dejado de venir, y dijo, "Bueno, sencillamente se mudó".

»Recuerdo haberle preguntado adónde se había mudado, y papá respondió que a algún lugar de Florida. Es todo lo que dijo. Me dio la sensación de que no quería hablar de ello. Y pensé que tal vez se habían enfadado el uno con el otro, ya sabes, como suele suceder entre las personas. No lo sé. A veces, no entiendo nada.

—En eso tienes razón —luego Sam hizo una pausa—. Sally, me da la impresión de que tu papá no estaba muy contento de verlo.

—Pues yo tuve otra impresión.

—Y…

—Vi una mirada particular en el rostro de papá. Y, pues, no lo sé. Jamás la había visto, y te aseguro que soy un experto en leer el rostro de papá.

—Ah, ¿así que ahora eres capaz de leer rostros?

—Sí, algunas personas leen las cartas; yo leo rostros.

—¿Lees el mío?

–Claro.

–Tal vez me dedique a mejorar mi cara de póquer.

–Jaja. No está en tu naturaleza, Sam. Todo lo que sientes se ve reflejado en ese rostro hermoso. Tienes el rostro más fácil de leer del planeta.

–Eso es mentira.

–Lo que digas.

Sam sonrió.

–¿Así que tu papá estaba enamorado de él?

–Es posible.

–¿Es posible?

–Es un escenario posible.

–Olvídate del escenario posible. Deberías preguntárselo.

–Te equivocas. ¿Qué te pasa, Sammy? Las personas tienen derecho a su privacidad.

–¿Acaso no te enteraste, hermano? Desde que apareció Facebook, ya no existe la privacidad.

–Papá no usa Facebook.

–Pero ¿acaso no tiene un celular?

–Sí, claro, lo que digas.

–¿Acaso no sientes curiosidad?

–Por supuesto que siento curiosidad. Pero es mi padre. No es asunto mío.

–Es tu padre: tú lo has dicho. *Y por eso mismo es asunto tuyo.*

Samantha Díaz tenía un modo de pensar muy interesante. La cosa era que creía que todo lo referente a mi vida era asunto de ella. Y en su cabeza, aquello incluía los asuntos de papá.

En el camino (a casa de Mima)

Estábamos de camino a Las Cruces para ver a Mima. Samantha estaba atrás, enviando mensajes a algunos amigos. Tenía varias categorías: amigos de Facebook y amigos verdaderos. En realidad, no salía con muchos amigos verdaderos porque la mayoría de las personas en aquella categoría eran sus exnovios. Y jamás seguía siendo amiga de ninguno de aquellos tipos después de romper con ellos. No es que fueran la clase de tipos con los que quisieras salir. Y de todas formas, Sam era todo o nada. *¿No me amas? Vete al diablo.*

Mientras conducía, papá estaba metido dentro de su cabeza.

Realmente quería preguntarle acerca de Marcos. Se habían sentado en los escalones traseros y habían hablado durante un largo rato. Esta vez, no había escuchado a escondidas, aunque en verdad hubiera querido hacerlo. Cuando Marcos se marchó, me dijo que había sido un gusto verme. Y Sam se metió en la conversación para decir, "¿También fue un gusto verme a mí?", con un tono que rezumó un malicioso sarcasmo. Marcos sonrió de buen humor. "Claro", dijo, "también fue un gusto verte a ti, Samantha". Ella puso los ojos en blanco, y no lo hizo de manera sutil.

Me senté en el asiento delantero del auto, preguntándome por qué a Sam no le caía bien. No es que a mí me agradara demasiado. El asunto era que Sam no se mentía a sí misma respecto de lo que sentía. Y cuando le tomaba antipatía a alguien, pues no había vuelta atrás. Pero ¿yo? A veces no sabía lo que pensaba. Posiblemente porque no quisiera saberlo.

–¿En qué piensas, papá? –pregunté, tal vez intentando descubrir algo.

–Solo estaba pensando.

–¿En qué?

–En nada en especial.

Odiaba cuando decía ese tipo de cosas.

–¿Hay algo que deba saber?

Me echó un vistazo y sonrió.

–A veces podemos guardar las cosas que tenemos en la cabeza para nosotros mismos.

–Dijiste que no debíamos guardar secretos.

–¿Dije eso?

–Sip.

–Qué estupidez tan grande.

Supuse que había dado por finalizada la conversación.

–¿Y *tú* en qué estás pensando? –preguntó entonces.

Así que decidí contarle.

–Pues, pensaba que Sam no parece tener una muy buena opinión de Marcos.

Papá se rio.

–No era muy bueno con los chicos.

–Creo que se queda corto, Sr. V –dijo Sam–. Y tengo mucha memoria.

–Déjame que te traduzca eso, papá –dije–. A Sam le gusta guardarles rencor a las personas.

–Lo único que tienen que hacer es pedir disculpas –comentó.

–¿Por qué debe pedir disculpas, Sammy? Teníamos doce años la última vez que lo vimos. No fue precisamente malo con nosotros.

–No quería jugar a atrapar la pelota conmigo.

Papá y yo nos echamos a reír.

–Vamos, ríanse.

Papá no llegó a rascarse la cabeza, pero tenía aquella expresión pensativa en el rostro.

–¿Te acuerdas de eso, Sam?

–Recuerdo muchas cosas, Sr. V.

–Pues, a todos nos pasa –dijo papá.

–¿No hay problema si siento antipatía por él, Sr. V?

–Puedes sentir antipatía por quien quieras, Sam.

–Bueno –dijo–, si a usted le cae bien, haré que me caiga bien por usted.

–Hmm. Te daré una respuesta más adelante sobre ello.

Sam y yo cruzamos miradas cómplices sin llegar a hacer contacto visual. Justo en ese momento tomamos la salida a casa de Mima. Papá me echó un vistazo.

–Prohibido enviar mensajes de texto.

–¿Escuchaste, Sam? –pregunté.

PDD: tortillas

Cuando llegamos, Mima estaba sentada en el porche delantero hablando con la tía Evie. Lucía un poco cansada, pero estaba toda arreglada y llevaba maquillaje y los pendientes que siempre tenía puestos. Recibí mi abrazo y mi beso habituales al tiempo que repetía una y otra vez cuánto me había extrañado. Y cuando Mima vio a Samantha, tan solo la abrazó.

–Qué muchacha tan bonita –dijo–. Te has convertido en una mujer. ¡Qué linda! Hace tanto que no te veo –y luego hizo una broma porque a Mima le encantaba andar bromeando–: ¿Y todavía te sigue gustando decir palabrotas?

De hecho, Sam se ruborizó.

–Sí, Mima –dije.

Mima besó a Sam en la mejilla, y advertí lo frágil y pequeña que lucía.

- -

Aquel día nos divertimos. Vinieron mis tíos y tías y dos de mis primos. Mis primos eran mucho mayores que yo, y eran cool, aunque me trataban como si fuera un niño. Miramos los Cowboys de Dallas, y hubo muchos insultos. El equipo estaba a punto de fracasar estrepitosamente.

En cierto momento, Mima entró en la sala y llamó a Sam haciéndole un gesto con el dedo. Observé mientras desaparecían por el pasillo, y me pregunté por qué no me incluían en la conversación… pero iba a tener que aguantarme. De todas formas, sabía que Sam me lo contaría todo. O tal vez, no. O tal vez, me contaría algunas cosas y no otras. ¿Por qué tenía esta actitud? ¿Por qué me preocupaba tanto quedar excluido de los asuntos?

Salí fuera y me senté en el porche delantero de Mima. El tío Mickey se encontraba fumando un cigarrillo y hablando con alguien por su celular. Me guiñó el ojo. Le gustaba guiñar el ojo. Me parecía cool. Fito habría llamado al tío Mickey un viejo cool. Para Fito, algunos tipos eran viejos cool. No sé de dónde sacó ese asunto.

Me quedé mirando los tatuajes del tío Mickey. Pensé que tal vez hubiera dos clases de personas en el mundo: las personas con tatuajes y las personas sin tatuajes. Ya sabía en qué categoría encajaba yo.

–Dime –dijo el tío Mickey–, ¿ya se convirtió en tu novia?

–No, sería demasiado raro.

–Sí, supongo que sí. La recuerdo de cuando eran chicos. Le gustaba gritar un montón.

–Lo sigue haciendo –respondí.

Ambos nos reímos.

–Ahora está viviendo con nosotros, ¿sabías? Su mamá murió.

–Sí, me enteré. Pobre chica. Eso apesta.

–Sí, apesta.

–Toma, dale esto de mi parte –metió la mano en el bolsillo y extrajo su tarjetero. Me entregó un billete de cincuenta dólares.

Asentí. Sabía que el tío Mickey era terrible con las palabras. Pero le importaba lo que les sucedía a las personas, y demostraba ese cariño de la única forma que conocía. Sonreí.

–Eres un buen tipo –dije.

–Para ser el desastre que soy, soy bastante bueno.

El tío Mickey siempre estaba torturándose a sí mismo. Me pregunté por qué. Pero luego pensé, *claro, ahora entiendo, lo entiendo perfectamente.*

- -

Entré en la cocina, y no podía creer lo que veía: Sam estirando una tortilla mientras Mima estaba de pie junto a ella.

–Las mías no son redondas, Mima –gemía Sam.

–Tienes que ser paciente, Samantha. La primera vez no salen perfectas.

Me encantaba el modo en que Mima pronunciaba su nombre. El modo en que pronunciaba Samantha como si fuera un nombre mexicano.

–Mima, Sam no es una persona paciente.

–No es cierto.

–Sí, es cierto.

–Tú tampoco eres paciente, Sally.

–La paciencia es un don que hay que ganarse –dijo Mima luego de sonreír y sacudir la cabeza. Me miró–. Samantha aprenderá si desea hacerlo.

Le ofrecí a Sam una sonrisa torcida.

–Estoy impresionado. No sabía que supieras lo que era un rodillo.

–Mima, dile que no me pelee –se quejó Sam.

Tenía que reconocérselo: sabía cómo estirar la masa. Pero su primera incursión en el mundo doméstico me causó mucha gracia. La observé dirigir una mirada de desagrado a la triste tortilla que acababa de estirar.

–Se parece más al mapa de Sudamérica que a una tortilla.

–No –dije–. Se parece más a África.

–Australia –replicó–. Definitivamente, Australia.

Mima sacudió la cabeza.

–Está bien. Es tu primera vez –me guiñó el ojo–. No te rías de Samantha.

De hecho, me parecía genial que Sam se estuviera esforzando tanto. No tenía por costumbre agradar a los demás. No era su estilo. Estaba cambiando. En verdad estaba cambiando.

Miré a Mima y a Sam.

−¿Les importa si me quedo y observo la lección?

Sam esbozó una mueca burlona.

−¿Por qué no? −respondió. Así que nos sentamos en la cocina mientras Sam intentaba aprender a estirar tortillas. Mima contaba historias sobre cómo habían sido las cosas cuando era niña y cómo había cambiado el mundo, y parecía un poco triste.

Sam, la tía Evie y yo la ayudamos a cocinar. Por lo general, a Mima no le gustaba tener gente en su cocina, pero se me ocurrió que estaba comenzando a soltar. Cuando te estabas muriendo, tenías que soltar las cosas que amabas. Y Mima amaba su cocina, así que sí, estaba comenzando a poner en marcha el proceso de soltar. En cuanto a mí, todavía no estaba soltando nada. No estaba listo. Sencillamente, no estaba listo.

Rallé el queso para las enchiladas. Mima le enseñó a Sam cómo preparar la salsa de enchilada roja, y la tía Evie frio las tortillas de maíz. Si no se fríen las tortillas, las enchiladas no salen bien. Algunos restaurantes no lo terminan de entender. En nuestra familia, freír las tortillas de maíz era una regla. Nadie tenía permitido romperla.

¿Saben? Era hermoso estar en ese momento en aquella cocina. Supongo que en la vida hay momentos de belleza serena. Papá me lo había contado una vez. En aquel momento, no supe lo que intentaba decirme.

Le sonreí al tío Mickey, que observaba su plato de enchiladas.

−De eso estaba hablando −le encantaba decir eso. Mima siempre le servía primero a él. No sé por qué.

Mientras observaba a Mima servirles a todos aquel domingo por la tarde, me pregunté cuántas comidas más podría resistir.

Sam. Yo. El futuro

De regreso a casa, papá nos preguntó a Sam y a mí cómo iba el trámite de admisión a la universidad. Sam dijo que tenía todo el papeleo listo, pero que aún le faltaba completar algunos formularios.

—Lina y yo revisaremos los formularios financieros lo más pronto posible –dijo.

—Gracias, Sr. V.

—¿Ya escribiste el ensayo de admisión?

—Me pondré a escribirlo –respondió Sam.

—Sé que estos días han sido una locura –dijo papá–, pero esto es importante. ¿Y tú, Salvi? ¿Cómo va tu ensayo?

—Estoy escribiéndolo.

—¿En serio, Salvi?

—Está bien, aún no lo comencé –no es que tuviera la mente puesta en la universidad. Sencillamente, no estaba motivado.

Sam metió la mano en la mochila y extrajo su lista de instituciones.

—¿Llevas eso contigo a todos lados? –pregunté.

—Sip, Sally. Para que me dé suerte.

Me la entregó.

—Léeme la lista –dijo.

–¿Por qué?

–Quiero escuchar. Quiero escuchar el sonido del futuro.

–Estás loca de remate.

–Dame el gusto. Sigo de duelo.

–No puedo creer que me intentes manipular con eso nuevamente.

–Sip.

Me di cuenta de que papá se estaba divirtiendo mucho con nuestra pequeña discusión.

Sam me plantó la lista en la cara. Literalmente. La tomé.

–¿Quieres que la lea como si fuera un maldito poema?

Cruzó los brazos.

Miré la lista.

–Está bien. Ahí va –dije. Adopté un tono formal–. Primer lugar de la lista: Universidad de Stanford. Guau, esa sí que es una universidad de verdad. Segundo lugar: Universidad de Brown. Vaya. Brown. Rhode Island, allá voy.

–Ahórrate el comentario, payaso. Solo lee la lista.

–Qué poco sentido del humor –respondí, y me dirigió una mirada de desaprobación–. Está bien, está bien. Tercer lugar: Georgetown. Cuarto lugar: Universidad de California, en Berkeley. Quinto lugar: Universidad de California, en Santa Barbara. Sexto lugar: Universidad de Texas. Oye, tenemos una universidad en común.

–Si vas allí, definitivamente no lo haré yo.

–Lo que digas, Sammy. Hmm. Está bien, para continuar, séptimo lugar: Boston College. Octavo lugar: Universidad de Notre Dame. Esa, porque eres tan buena católica.

–Cállate. Sr. V., dígale que se calle.

Papá estaba estallando de risa.

–Lo estás haciendo bastante bien tú sola, Sam.

–Y llegamos al noveno lugar: la Universidad de Miami. Y para completar la lista de los top ten tenemos a la Universidad de Cornell, de donde Sam enviará mensajes cada diez minutos quejándose del invierno.

–Destrozaste mi lista.

La miré con mi sonrisa más mordaz.

–Pero hablando en serio, Sam, conseguirás entrar en todas ellas.

–Sí, bueno, no estoy segura acerca del dinero.

–Tienes el dinero, Sam –dijo papá.

–Sí, claro, es horrible que cuente con el dinero solo porque mamá haya tenido una buena póliza de seguro –intentaba retener las lágrimas.

–Oye, oye –dije–, está bien.

–Sí, Sally, de pronto *está* todo bien, pero al momento me derrumbo. ¿Sabes? Sylvia y yo peleamos todo el verano por esa lista.

–Sí, lo sé.

Advertí que papá no se metió en la conversación.

Listas = ¿El futuro?

Hice otra lista. Una lista de preguntas que tenía en la cabeza. Pero la lista no estaba numerada, y las preguntas se amontonaban unas sobre otras. ¿Comenzaría a visitarnos Marcos? Si Marcos había sido una vez el novio de papá, ¿por qué se marchó? ¿Por qué papá no sale con nadie? ¿Será mi culpa? ¿Por qué algunas personas son gays? ¿Por qué las personas odian a la gente gay? ¿Cuánto sufriré cuando se muera Mima? ¿Quién inventó la universidad? ¿Por qué no sabía lo que quería ser? ¿Por qué no podía cantar? ¿Por qué no podía dibujar? ¿Por qué no podía bailar? ¿Qué diablos podía hacer?

Tal vez transformaría mi lista de preguntas en mi ensayo de admisión a la universidad.

Creo que soy el chico inteligente más estúpido que jamás haya existido.

Marcos

Entonces llegó Halloween, la fiesta favorita de Sam. Habíamos salido juntos a recorrer el vecindario pidiendo golosinas desde los cinco años. Y el hecho de que estuviéramos en el último curso no impediría que siguiéramos con la tradición.

Al principio, Sam se opuso a que Fito nos acompañara.

–¿Tiene que venir?

–Sip –respondí–. Conseguí que se tomara la noche libre de su empleo en Circle K. Dale un respiro. Su vida apesta.

–La vida de todo el mundo apesta.

–La mía no, y la tuya, tampoco.

–Claro que mi vida apesta.

–No, no es cierto. Tu mamá murió, y eso apesta. Eso duele. Lo entiendo. Pero ¿tu vida? Tu vida no apesta, Sammy.

–Como quieras.

–Fito vive en un fumadero de crack –dije.

–No es un fumadero de crack.

–A mí me dio esa impresión.

–¿Cuántas veces entraste?

–Una vez. Fue suficiente.

Puso los ojos en blanco.

—No hables como si realmente supieras cómo es un fumadero de crack.

—Bueno, bueno, pero entiendes lo que estoy diciendo. Fito solo intenta llegar al final del día. Eso sí es una vida que apesta —la miré con una de aquellas sonrisas sarcásticas que le dirigía cuando sabía que la tenía acorralada—. Además, fue al funeral de tu madre, un gesto dulce. Lo dijiste tú misma.

—Pero Halloween siempre ha sido algo nuestro.

—Entiendo, Sam, es nuestra tradición. Pero Fito está... ya sabes.

—Lo sé, lo sé. Está bien. Estoy siendo una mierda. Que venga.

—Y te agrada.

—Sí, supongo que me agrada.

Así que salimos a recorrer el vecindario en busca de golosinas. Sam se vistió de Lady Gaga. No podía ser de otra manera. Yo fui de jugador de béisbol. Sammy puso los ojos en blanco: "Qué poco original". Fito fue de hombre de negocios vampiresco: corbata, chaqueta sport, capa negra y colmillos. Sam quedó impresionada.

Éramos un poco grandes para pedir golosinas, pero no nos importó. Unos ridículos. De hecho, fue divertido... y necesitábamos divertirnos. Realmente era así. Una mujer estaba repartiendo manzanas caramelizadas. Sam rechazó la suya.

—Seguramente tienen cuchillas de afeitar dentro.

Fito encogió los hombros y se devoró la suya. Luego le sonrió a Sam.

—¿Ves? No hay cuchillas.

—¿Alguna vez masticas la comida? No va a salir corriendo, ¿sabes?

—¿Qué eres, Miss Etiqueta? Sabes, Sam, a veces eres la chica más encantadora y toda esa mierda, y otras veces eres insoportable. Lo digo en serio: in-so-por-ta-ble.

—Si fueras mujer, también serías insoportable.

—Si fuera mujer, te aseguro que no saldría con el tipo de hombres con los que tú sales.

Me reí. Sam no.

—Ah, ¿así que a ti te gustan los chicos buenos?

—Sí, me gustan los chicos buenos. Me gustan los chicos que saben leer y no me agreden. Tengo toda la agresión que necesito en casa.

Sam lo miró. Sabía que estaba pensando. Esa chica siempre estaba pensando.

—¿Tienes novio?

—No.

—¿Acaso no los veo a ti y a Ángel juntos todo el tiempo?

—Ángel pasó a la historia.

—Es guapo.

—Sí, bueno, requiere un alto mantenimiento.

—Ejemplos, por favor.

Fito tan solo miró a Sam.

—Yo no le hago la tarea a nadie.

—¿Quería que le hicieras la tarea?

—Sip.

—Al diablo.

—Es lo que le dije.

—Los tipos apestan.

Fito se rio.

—Sí, es cierto.

—Yo no apesto —dije yo.

Fito y Sam se miraron.

—Sí, apestas —dijeron.

Entonces los tres estallamos de risa. A veces, cuando te ríes, no tiene nada que ver con silbar en la oscuridad.

Mientras caminábamos por las calles, golpeando a las puertas para pedir caramelos que no necesitábamos, Sam comenzó a tomar muchas fotografías de los pequeños.

–Son adorables –dijo.

–¿Ves? –comenté–. Serás una gran madre.

–Es posible.

Pero estaba más interesada en echarles el ojo a los chicos que andaban por ahí. A veces me miraba de reojo y hacía un gesto con la cabeza.

–Ese es un chico malo.

–Sigue caminando –dije.

–Sí –afirmó Fito–, sigue caminando.

Sam era Sam. Sip.

Entonces un chico malo con tatuajes nos detuvo y le dijo a Sam:

–Qué buena estás, perra.

Y yo respondí:

–¿Qué dijiste?

–Me oíste.

Y así como así, le di un puñetazo. Cayó hacia atrás, pero mi golpe no lo detuvo. Levantó los puños y se abalanzó sobre mí.

–¡Vamos a ver quién tiene más huevos, cabrón! –dijo.

Pero Sam se interpuso.

–¡Oigan! ¡Oigan! ¡Basta! ¡Basta!

El tipo miró a Sam, y ella le suplicó:

–Por favor. No lo dijo en serio.

Así que el tipo se calmó y se alejó.

–Mejor que no te encuentre solo, hermano –me advirtió.

Sam me miró.

–¿Qué pasa, Sally? ¿Qué mierda te pasa?

–No lo sé –respondí–. Él no tenía ningún derecho de decirte una cosa así –me senté en el borde de la acera–. Perdón, perdón, perdón.

Sentí el brazo de Sam alrededor de los hombros.

–Sally, muchas personas creen que soy una perra. ¿A quién le importa? Son solo chicos estúpidos. ¿A quién le importa?

Me quedé sentado, temblando.

–¿Qué sucede, Sally? ¿Qué tienes?

Después de calmarme, les conté a Sam y Fito que me sentía abrumado por todo lo que estaba sucediendo, pero que me encontraba bien. Luego seguimos tocando puertas y nos tomamos muchísimas selfies, y volvimos a divertirnos. Cuando regresamos a casa, papá estaba sentado en el porche delantero repartiendo nuestros caramelos a algunos niños que pasaban.

Un hombre estaba sentado junto a él.

Al acercarnos por la acera, alcancé a ver su rostro: Marcos.

PARTE 4

Tal vez, la vida fuera justamente eso.
Ibas en zigzag a un lado y a otro,
y nuevamente ibas en zigzag
a un lado y a otro.

(Papá) Cosas que nunca nos contamos (Yo)

Aunque papá y yo teníamos algo estupendo entre los dos, y aunque conversábamos, y aunque no nos guardábamos secretos, de todos modos había cosas de las que jamás hablábamos. Hablar no siempre es fácil, ni siquiera para quienes lo hacen habitualmente. Pero decidí que hablaría con él porque tenía demasiadas preguntas que no podía sacarme de la cabeza. Y decidí que me colgaría un letrero en el cerebro: "Prohibido agolparse".

Sam había pasado la noche con su tía Lina; supongo que también tenían cosas de qué hablar.

Era la tarde de un sábado caluroso. Maggie estaba revolcándose en el césped del jardín trasero.

Papá estaba sentado en los escalones fumando un cigarrillo.

Me senté junto a él.

—¿Me das una calada?

Ambos estallamos de risa.

—No quiero que fumes nunca. Nunca.

—No te preocupes, papá. No me gustan esas cosas.

—A mí tampoco.

—Entonces, ¿por qué fumas?

—Ay, a veces me hacen compañía. Es una relación muy poco complicada.

—Sí, tú los fumas y ellos te dan cáncer.

—Y enfisema.

—Y enfermedades cardíacas.

—¿Vamos a repasar toda la lista?

—No, en realidad no quiero hablar de cigarrillos.

—¿Qué es lo que te preocupa? —preguntó.

—¿Te puedo preguntar algo?

—Pregunta nomás.

—¿Por qué jamás has tenido un novio?

—*Sí* he tenido novio. He tenido varios.

—¿Antes o después de mí?

—Ambos.

—Sí, pero no últimamente.

—Bueno, últimamente he estado ocupado.

—Como excusa, es bastante débil, papá.

—¿Débil? ¿Yo? Digamos que tampoco veo que tú traigas demasiadas novias a casa.

—No es el momento para mí.

—Tal vez para mí tampoco.

—¿Por qué nunca me hablas de ciertos temas?

—¿Te refieres a mi vida sentimental? Pues, en primer lugar, eres mi hijo. En mi opinión, los padres no deberían hablarles a sus hijos sobre su vida sentimental.

—Pero papá, no tienes vida sentimental.

—Eso suena a acusación.

—*Es* una acusación.

—¿De qué se trata todo esto, Salvi?

–¿Sabes lo que creo? Creo que no tienes citas por mí. Creo que es culpa mía que no tengas una vida normal.

–Soy gay, Salvi. Nunca tuve una vida normal.

–Sabes a lo que me refiero, papá. Sabes exactamente a lo que me refiero.

–¿Qué quieres que diga? –apagó su cigarrillo. Tomó mi mano en la suya y la apretó.

–Papá –susurré–. ¿Marcos fue novio tuyo?

–Sí –asintió–, lo fue.

–¿Y qué pasó?

Papá estaba mirando el cielo.

–Me dijo que no podía soportar el rol de padrastro.

–Así que me elegiste a mí.

–Por supuesto.

–Entonces *sí* es culpa mía.

Papá me miró directo a los ojos. Y luego me besó la frente. Me soltó la mano y se metió un cigarrillo en la boca pero no lo encendió.

–No seas idiota, Salvador. Jamás fuiste demasiado bueno para las matemáticas. Escucha, si Marcos no soportaba que yo fuera un padre, pues, era su problema. No era culpa mía ni tuya. Era suya. Tú y yo somos un paquete, y no puedo estar con nadie que no entienda lo que tú y yo tenemos.

Asentí.

Encendió su cigarrillo.

–¿Lo amabas?

–Sí.

–¿Y ahora? ¿Lo sigues amando?

–Sí.

–Tal vez, fue por eso que Mima dijo que te sentías solo.

—¿Dijo eso?

—Sip. ¿Nunca dejaste de quererlo?

—Supongo que no. Supongo que un tipo como yo no sabe cómo dejar de querer a alguien.

Me di cuenta de que quería llorar. Pero no lo hizo.

—Fito dijo que el problema con ser gay era que tenías que salir con tipos.

Papá se rio.

—Fito es gracioso. No sabía que era gay.

—Yo tampoco, pero ahora, sí.

—¿Tiene problemas con ello?

—No, creo que no. Lo que apesta es su familia. Es como si se hubiera criado a sí mismo.

—Qué duro.

Era bueno hablar con papá. Apoyé la cabeza sobre su hombro.

—Papá —susurré—, a veces deberías dejar que otras personas te cuiden.

—Supongo que no sé cómo hacerlo.

—Pero puedes aprender, ¿no es cierto?

—Sí, imagino que sí. Tal vez tú puedas ayudarme.

Y yo también quería aprender, quería saber cómo cuidar a papá cuando necesitaba que lo cuidaran. Pero no sabía cómo.

Yo. Secretos

Sí, es cierto que no le había contado a papá que había comenzado a andar por ahí intentando darles puñetazos a los tipos que me molestaban. Tampoco le conté que tenía una fantasía en la que molía a golpes a Eddie. Ni le conté que no dejaba de preguntarme cómo sería embriagarme, ni que ni siquiera sabía cómo se me había ocurrido una cosa así. Y no le conté a papá que sentía una extraña furia en mi interior. Y no le conté que estaba un poco enfadado porque me hubiera entregado la carta de mi madre y que tal vez debió haber esperado. Tampoco le conté que estaba furioso con mamá porque me hubiera dejado la carta en primer lugar. Ni que me sentía culpable por el hecho de haber odiado a Sylvia y por no saber qué hacer al respecto porque ahora estaba muerta.

Y no le conté a papá que tal vez no me hiciera tan feliz que Marcos viniera de visita, porque aunque *en teoría* me parecía que papá debía tener un novio, este tipo no terminaba de convencerme. Y cuando le pregunté si lo seguía amando y respondió que sí, no estoy seguro de que me haya agradado la respuesta.

Y no le conté a papá que estaba pensando en mi bio-padre. Me preguntaba si me parecía a él, si me comportaba como él, y comenzaba a pensar que tal vez debía al menos conocerlo.

Sam había conocido a *su* padre.

Fito había conocido a *su* padre.

Y luego estaba yo.

¿Cómo podía contarle a papá todas estas cosas que no le había contado?

¿Marcos? Hmm

Le envié un mensaje a Sam:

YO: Le pregunté a papá acerca de Marcos

SAM: ¡Guau! Cuéntame todo

YO: Cuando vuelvas

SAM: Llego pronto. Lina y yo limpiamos la casa. Te veo en diez minutos

YO: PDD: sacrificio

SAM: ¿Te refieres a un sacrificio humano?

YO: ¡No!

SAM: Empléalo en una oración

YO: Papá conoce el significado de la palabra sacrificio

SAM: Sip

Así que cuando Sam llegó a casa, le conté sobre la conversación con papá. Escuchó, hizo preguntas. Le encantaba hacer preguntas. Y, por supuesto, tenía un par de cosas para decir sobre la situación.

—Esa mierda de Marcos le rompió el corazón a tu padre. Sabía que había un motivo por el cual lo odiaba.

—A ti no te hizo nada, Sam. No te corresponde odiarlo.

–Tonterías.

–No, no lo son. Papá no lo odia. Y si papá no lo odia, yo tampoco lo haré –cielos, qué hipócrita podía ser.

Sam me miró.

–¿Sabes? Tú y tu padre no son normales. A veces no ser normal apesta. ¿Por qué siempre andan por ahí siendo tan amables? Digo, sencillamente, no es *normal* –no dejaba de sacudir la cabeza–. Además, no es justo. Marcos queda impune aunque haya sido una basura.

–¿Qué sabemos de Marcos, Sammy?

–Sabemos que es un gusano que salió a la superficie cuando paró la lluvia.

Sam podía ser tan graciosa.

–No te rías, no fue una broma.

–Tal vez se dio cuenta de que se había equivocado.

–Sally, ¿siempre tienes que interpretar la realidad con la ingenuidad de un chico de diez años? ¿En serio?

–Sam, no sé nada sobre la realidad. Y no soy un chico de diez años.

–¿Así que Marcos vendrá seguido para apestar la casa?

No sé por qué, pero me volví a reír.

Sam continuó riñéndome, lo cual me hizo reír aún más.

En realidad, me sentía igual que ella. Solo que Sam era sincera al respecto.

Pastel

Era un sábado por la tarde, y estaba pasando el rato en mi habitación, pensando otra vez en el asunto de la universidad y en que realmente no tenía ganas de ir. Me refiero a que *sí* quería ir, pero solo después de tomarme un año. Ya saben, para encontrarme a mí mismo. Sí, ya sé, un argumento un poco débil, pero era cierto. ¿Se podía estar un poco confundido? Me refiero a que si estabas confundido, estabas confundido. No sabía una mierda. Hacía las cosas maquinalmente. Tal vez, muchas personas hacían las cosas maquinalmente y les funcionara. Pero yo sabía que hacer las cosas por inercia no iba a funcionar para mí. Una desgracia.

Sam estaba en su habitación escribiendo su ensayo de admisión. No tenía que preguntarme por el contenido, porque sabía que me haría leerlo. Y también iba a querer leer el mío, salvo que no había uno para leer. ¿Qué se supone que debía decir: *Acéptenme. No se arrepentirán. Soy el tipo más genial desde la invención del teléfono celular?* Se suponía que debíamos hablar de nosotros mismos. Claro. *Hola, me llaman Sr. Emoción. Pero soy bastante bueno peleando con los puños.*

Sam me envió un mensaje:

SAM: Tengo una buena idea para mi ensayo, ¿y tú?

YO: Ninguna. No soy bueno vendiéndome

SAM: Te ayudaré

YO: No valgo nada

SAM: Falso. Jamás digas eso

YO: Pensé que estabas enojada conmigo

SAM: No. Deberíamos preparar un pastel

YO: ¿Qué?

SAM: Ya sabes, ¿un pastel?

YO: ¿Sabes cómo preparar uno?

SAM: No. Pero tú sí

YO: Entonces, ¿por qué dices "deberíamos"?

SAM: Enséñame. Podemos llevárselo a Mima mañana

YO: Buena idea

SAM: Y podemos llevarle flores

YO: ¿Qué pasó? ¿Se marchó Sam, la malvada?

SAM: No te preocupes. Volverá

Yo. Sábado por la noche. Sam

Estábamos en la cocina, y le estaba enseñando a Sam a preparar un pastel de chocolate desde el principio.

–¿Por qué no lo preparamos directamente de una de aquellas cajas de Betty Crocker? –preguntó.

–Estoy impresionado. Conoces a Betty Crocker.

–Vamos. Búrlate de mí.

Nos miramos el uno al otro. Sip, cruzar miradas era algo que hacíamos a menudo.

–Verás, Sammy, tenemos todos los ingredientes. No es tan difícil.

Me observó poner los ingredientes secos mientras los leía en voz alta del libro de recetas.

–¿Quieres saber la función de cada ingrediente? –pregunté.

–¿Lo dices en serio?

–¿Cómo quieres aprender a cocinar si no sabes lo que cada ingrediente aporta a la receta?

–¿La física de un pastel de chocolate? No me interesa.

–¿Y ahora quién se burla de quién? –rompí dos huevos y los batí.

–Supongo que no parece tan difícil. De todos modos, el de Betty Crocker es más sencillo.

–Nuestro objetivo no es que sea sencillo, sino sabroso.

–Como sea.

–Fue tu idea –repliqué–. Dijiste que querías aprender.

–Mentí.

–Sip.

Cuando el pastel estuvo en el horno, Sam me observó preparar la cobertura.

–No te pareces a la mayoría de los tipos.

–Supongo que debo decir "gracias".

–¿Por qué estás tan seguro de que fue un cumplido?

–No quiero ser como la mayoría de los tipos, así que *fue* un cumplido.

Maggie se hallaba sentada observándonos discutir. Siempre me preguntaba en qué pensaba esa perra. Probablemente, en nada complicado.

Papá entró desde el jardín trasero, donde había estado trabajando en una pintura.

–¿Qué hay con el pastel?

–Estamos preparándolo para Mima.

–Qué cariñosos –respondió él. Sam sonrió.

–Bueno, somos jóvenes muy cariñosos –no podía omitir aquella pequeña cucharada de sarcasmo… una parte de su receta de vida.

Papá esbozó una amplia sonrisa.

–Voy a ducharme; esta noche voy a salir.

–¿Con alguien que conocemos? –no pudo evitar preguntar Sam.

–Solo una película con un viejo amigo.

No es que nos sorprendiera cuando sonó el timbre y apareció Marcos. Nunca había advertido lo apuesto que era. Aun así, no era tan apuesto como papá. Y era más bajo. Me pregunté si la mayoría de los chicos se fijaban en sus padres y en su aspecto. Tal vez lo hicieran. Tal vez, no. A decir verdad, no había realizado una encuesta.

Papá parecía un poco avergonzado por toda la situación.

Sammy no hizo nada por colaborar.

—Envíen un mensaje si llegan tarde.

Marcos solo se encogió de hombros y le dirigió una sonrisa.

Lo único que quería papá era huir por la puerta lo más rápido posible.

—No me importa que sea guapo. Si lastima a tu papá, lo mato.

—¿Vamos a comenzar de nuevo?

—¿Por qué no te importa?

—Me importa. Hoy aprendí algo sobre papá. Algo muy hermoso. ¿Conoces aquel juego "Qué pasaría si…"? Bueno, Sam, ¿qué pasaría si papá no me hubiera adoptado?

—No sé, Sally. No tengo una respuesta para eso.

—Yo tampoco sé lo que me hubiera pasado si papá no me hubiera adoptado, pero sí sé que no tendría esta vida. Y es la única que conozco. No tendría a Mima, que es la mejor abuela de este mundo de mierda…

—¿Acabas de decir una palabrota o me lo imaginé?

—El sarcasmo te queda muy bien, ¿lo sabías?

—No pude evitarlo.

—Lo sé, lo sé. Pero, Sammy, si no fuera por papá, no te habría conocido. No serías mi mejor amiga. No estarías viviendo aquí. ¿Sabes? Le pregunté una vez a papá si creía en Dios. ¿Sabes lo que dijo?

—Dime.

—Dijo: "Cada vez que te miro a los ojos azules, cada vez que te oigo reír, todos los días cuando oigo tu voz, doy gracias a Dios por ti. Sí, Salvador, creo en Dios".

Sam se arrimó hacia mí y me besó en la mejilla.

—Eres el chico más afortunado del mundo.

Asentí.

—Puedes apostar tu trasero que lo soy —sí, *era* el chico más afortunado del mundo. Pero seguía siendo un chico. Maldición.

—————————————————————————

Sam y yo estábamos sentados a la mesa de la cocina, admirando el pastel de chocolate que habíamos horneado.

—¿Quién diría? —dijo Sam—. Glaseado de queso crema y chocolate —estaba realmente feliz—. ¿Quién diría que enseñarle a una chica a hornear un pastel podía hacerla feliz?

—¿Esa chica aprendió?

—Tomé notas —dio un golpecito en la sien—, aquí arriba. Y quedó realmente precioso.

—Lo importante es la estética.

—Te encanta esa palabra.

—Papá es artista.

En ese momento, por algún motivo, se me ocurrió la no tan buena idea de beber una copa de vino. Así que nos sentamos a la mesa de la cocina y abrimos una botella de vino tinto. Serví una copa para cada uno. Brindamos por nuestro pastel.

Juro que no sé qué nos pasó. Muy pronto estábamos bebiendo una segunda copa.

—¿Crees que tu papá se enojará?

—Hmm —dije—. No creo que nos mate.

Ambos encogimos los hombros y seguimos bebiendo. La cuestión es que no quería parar. Quería saber lo que era estar ebrio. ¿Quieren que lo explique con lógica? Pues ¿dónde estaba la lógica de morir en accidentes? ¿Dónde estaba la lógica del cáncer? ¿Dónde estaba la lógica de la vida? Comenzaba a pensar que el corazón humano tenía una lógica inexplicable. Pero también comenzaba a sentirme ebrio, así que no confiaba en nada de lo que pensaba.

Al abrir la segunda botella, Sam y yo cruzamos una mirada como diciendo "¿Qué diablos?".

–¿Sabes que solía pensar que todas las personas eran como un libro? –pregunté.

Sam se rio.

–Vaya, qué conversador te pones cuando bebes.

–Puedo callarme.

Serví otra copa de vino para los dos.

–¡No! ¡No lo hagas! Sigue hablando. ¿Eres consciente de que en esta sociedad de mutua admiración que compartimos, la que más habla soy yo?

–Sí, supongo que sí.

–¿Sabes lo que significa, verdad?

–Significa que te gusta hablar más que a mí.

–Qué idiota. Significa que tú me conoces mejor de lo que yo te conozco a ti.

–Tú me conoces bien –Sam me miró. No discutiría con ella. No porque no fuera a ganar la discusión, sino porque sabía que tenía razón–. Intentaré remediarlo.

Sonrió.

–Así que todo el mundo es como un libro, ¿eh?

–Sí, solía creer eso, pero es una estupidez. Las personas no son como libros… no son como libros en absoluto. Los libros son racionales; las personas, no. Ya sabes, como la vida. Pasan muchas cosas y no están conectadas entre sí. Digo, lo están y no lo están. No es como si mi vida o la tuya, como si nuestras vidas tuvieran una trama, ¿sabes? No es así.

Me refiero a que, como dicen algunos, nacemos, vivimos y luego nos morimos. Y entonces, ¿qué? Aquello no explica nada, ¿no crees?

Sam me miraba.

—Estás examinándome, Sammy. Me da un poco de miedo.

—Eres gracioso —dijo—. Es exactamente cómo te imaginé ebrio.

—Así de predecible, ¿eh? —me bebí el vino de un solo trago.

—Pues eres predecible en algunos aspectos. Pero, últimamente, no tan predecible como antes. No entiendo por qué se te dio por los golpes, Sally. No eres un tipo loco ni salvaje, aunque a veces *sí* eres loco y salvaje. Esa es tu mejor cualidad: eres tú mismo. Es como si a veces fueras el mismo Sally de siempre, y luego caes en un estado de ánimo reflexivo y no quieres hablar, y de repente estás enfadado con el mundo. Lo entiendo. Yo también me enfado con el mundo todo el tiempo. Pero tú no eras así. Y ahora, pues, no lo sé.

—Yo tampoco lo sé, Sam. Es que estoy confundido. Y todo parece complicado. Mima está enferma. Y mamá me dejó una nota en una carta que no quiero leer, y me vuelve loco y me confunde porque quiero que todo siga igual que antes, pero ya no lo será; y tu mamá está muerta y eso es tan raro, y no sé cómo lo soportas, y es raro que ambos tengamos madres muertas, solo que tú recuerdas a la tuya y yo no recuerdo a la mía; y no sé qué diablos quiero decir.

—Así que ambos estamos enfadados con el mundo. Eso está bien.

—¿Lo crees, Sam?

—En este momento es así.

—No me agrada.

—Está bien, Sally.

—No me siento bien. Tengo ganas de pegarle al mundo.

—Yo también. Solo que tú lo estás tomando muy literalmente, y tal vez eso no esté tan bien.

–¿De dónde sale?

–Vas a tener que resolverlo solo.

–¿Cómo?

–Encontrarás una manera de hacerlo.

–¿En serio?

–Sí.

–Estás tan segura.

–Te conozco. Encontrarás una manera.

–¿Y aún me amas, aunque no sea el chico bueno que creíste que era? ¿El chico bueno que querías que fuera?

–Nunca quise que fueras nada, Sally. Solo he querido siempre que fueras tú mismo.

–Pero no sé quién soy.

–Sí lo sabes. En el fondo, lo sabes. Ve y búscalo, Sally.

–Duele.

–¿Y qué?

–No soy valiente como tú, Sammy.

–Tal vez seas más valiente de lo que crees.

–Tal vez –miré la botella de vino–. Estoy ebrio. Y digo cosas estúpidas –luego le sonreí–. Más vale terminarlo todo –no sé, supongo que sentía ganas de conversar… así que eso hice. Continué hablando–. Sammy, ¿recuerdas cuando Marcos vino a casa aquel día? Te conté que advertí una mirada en el rostro de papá. No comprendía esa mirada porque jamás la había visto. Se trataba de amor, Sam. Ya sabes, un tipo diferente de amor. Quiero decir que puedo ver el amor en su rostro cuando me mira. Pero esto era diferente. Creo que es exactamente lo que vi. Papá lo ama.

–¿Eso te asusta?

–Un poco. Mentira. Me asusta muchísimo. Digo, en realidad jamás he tenido que compartir a papá.

–No es cierto. Siempre lo has compartido conmigo. Y lo has compartido con Mima y con todos tus tíos y tías.

–Sí, supongo que sí. Solo quiero que sea feliz. En serio. Y si Marcos lo hace feliz, me parece bien. Aunque, no, tal vez no me parezca tan bien.

–¿Estás celoso?

–No lo sé. Tal vez lo esté. Y además está el hecho de que el tipo lastimó a papá. Y si alguna vez lo volviera a lastimar, no sé qué haría. No sé, Sam.

–Lo entiendo. Yo no aguantaba a ninguno de los novios de mamá.

–¿A ninguno?

–No.

–¿Por qué?

–Porque sabía que todos iban a lastimarla. Y lo hicieron. Y será mejor que Marcos no lastime a tu papá, porque se las verá conmigo. Además, tengo tus puños de mi lado.

–Así que somos un equipo.

–Sí, lo somos.

–¿Tú y yo contra el mundo?

–No exactamente. Tenemos a tu papá que, en realidad, también es mi papá.

–Sí.

–¿Entonces?

–¿Entonces? –repetí. Entonces nos echamos a reír y seguimos bebiendo vino y conversando hasta que la habitación comenzó a girar, y sentí un sabor salado en la boca. Cuando me di cuenta, tenía la cabeza en el retrete, estaba vomitando hasta los intestinos, y Sam se hallaba de pie junto a mí entregándome un paño tibio.

–Estarás bien –dijo–. Ahora sí conoces lo que es estar ebrio.

Me sentía terrible, y el recinto seguía dando vueltas y lo único que podía hacer era gemir. Y luego comencé a vomitar de nuevo.

Papá. Frente a la mesa del desayuno. Sam y yo

—Quisiera saber cuál de ustedes dos genios pensó que esto sería una buena idea.

Sam levantó la mano, como si estuviera en clase.

—Fue mi idea, Sr. V.

—Falso —dije—. A mí me pareció que era buena idea beber una copa de vino.

—Una copa de vino habría estado bien. Pero veo a dos soldados muertos sobre esta mesa de cocina.

—Supongo que nos dejamos llevar.

—¿Les importaría darme una explicación?

—Hay que considerar que nos quedamos en casa y no condujimos ebrios.

—Eso no les otorga puntos extra; tampoco califica como explicación.

—Estás hablando como un papá.

—Lo tomaré como un cumplido —no me quitaba los ojos de encima—. Estoy esperando.

—No tengo una explicación, papá. Solo... enloquecimos un poco. No todo tiene una explicación. No todo tiene un sentido. Son cosas que pasan.

—Cosas que pasan, ¿eh?

–¿Qué quieres que te diga, papá? Me siento como la mierda. ¿Acaso no es castigo suficiente?

–¿Quién habló de un castigo? Lo único que quiero es una simple explicación.

–Y yo te digo que no tengo una.

Papá miró a Sam. Tenía la cabeza tan inclinada como la mía.

–¿Sam?

–Yo tampoco tengo una explicación, Sr. V. Yo… eh… no, no tengo una explicación.

–Quiero hacerles a ambos una pregunta y quiero que la respondan con sinceridad.

Sam y yo asentimos, y seguimos meneando la cabeza muy lentamente. Cielos, pensé que mi cabeza iba a estallar.

–¿Esto tiene algo que ver con Marcos?

–¿A qué te refieres, papá?

–¿Están enojados porque salí con Marcos anoche? Porque si es así, si los perturba, no tengo que salir con él. Podemos hablar…

–¡Te equivocas, papá! ¡Te equivocas! –no sé por qué grité–. Acabarse dos botellas de vino anoche fue una de esas cosas estúpidas de la escuela secundaria que hacen a veces los chicos estúpidos de la escuela secundaria. ¡Nada más! No le des más importancia de la que tiene… –y enseguida dije algo que no tenía ni idea de que iba a decir–: Y si estuviera enojado por lo de tú y Marcos, ¿sabes qué? Deberías estar diciéndome: *¡Entonces no seas infantil, Salvi!* Tu vida no puede seguir girando en torno a mí. ¡Basta!

Terminé de gritar, y de pronto me sentí terrible. Me cubrí el rostro con las manos.

–Lo siento. No quise decir eso.

Papá tenía la mano sobre mi hombro.

–Sí, lo quisiste decir –susurró.

–Papá, estoy pasando por un momento difícil.

–¿Por qué?

–Porque sí, papá. No puedo hablar de ello ahora. Me pasan cosas, y no puedo controlarlas.

–¿Quién dice que estamos siempre en control de las cosas?

–Antes estaba en control de mí mismo.

–El control puede ser una mentira, hijo.

–Nadie me lo dijo jamás –y comencé a llorar.

Papá me abrazó.

–Suéltalo, mi Salvi, tan solo suéltalo.

–Eso mismo hice. Me embriagué.

–Inténtalo sin dos botellas de vino.

Resaca

Sip, aquel domingo por la mañana conocí la palabra *resaca*. No quería precisamente ser amigo de la *resaca*. Sam me dijo que bebiera mucha, mucha agua, cosa que hice. Me duché. Solo quería dormir. Me sentía terrible. Quiero decir, desde el punto de vista emocional, me sentía realmente mal. Sam dijo que ese estado tenía un nombre: "el paseo de la vergüenza".

–Sí –dije–, es el nombre perfecto para lo que siento.

–Pues yo me siento igual. Estoy realmente avergonzada de mí misma. Digo, tu papá es un gran tipo y se desvive por ser bueno conmigo, y yo termino embriagándome con su propio vino. ¡Maldición, Sally! Encima de todo lo demás, nos robamos su vino.

–Somos unos idiotas.

–Sí, lo somos.

–Y además, lo que dije. Quiero decir, no debí decir aquello. Le dije que dejara de vivir su vida en función de mí. Pero la verdad es que tal vez sea yo quien esté viviendo mi vida en función de *él*. Es como si siempre hubiera querido agradarle, ser un buen chico y todo eso… y, maldición, no quiero defraudarlo.

–La verdad es que es posible que ambos hayan sido demasiado dependientes entre sí. Y tal vez tengan que hacer algo al respecto. Ambos.

—Hemos vivido así desde siempre.

—Él tiene que vivir su vida; tú tienes que vivir la tuya. Sylvia y yo éramos expertas haciéndolo.

—Ay, cielos, ¿qué voy a hacer? ¿Por qué no fingimos que nada de esto sucedió?

—Estás hablando desde la vergüenza, Sally. No hay que fingir. Fingir apesta.

—Está bien. No finjamos. Maldición. Dime, ¿cuántas veces has estado ebria, Sammy?

—No lo sé. Supongo que las suficientes. No sé por qué lo hago. No sé por qué experimento con esas malditas sustancias psicoactivas. Siempre acabo odiándome después.

—Estás hablando desde la vergüenza.

Entonces nos echamos a reír. Una risa tímida. Una risa desde la vergüenza. Supongo que no teníamos ánimos de silbar en la oscuridad.

- -

Había nubes que flotaban en el aire otoñal. No hacía ni demasiado calor ni demasiado frío. Pero la brisa estaba *casi* fresca. Papá se hallaba sentado en los escalones. Tenía un cigarrillo entre los labios pero sin encender.

Yo llevaba nuestros guantes de béisbol.

—¿Quieres jugar a atrapar la pelota?

—Claro —dijo.

Así que comenzamos a lanzarnos la pelota.

—Siento haberte gritado.

Sonrió.

—Está bien, Salvi. Pero hagamos un trato.

—¿Cuál?

—Creo que necesito darte un poco de espacio, ¿sabes? En este momento estás pasando por un momento complicado, y no estás acostumbrado a tener una vida complicada. Creo que te consentí demasiado.

–Claro. Por eso conduzco mi coche deportivo BMW por toda la ciudad.

–No me refería a eso. Se trata de que te protegí… tal vez un poquito demasiado. ¿Entiendes lo que quiero decir?

–Sí, creo que sí. Nunca has querido que me suceda nada malo. ¿Tal vez porque no está mamá?

–No quería que perdieras nada más. Supongo que fui un poco sobreprotector.

–Solo un poco –no pude evitar sonreír–. Lo entiendo, papá.

–Pero tú y yo estamos bien, Salvi.

–¿Lo crees?

–Sí, estamos bien –y luego sonrió–. Aunque me temo que tienes una deuda conmigo por un par de botellas de vino tinto.

Quería decirle que resolveríamos el asunto de Marcos. Lo resolveríamos. *Yo lo resolvería.*

Mima. Pastel

Mima era una verdadera conversadora. Le encantaba conversar. Sin embargo aquel domingo, cuando Sam y yo le entregamos el pastel, se le iluminó el rostro y nos abrazó… pero no habló mucho. Me tomó de la mano a mí, le tomó la mano a Sam y le tomó la mano a papá. Pero no dijo demasiado. Su mirada recorrió la sala silenciosa, y no supe lo que buscaba.

Le encantaron las flores que le dimos, y me pidió que las pusiera sobre la mesa de la cocina. Papá y la tía Evie prepararon un almuerzo tardío.

Mima no comió mucho… pero cuando llegó la hora del pastel, se comió dos trozos.

—¿Quién preparó este pastel?

—Lo preparamos Sam y yo.

Entonces comenzó a hablar un poco… pero me di cuenta de que le requería un poco de esfuerzo.

—Mi madre solía hornear pan todos los sábados en una cocina de leña. Y sabía cómo preparar cerveza de raíz. ¿Saben? Solía confeccionar todos mis vestidos. Tengo su máquina de coser. Siento ganas de volver a verla —su voz sonaba extraña y distante, como si se hubiera marchado de la habitación. Pero luego tomó el tenedor, pidió un poco más de pastel, cortó un trozo y me ofreció un bocado.

Sonrió.

Le devolví la sonrisa.

Me dio de comer un trozo de pastel.

Y recordé los días en que era pequeño.

— —

Mientras regresábamos a casa en la oscuridad, comenzó a llover.

—Será su último Día de Acción de Gracias —la voz de papá era triste pero también realista—. Vendrán todos —dijo.

Yo no sentía nada.

No quería sentir nada.

Sabía que Sam estaba en su propio rincón del mundo, pensando en su madre.

Cuando llegamos a casa, papá fue a su taller.

—Creo que trabajaré un poco.

Las calles estaban húmedas, pero había dejado de llover, y estaba fresco pero no hacía frío. Sam y yo decidimos salir a correr. Me pregunté si correr en la oscuridad era lo mismo que silbar en la oscuridad.

No sé si Sam lloraba. Solía hacerlo. Lloraba mientras corría por el asunto del duelo. El asunto de mi-madre-se-murió.

No sé si ella lloró aquella noche mientras corríamos, pero yo sí.

Poesía. ¿Poesía?

La resaca no era más que un recuerdo, y la tristeza por la visita a casa de Mima parecía haberse apaciguado. *Apaciguado*. Otra palabra que me enseñó Sam. Sam y yo caminábamos al colegio, y me sentía extrañamente normal, lo cual significaba que no me recorría ninguna sensación por dentro. Tal vez el fin de semana me había agotado. Me sentía bien. Como si todo estuviera bien, aunque no fuera así. Y le dije a Sam lo que papá me había dicho sobre el vino.

—Qué lástima que no somos lo suficientemente grandes como para comprarle un buen vino al Sr. V.

—Sí, qué lástima.

—Oye —dijo—, tal vez podamos conseguir que Marcos nos lleve a comprar vino.

—¿Así que Marcos te empezó a caer bien?

—Solo soy pragmática. El tipo debe servir para algo.

Sonreí.

—Pragmatismo. ¿Recuerdas que deletreaste esa palabra en el certamen de ortografía?

—¿Por qué siempre tienes que recordarme aquel día?

—¿Sigues enfadada?

–Sigo mirando mal a ese cretino cuando me lo cruzo en la escuela.

–Eres bastante resentida, ¿verdad?

–Eso no siempre es algo malo, ¿sabes? Mantiene a muchos imbéciles a raya.

Cuando reí me dirigió una mirada de desaprobación.

–¿Te estás riendo de mí? ¿En serio?

–¿Qué pasaría si…?

–¿Qué pasaría si qué?

–¿De dónde salió nuestro juego de "¿Qué pasaría si…?" –no lo sé. Tal vez solo sentí ganas de jugar–. Parece que hace mucho tiempo que no lo jugamos.

–Sí, así parece, ¿verdad?

–Qué pasaría si… –dije.

–Qué pasaría si… –dijo Sam.

–¿Qué pasaría si yo fuera poeta y tú también lo fueras?

–Si yo fuera poeta, intentaría escribirle un poema a… –sonrió–. Está bien, necesito un poco de tiempo con esta.

Abrí la puerta de entrada al edificio de la escuela.

–Para el final del día, tendré mi respuesta lista –dijo.

–Yo también –respondí.

–Y no la escribas durante la clase de Matemáticas; necesitas prestar atención.

–Adiós –dije.

–Adiós –dijo.

–Que tengas un gran día.

–Para ti también –respondió.

Entonces vi a Enrique Infante caminando en sentido contrario.

–Marica –dijo.

–¿Quieres que te rompa la cara de nuevo?

—Ven a mí, chico blanco.

Casi me volteo y voy tras él. Pero seguí caminando. Estábamos en terreno escolar. Increíblemente, permití que se colara un pensamiento entre mí mismo y mi primer impulso.

—————————————————————————————————————

Durante el almuerzo, escribí lo siguiente en mi cuaderno de notas:

Si fuera poeta
escribiría un poema
que haría que las lenguas de las personas
se cayeran cada vez que dijeran
la palabra marica.

Leí lo que había escrito y me sentí bastante orgulloso de mí mismo. Pero sabía que el de Sam sería realmente bueno, y quería ofrecerle cierto desafío. Así que pensé un minuto y luego escribí lo siguiente:

Si fuera poeta
escribiría un poema
tan bello y conmovedor
que sanaría
el cáncer, y el cáncer
no volvería a entrar
en ningún otro ser humano
jamás.
Nunca más.

Y luego estaba tan entusiasmado que comencé a escribir otro:

Si fuera poeta
escribiría un poema
que haría sonreír
el corazón de papá. Y jamás
sentiría tristeza alguna, y todos los días
él se despertaría
para contemplar la belleza del día.

Después del colegio, nos encontramos en el locker de Sam.

—Luces presumido —señaló ella.

—Ser presumido no es lo mío.

—Por supuesto que sí, en este momento eres el tipo más presumido del mundo. Estás convencido de que escribiste un poema cool, salido de otro planeta, ¿verdad?

—Sip.

—Sí, bueno, lo veremos —entonces nos echamos a reír y decidimos esperar hasta llegar a casa para leer los poemas de cada uno. Supongo que eran poemas. ¿Qué diablos sabía yo de poemas? El único que realmente me gustaba era uno que se llamaba "Autobiografía Literaria", por alguien llamado Frank O'Hara. Lo tenía en casa, en mi tablón de anuncios. A Sam le gustaba leérmelo.

Sam me pateó mientras caminaba.

—¿Tuviste un gran día?

—Sí. Tuvimos a una suplente en la clase de Literatura. No le importaba un bledo enseñar, así que Fito y yo nos enviamos mensajes.

—¿Acerca de qué?

—La situación de Fito en su casa parece estar empeorando.

—Eso sí que apesta.

–En eso tienes razón. Y luego esta mañana, mi buen amigo Enrique Infante pasó caminando junto a mí en el corredor y me llamó maricón.

–Ese tipo es un canalla completo.

–Sip. Le dije que tal vez le volvería a romper la cara.

–Algo poco recomendable.

–En eso tienes razón. Pero realmente me cabrea que también me haya llamado chico blanco.

–Ay, no –Sam comenzó a reírse.

–Se supone que estás de mi lado.

–Pero de hecho *eres* un chico blanco.

–¿Hablas en serio? ¿Tendremos esta discusión de nuevo? ¿En serio? Me revolvió el cabello y sonrió.

–Relájate. No te preocupes. Enrique obtendrá su merecido. Sip, eso es lo que yo creo –me pregunté si no estaría planeando algo. Tenía una mirada sospechosa.

━ ━

Cuando llegamos a casa, le di a Sam mis poemas. Ella me dio los suyos. Esto es lo que escribió:

Si fuera poeta
escribiría un poema
que haría que los océanos
volvieran a estar limpios.
Escribiría un poema
tan puro que llovería durante días,
y cuando los cielos se aclararan
un millón de estrellas llenarían las noches de verano.
Escribiría un poema para que la gente viera

que las armas son armas e indignas de nuestro amor.
Escribiría un poema para hacer
que todas las balas desaparecieran.

La miré.

–Guau. Los míos son bastante estúpidos comparados con los tuyos.

Me sonrió.

–Chico estúpido. Eres incapaz de ser estúpido.

Se levantó del sofá y tomó su poema y el mío.

–Voy a ponerlos en el refrigerador para que tu papá pueda leerlos.

–Buena chica –dije–. Le agradará.

–Sip.

Así que Sam quitó algunas de las postales que estaban pegadas en el refrigerador y las reemplazó con nuestros poemas.

–Tenemos que conseguir imanes nuevos.

Sam estaba comenzando a volverse doméstica. ¿Quién lo hubiera dicho?

– –

Sam y yo estudiábamos en la sala. Levanté la vista y vi a papá allí de pie.

–¿Y? ¿Cómo andan mis poetas incipientes?

Esbocé una media sonrisa.

–Aquí la verdadera poeta es Sam.

Papá tenía una mirada de verdadero asombro en el rostro.

–A veces los quiero tanto a ambos que apenas lo soporto –luego se volteó y caminó hacia la cocina–. ¿Qué quieren cenar?

–Tacos –dije.

–Entonces, comeremos tacos.

Miré a Sam y vi lágrimas descendiendo por sus mejillas.

—¿Qué sucede? —pregunté.

—Es tu papá. Dice cosas que me hacen llorar.

—Cosas hermosas.

—Sí, hermosas. ¿Por qué no hay más tipos como él?

—No tengo idea —y enseguida pensé: *porque la mayoría de los padres son como mi bio-padre*. No tengo ni idea de cómo se me ocurrió eso. No sabía absolutamente nada sobre él.

Papá. Marcos

Me convertí en un fisgón crónico. Pensaba en eso mientras observaba desde la puerta trasera a papá y Marcos discutiendo frente al taller de papá.

Papá tenía una expresión en el rostro que decía *estoy entre furioso y dolido*. Y luego lo oír decir: "Marcos, no puedes volver a entrar en mi vida como si no hubiera pasado nada. No puedes simplemente desaparecer un día y reaparecer unos años después y esperar que yo...", y luego se detuvo en la mitad de la oración.

"Dije que lo sentía, Vicente".

"La palabra más manoseada del diccionario".

"Tenía miedo".

"Yo también tenía miedo, Marcos. Pero no salí corriendo. ¿Acaso me viste huir?".

"Todo el mundo merece una segunda oportunidad. Incluso yo. Nosotros, Vicente, tú y yo, merecemos una segunda oportunidad".

Observé a papá. No dijo nada.

"Sé lo mucho que te lastimé", dijo Marcos.

"Sí, realmente sufrí mucho".

"Vicente, no pasó un día que no haya pensado en ti".

"Vaya que te tomó tiempo".

Vi las lágrimas en el rostro de Marcos.

En ese instante fui testigo de que su mundo quedó sumido en el silencio más absoluto. El mundo estaba anegado en sus lágrimas.

Marcos se alejó lentamente y salió por la verja lateral.

Me aparté de la puerta y regresé a mi habitación.

Papá (Marcos) Yo

Sentado en mi habitación, una parte de mí quería sacudir a Marcos y romperle los dientes. Como si eso fuera a resolver algo. Sí, una gran parte de mí quería odiarlo. Por hacerle daño a papá. Pero ¿cómo podía odiarlo? Sabía lo que había visto. Marcos amaba a papá.

También había visto la mirada en el rostro de papá. Él también amaba a Marcos.

Y comprendí que el amor que sentían el uno por el otro no era fácil. Y tal vez no consiguieran hacerlo funcionar, pero lo estaban intentando, y yo lo sabía. Una parte de mí no quería que aquello sucediera porque, maldita sea, lo complicaba todo, y todo se estaba complicando con todo y, ya saben, solía pensar que Sam era la persona más ilógica del universo, y ahora pensaba que lo era yo.

Yo. ¿Yo? ¿Quién?

Está bien, era hora de ponerse a escribir mi carta de admisión. Hice una lista de las cosas que debía incluir que leería alguna persona aburrida en la oficina de admisiones.

~~Mi padre es gay.~~
~~Soy adoptado.~~
~~Antes sabía quién era, pero ahora no.~~
~~No soy nada especial.~~
~~Mi mejor amiga, Samantha, es brillante... pero yo no.~~
~~Recibí una carta de una madre muerta y, caray, ¿cuántos chicos que envían solicitudes a su universidad pueden decir lo mismo?~~
~~Soy un boxeador nato.~~
~~Mi abuela me ha enseñado más que cualquier otro profesor que haya tenido en una clase.~~

Esto no está funcionando.
Esto no está funcionando.

PDD: puños. ¿De nuevo?

Así que después del colegio, nos encontrábamos caminando a casa. Aquella caminata familiar que siempre había sido tan calma y sin incidentes, caminatas ocupadas mayormente por las palabras de Sam y su curiosidad acerca del mundo. Y ahora, en muchas de nuestras caminatas de regreso del colegio, nos acompañaba Fito, y me agradaba. Sí, nos encontrábamos caminando tranquilamente a casa del colegio; Sam, yo y Fito. Sam y Fito estaban hablando de *Viñas de ira*. Era el libro preferido de Fito, un libro que yo no había leído. Él decía que debía ponerlo en mi lista. Y yo pensé, *genial, otra lista más*.

Y luego, mientras caminábamos, vimos a un grupo de tipos burlándose de Ángel, llamándolo puto, raro y maricón. Decían todo tipo de cosas, lo tenían rodeado, y parecía que en cualquier momento le darían la paliza de su vida. Debí correr hacia ellos, aunque no recuerdo haberlo hecho. Lo único que recuerdo es que tomé a un tipo del cuello y lo empujé contra la alambrada.

Me acerqué a su cara y le dije:

—Voy a patearte el trasero de aquí a Canadá.

Y luego sentí la mano de Sam sobre mi hombro. No dejaba de repetir:

—Suéltalo, suéltalo.

Lo solté poco a poco, y él y sus amigos se marcharon.

Me encontré mirando atontado a los ojos de Sam.

Volteé la mirada y advertí a Fito.

–Voy a acompañar a Ángel a casa –dijo.

Asentí.

Sam y yo no dijimos ni una palabra al emprender el regreso a casa.

Había diferentes tipos de silencios entre nosotros. A veces los silencios suponían que nos conocíamos tanto que no necesitábamos palabras. Otras, que estábamos enojados el uno con el otro.

Y a veces los silencios suponían que no nos conocíamos en absoluto.

Sam. Tristeza. Sylvia. Mima

Estaba en la cama, pero no me encontraba cansado ni tenía sueño. No dejaba de encender la luz y apagarla. Comencé a leer *Viñas de ira*, pero lo dejé a un lado. Era demasiado duro y abrumador. Apagué la luz. La volví a encender. Sam me envió un mensaje:

> **SAM:** Sabes, hay cinco etapas del duelo
>
> **YO:** ¿?
>
> **SAM:** Sip. Cinco etapas
>
> **YO:** ¿De dónde sacas esas cosas?
>
> **SAM:** Del consejero escolar
>
> **YO:** ¿Fuiste?
>
> **SAM:** La semana pasada. Estuve pensando
>
> **YO:** Qué bueno que lo hicieras

Entró en mi habitación. Llevaba una camiseta XL de los Chihuahuas de El Paso, con la silueta de las orejas de un perro Chihuahua y la leyenda TEMAN LAS OREJAS. Estúpido. Ella amaba esa camiseta. Yo me encontraba recostado en la cama.

—¿Cinco etapas, eh?

–Es lo que dicen los expertos.

–¿Y qué?

–Te encuentras en la etapa de la ira.

–¿Qué?

–Mima está muriéndose, y tú estás en la etapa de la ira.

–Deberías saberlo; eres la experta en etapas.

Descruzó los brazos. Se sentó en mi cama.

–Sip. Definitivamente, estás en la etapa de la ira. La primera etapa es la negación. La frase que resume esta etapa es *Esto no está sucediendo*.

Le dirigí mi mejor mirada de "Vete al diablo", pero sabía que no iba a detenerse.

–¿Me estás escuchando, Sally Silva?

–¿Tengo opción? Digo, estás colonizando mi espacio por completo.

–Colonizando. Buena –no se le movió un solo pelo–. La segunda etapa es la ira, y la frase que la resume es *Estoy tan cabreado con Dios o con quien sea porque no me gusta lo que está sucediendo*. Ese serías tú en este momento.

–No, no lo soy.

–¿Sabías que ibas maldiciendo mientras corrías?

–¿En serio?

–Y últimamente reaccionas sin pensar… con los puños –me dirigió una mirada mordaz.

Comencé a decir algo, pero me detuve.

–Sip. La tercera etapa es la negociación, y en mi caso sería como pensar: *Si soy buena el resto de mi vida y no vuelvo a decir palabrotas, ¿traerás de nuevo a mi madre por favor?*, o, en tu caso, *Si nunca más en mi vida vuelvo a tener malos pensamientos sobre nadie, ¿curarás a Mima del cáncer?* –me sonrió–. Sé de lo que hablo.

Le devolví la sonrisa, con una gran dosis de sarcasmo.

–La cuarta etapa es la depresión. Sí, bueno, depresión. Es la ira hacia dentro. Sip. Y por fin, la quinta etapa es la aceptación. Ya ves, un maldito final feliz. La cuestión es que las etapas van y vienen y aparecen en órdenes diferentes.

–¿Durante cuánto tiempo?

–¿Cómo diablos podría saberlo? La única etapa que he completado es la negación. Esa prueba la pasé. Las otras etapas siguen pegándose a mí como chicos malos que no aceptan un "no" por respuesta. Y la quinta etapa, pues, por ahora es solo un sueño.

Entonces comenzó a llorar.

–Sé que es duro, Sally. Pero últimamente estás muy metido en tu cabeza, y te extraño. ¿Conoces la etapa de la negación? Aquella etapa tiene un compañero: el aislamiento, cariño.

–¿El aislamiento?

–Sí, y se manifiesta en actitudes como la de *No tengo ganas de hablar más*.

–Pues *no tengo* ganas de hablar.

–Intento determinar si estás en la etapa del aislamiento o de la depresión, porque puedes estar en dos etapas al mismo tiempo. Pero jamás me pareció que fueras bueno haciendo varias tareas a la vez.

Entonces ambos estallamos, pero no precisamente de risa, sino de llanto.

Y mientras lloraba la sostuve entre los brazos.

–Extraño a Sylvia –susurró–. La extraño de verdad.

Correr. Con el tanque vacío. Fito.

Sam me despertó temprano para salir a correr.

—Saltémonos un día —dije.

—Saca el trasero de la cama. Muévete.

—Quiero estar solo.

—Arriba.

—Es sábado. Déjame dormir.

—Una vez despierto, jamás te vuelves a dormir… lo sabes muy bien.

—Te odio.

—Ya se te pasará.

Algunos días levantarme de la cama parecía ser un compromiso mayor del que estaba dispuesto a realizar. Levantarse y presentarse. Eso es lo que había que hacer en la vida. Bueno, según papá. Por otro lado, al tío Mickey le gustaba decir que todo el mundo merecía tomarse un respiro de la verdad. Así que ahí estaba, hablando conmigo mismo mientras me ponía el calzado deportivo.

Le dije a Sam que debíamos cambiar el recorrido, así que decidimos correr al Puente Santa Fe.

Fue realmente estupendo correr por las calles prácticamente vacías del centro de El Paso. Me gustaba que fuera posible ver y oler la frontera en el aire, en las calles y en la conversación de las pocas personas que pasamos que hablaban una clase especial de lengua que no era ni completamente español ni completamente inglés. Papá decía que había vuelto porque sabía que pertenecía aquí. Aquí. Me pregunté si alguna vez yo tendría esa clase de certeza.

–Qué buena idea, Sally. Me encanta este camino –me gritó Sam mientras corríamos.

Cuando llegamos al puente, tomamos un descanso.

–Deberíamos cruzar el puente corriendo y luego cruzarlo de vuelta –dijo entonces Sam.

–No tengo monedas de veinticinco centavos –respondí–, *ni* pasaporte.

–Maldición. Odio el asunto del pasaporte –y adoptó su típica expresión desafiante–. Obtengamos pasaportes.

Sonreí.

–Sí, deberíamos tener pasaportes –y nos pusimos en marcha, en dirección a casa. Echamos a correr una especie de carrera. Yo corría más rápido… pero Sam no se quedaba atrás. Si yo bajaba un poco la velocidad, enseguida estaba pisándome los talones. Y se reía, y yo también me reía. Era difícil correr, reír y respirar.

Para cuando llegamos a la biblioteca, estábamos agotados y habíamos reducido la marcha hasta llegar a un trote. Siempre había tipos sin techo que dormían sobre las bancas y otros lugares. Nos encontrábamos pasando a uno de ellos cuando me detuve y me volteé.

–¿Qué? –preguntó Sam.

–¿Aquel no es Fito?

Caminamos hacia el sin techo que dormía, que no era un sin techo que dormía. *Era* Fito.

–Oye –dije. Lo sacudí de los hombros–, Fito.

De inmediato se paró de un salto con los puños en alto.

Retrocedí rápidamente.

–Oye, está bien. Soy yo.

Fito adoptó una expresión verdaderamente triste. Se derrumbó al suelo y bajó la cabeza.

–Lo siento –dijo.

–¿Qué haces aquí, Fito?

–¿Qué mierda parece que estoy haciendo, Sam? Estoy durmiendo.

Ambos echamos una mirada a la mochila.

–¿Qué pasó?

Fito solo nos miró.

–Lo estoy manejando.

Sam se sentó junto a él sobre la banca.

–Claro.

–Oigan, mamá me echó de casa –y luego explicó todo el asunto: llegó a su casa, encontró a su mamá colocada y comenzó a atacarlo. Había encontrado su chequera en una de sus gavetas y exigió que le diera todo su dinero para pagar el alquiler–. "¿Quieres vivir acá, cabrón? ¡Comienza a pagar!". Tenía una mirada demoníaca en el rostro, y comenzó a pegarme y a decir todo tipo de vulgaridades. Me llamó maricón, y no entraré en detalle de lo que dijo junto con la palabra *maricón*. Así que empaqué mis cosas y me largué. Y mientras salía por la puerta, me volvió a enfrentar para decirme que no volviera nunca más y toda clase de mierda, y, bueno, aquí estoy.

–¿Por qué no viniste a casa? –pregunté.

–¿En serio, Sal? ¿Cómo iba a hacer eso? No, hombre, aún tengo algo de orgullo –siguió hablando y diciendo que encontraría una manera de arreglársela, y que nada le impediría ir a la universidad. De pronto, me sentí como un idiota, porque la universidad era un don que yo tenía, como un regalo bajo un árbol de Navidad, y me negaba a abrirlo.

Sam y yo nos quedamos allí escuchándolo. Mientras hablaba, nos pusimos a pensar. Pensamos y escuchamos.

–Bueno, eso es todo. Esa es mi vida –dijo cuando terminó, encogiéndose de hombros.

–¿Qué vas a hacer, Fito? –pregunté entonces.

–Pues, he estado ahorrando mi dinero para ir a la universidad y trabajando en dos empleos, así que supongo que usaré ese dinero para encontrar un lugar dónde vivir. El problema es que no cumplo dieciocho hasta diciembre y toda esa mierda, para lo cual falta menos de tres semanas. ¿Y quién diablos le alquilará algo a un menor? ¿Qué problema hay? ¿Esperan que viva en la calle tres semanas? Y no tengo ninguna intención de ir a ver a una trabajadora social. Por nada. Maldición, ¿creen ustedes que un tipo como yo necesita que lo supervise un adulto? Digo, he prescindido de ello toda mi maldita vida. Carajo, no tengo ni idea de lo que haré. ¿Parece que tengo un plan? Mi plan es esta banca. Soy como uno de esos perros que saltan la cerca. Al principio dicen, "Ahh, la libertad", pero luego miran a su alrededor confundidos y toda esa mierda porque no tienen un plan.

Samantha Díaz tenía una mirada particular en el rostro. Yo conocía aquella mirada.

Se inclinó hacia Fito y lo empujó con el hombro.

–Tengo una idea –dijo–. Es posible que tú y ese perro no tengan un plan, Fito. Pero yo sí…

Cielos, me encantaba su sonrisa. Hacía mucho que no sonreía así.

Sam. Impresionante

—Está bien, pero no podemos contarle a tu padre.

—No me gusta guardarle secretos —como si ya no estuviera guardándoselos.

—Pero no estamos haciendo nada malo.

—Es cierto. Es solo que no le estamos contando lo que estamos tramando.

—En realidad, no estamos tramando nada; solo estamos ayudando a un amigo. Como si eso fuera algo malo. Digo, los adultos siempre quieren que seamos buenas personas y que hagamos cosas buenas por los demás, ¿verdad?

—Sí… supongo que sí.

Estábamos volviendo a la biblioteca después del desayuno. Sam y yo habíamos preparado un almuerzo para llevarle a Fito. Ella le había hecho prometer que nos esperaría, y él sencillamente había respondido: "Como si tuviera algún lugar adónde ir".

Miré a Sam mientras caminábamos.

—¿Estás segura de que esto está bien?

—Jamás conocí a nadie que tuviera más aversión al riesgo que tú. Eso apesta.

—¿Por qué apesta?

—Te preocupas por todo. Tienes diecisiete años y te preocupas por todo.

—¿Y qué? Quiere decir que me importa.

—A mí también me importa, y mírame. ¿Parezco preocupada?

La discusión no iba a ningún lado. Sacudí la cabeza.

—Escucha —dijo—, solo te pido que no le cuentes a tu padre. Es lo único que tienes que hacer. *No contarle.* No se trata precisamente de trigonometría —puso los ojos en blanco.

Yo también puse los ojos en blanco.

—Escucha —insistió—. Fito es amigo nuestro, ¿verdad? Así que podemos ayudarlo solos. No siempre necesitamos permiso para hacer lo correcto. ¿O sí?

———————————————————————

Fito se encontraba sentado sobre su banca, leyendo un libro delante de la biblioteca… un hecho bastante normal. Pero no era realmente normal, no si conocías la historia. Tal vez todo pareciera normal por fuera. Pero por dentro, bueno, siempre había algún tipo de huracán que daba vueltas.

Así que Fito se hallaba sentado en la banca leyendo un libro, como el tipo más normal del mundo. Cuando nos vio acercándonos, nos saludó con la mano. Sí, normal.

—Entré en la biblioteca y saqué un libro. También me cepillé los dientes y me aseé en el baño —no parecía tan afligido como antes. Supongo que tenía mucha experiencia lidiando con la adversidad.

»¿Están seguros de que está bien que me quede en tu antigua casa? —le preguntó a Sam después de que ella le contó su plan.

—Totalmente. No vive nadie allí. La pondremos a la venta, pero mi tía Lina dice que necesita algunas reparaciones. La casa está ahí vacía. Sola. Como tú.

Aquello hizo sonreír a Fito. No era de sonreír demasiado. No, no era una persona risueña. Tampoco es que hubiera tenido demasiado de qué reírse.

Le entregué la bolsa del almuerzo con un par de sándwiches dentro.

−¿Tienes hambre?

Tomó la bolsa.

−Siempre tengo hambre −y se los devoró. Ese tipo no comía; no era su forma de ingerir la comida. Devoraba.

___ __ __ __ __ __ __ _ ___ __ __ __ __ _ __ __ __ __ __ _ __ _

Nos encontrábamos sentados en la sala de Sam: Sam, Fito y yo, aunque ella ya no viviera allí. Había cajas por todos lados; la mayoría de las cosas estaban empacadas y listas para ser trasladadas.

−¿Sabes? −dijo Sam−. Ya casi retiramos todo de la casa. Íbamos a llevar todas estas cosas a un depósito, pero Lina dijo "¿Para qué? Podemos dejarlas aquí" −miró a Fito−. Así que ahora tienes un lugar donde quedarte. Y aún tenemos electricidad y agua. Muy cool. Los calefactores ya no funcionan. Se descompusieron, y mamá nunca llegó a arreglarlos. Pobre mamá −una expresión particular se adueñó del rostro de Sam−. Pero tenemos muchas mantas: no vas a morirte de frío. Y, lo siento, pero no hay ni televisión ni Internet.

Fito tan solo se encogió de hombros.

−No miro televisión. ¿Y crees que tenía Internet en casa? −echó una mirada alrededor sin dejar de asentir con la cabeza. Y luego me pareció que estaba a punto de comenzar a llorar. Apartó la mirada, y bajó la cabeza… pero no se derrumbó−. ¿Por qué están siendo tan buenos conmigo?

−Porque somos jodidamente buenos −esa Sam. Ella y sus palabrotas. Pero era increíble. Tal vez, cuando fuera vieja, sería puro corazón, como Mima. Y todo el mundo la amaría. Bueno, tal vez, no. Sam tenía algo salvaje por dentro. Pero eso no quería decir que no tuviera corazón. No cabía duda de que tenía corazón. Y uno muy bueno.

Nos quedamos junto a Fito casi toda la mañana, oyendo sus discos de vinilo. La mayoría, música de los Beatles. A Fito le encantaba *Abbey Road*. Me pregunté si estábamos fingiendo que estaba todo bien cuando no lo estaba. Me refiero a que ser echado de tu propia casa era bastante drástico. Y a Sam y a mí nos pasaban cosas por la cabeza y el corazón. Justo en el momento en que observaba a Sam y a Fito coreando una de las canciones, recordé un sueño que había tenido la noche anterior acerca de Mima –una situación en la que no podía encontrarla–, y pensé en la carta que mamá me había dejado. Me pregunté por qué tenía tanto miedo. Aversión al riesgo. Eso había dicho Sam que sufría. Era una manera elegante de decir que tenía miedo de probar cosas nuevas. Aunque tal vez lo que realmente quería decir es que era un cobarde. Tal vez perdía los estribos con tipos que se comportaban como imbéciles porque no era lo suficientemente valiente como para hablar con ellos.

Sentí el golpe de una almohada en la cabeza.

–¿En qué piensas?

Sonreí a Sam.

–Oh, solo algunos asuntos.

–Lo sé –dijo–. Pidamos pizza, y Fito puede contarnos sobre su infancia de mierda, y yo puedo contarles sobre la etapa de dolor en la que me encuentro hoy.

–Sip, sip –dije.

Fito la miró sin entender absolutamente nada.

Le envié un mensaje a papá:

Sam y yo estamos pasando el rato con Fito.

No era mentira, pero ¿por qué no me sentía tan bien por dentro cuando guardaba un secreto? De todos modos, ¿qué me andaba pasando? Tenía que dejar de analizarme. No tenía las credenciales para ser mi propio terapeuta.

- -

Lo juro, Fito podía comer. ¿Cómo permanecía tan delgado? Era como Sam. Por suerte pedimos una pizza grande.

—Juguemos a algo —Sam siempre estaba inventando juegos. Y siempre cambiaba las reglas y decía que podía hacerlo porque (¿cómo no imaginarlo?) ella había sido quien inventó el juego.

—¿Qué juego? —pregunté.

—¿Cuál fue el peor momento de tu vida? La única regla es que hay que ser honestos.

—Está bien, pero solo si el próximo juego es "¿Cuál fue el mejor momento de tu vida?".

—Está bien. Es justo. Si necesitas tu dosis diaria de optimismo, no tengo problema.

Me di cuenta de que Fito se divertía con el modo en que Sam y yo nos llevábamos.

Miró a Fito.

—Primero, tú.

—¿Por qué yo? Soy el nuevo del grupo.

—Sip. Es una iniciación.

—Bueno, en realidad, el peor momento de mi vida es toda mi vida.

—Equivocado.

Me reí.

—Sam no te la hará fácil. Es así. Te podría decir incluso por qué te dijo "equivocado".

–Está bien, genio, ¿por qué dije "equivocado"?

–Porque no es específico, no hay detalle. Si no te regodeas en la tragedia de Fito (si no puedes hacerlo), no te divierte.

–No me agrada regodearme en la tragedia de nadie –dijo Sam.

–Claro que sí.

–Ah, así que piensas que me conoces tan bien.

–Señálame en qué me equivoqué.

Me dirigió una de sus sonrisas cuyo significado era "Creo que en este mismo instante podría odiarte", y volvió su atención a Fito.

–Estamos esperando.

–Mi peor momento. Tengo muchos para elegir. Veamos, cuando tenía cinco años, tal vez seis, vino un tipo a casa. Y él y mamá se pusieron a hacer algo. Fumaban algo de una pipa, y comenzaron a quitarse la ropa y toda esa mierda, y comenzaron a hacerlo, y yo no entendía qué diablos pasaba, así que les pregunté. Y el tipo comenzó a perseguirme. Quiero decir, a perseguirme de verdad. Creí que me mataría. Recuerdo haber salido corriendo de la casa para escaparme. Pasé la noche escondido en el jardín trasero. Por la mañana, no entré hasta que vi que su auto había desaparecido. Soñé con eso mucho tiempo –miró a Sam–. ¿Cómo lo hice?

Sam se inclinó hacia él y lo besó en la mejilla.

–Lo siento –susurró–. Este juego es estúpido.

Pero Fito le sonrió.

–No tan rápido. Te toca a ti.

Todos nos echamos a reír. ¿Y a quién le importa si solo estábamos silbando en la oscuridad?

–Está bien –dijo Sam–. Una vez mamá me dejó sola un fin de semana entero. Tenía siete años…

La interrumpí.

–¿Por qué no viniste a casa? ¿O me llamaste…?

–Tú y tu papá estaban fuera de la ciudad. Se habían ido a un show de arte, o algo. Y tenía miedo. Mamá me dijo que no le abriera la puerta a nadie y la dejara cerrada con llave. Dijo que regresaría el domingo por la mañana. De cualquier modo, estaba durmiendo aquel sábado por la noche y me desperté. Oí un estrépito y supe que alguien había roto la ventana de la habitación trasera donde dormía mamá. No sabía qué hacer así que salí corriendo por la puerta.

Tenía una mirada triste.

Fito lucía una expresión realmente bondadosa.

–¿Y entonces qué pasó?

–Corrí al Circle K al final de la calle, y había un automóvil policial estacionado ahí. Y vi a dos policías en la tienda, pagando su café. Así que entré y les dije que alguien había forzado la entrada a casa. Uno de los policías fue súper amable conmigo "¿Te olvidaste tus zapatos?". De todos modos, les mostré dónde vivía, y fuimos adentro y alguien se había llevado la televisión y algunas otras cosas.

»Y la policía me preguntó dónde estaba mi mamá. Les conté que había tenido una emergencia familiar, que mi *nanny* había estado allí cuando me fui a dormir, pero que cuando oí el ruido, había desaparecido.

–¿Por qué mentiste?

–No quería que mamá se metiera en problemas. No sé qué pasó, pero la tía Lina se metió, y le dijo a mamá que me separaría de ella. Lo recuerdo. Me dio miedo. Mucho, mucho miedo, y mamá no me volvió a dejar sola jamás. Bueno…no hasta que tuve como trece años. Pero pasé muchos fines de semana en tu casa, Sally.

–¿Por qué siempre lo llamas Sally?

Puse los ojos en blanco y sacudí la cabeza.

–Creo que es una cuestión de control –dije.

Aquello le molestó a Sam.

—¿Una cuestión de control? ¿En serio?

—Sí, si tienes la facultad de darme un nombre, tienes la facultad de decirme qué hacer.

—Idiota, tal vez sea un signo de afecto.

Guau. En realidad, jamás había pensado en ello.

—Error mío —dije.

—Sí —contestó Sam—, error tuyo.

Fito seguía pensando en el relato de Sam.

—Eso apesta —dijo mirándola—, que te haya dejado sola.

—Sí, bueno, mi madre era una mujer complicada. Solía odiarla. Ahora extraño odiarla —encogió los hombros—. Eso sonó mal.

—Eso sonó perfectamente bien —respondí.

—Sí, claro. Te toca a ti, Sally.

—Está bien. No tengo historias de terror como las suyas. Verán, cuando ustedes sean grandes, tendrán una pila de historias sobre cómo sobrevivieron a su niñez. En cambio, yo no tendré ninguna.

Y luego, Sam y Fito me miraron, y fue como si lo hubieran practicado, porque ambos soltaron a la vez:

—Qué estupidez.

—¿Estupidez? ¿En serio?

—Tú nos oíste —dijo Sam.

—Lo que sea —respondí—. A ver. Creo que el peor momento de mi vida fue la noche en que me llamaste desde la acera de Walgreens, Sammy. Tenía tanto miedo. Pensé que alguien te había lastimado en serio. Ese fue el peor momento de mi vida.

Sam se inclinó hacia delante y me besó la frente.

—Eres el chico más dulce que he conocido jamás.

—Sí, lástima que seas heterosexual —Fito lucía una enorme sonrisa.

Me pregunté cómo podía sonreír así. Su vida era complicada con una C mayúscula. Aunque supongo que todos teníamos vidas complicadas. Incluso yo. La madre de Sam estaba muerta, Fito no tenía un sitio propio, Mima estaba muriéndose y todo estaba cambiando. Sentía que debía hacer algo para arreglar todo lo que andaba mal en la vida de quienes amaba. Pero no podía arreglar nada. Ni una maldita cosa.

Papá

Cuando Sam y yo llegamos a casa, papá estaba sentado a la mesa de la cocina examinando algunas recetas.

–El Día de Acción de Gracias –dijo–: Falta poco. Creo que este año yo prepararé los pasteles.

–Cool –respondí–. Te ayudaremos.

–Para el miércoles todos habrán llegado.

–¿Te entusiasma, papá?

–Sí, me entusiasma. Será genial ver a Julián –el tío Julián era el mayor. Papá era el menor, y había una enorme diferencia de edad entre los dos. Pero eran muy unidos. Papá esbozó una de aquellas sonrisas nostálgicas. Me miró y sonrió con superioridad–. Por supuesto, todos te consentirán.

–Bueno, no es mi culpa haber sido el bebé. Todo el mundo ya era grande cuando aparecí yo.

Papá se rio.

–Eras un gran chico, siempre riéndote. Cuando tenías alrededor de cuatro años, tenías la costumbre de explorar el rostro de todo el mundo con tus pequeños dedos. Solías recorrer mi rostro con tus manos, y si no me había afeitado, corrías al baño, tomabas mi maquinilla de afeitar y me la dabas. Por algún motivo, odiabas los rostros sin afeitar.

Lo observé repasar sus recetas.

—¿Qué clase de pasteles prepararás, papá?

—De calabaza, un pastel de manzana para Julián (no le gusta la calabaza), y tal vez un par de pasteles de pecanas. Tu tía Evie adora los pasteles de pecanas.

—¿Y Mima?

—Mima es como yo. Le gusta el pastel tradicional de calabaza.

—A mí también —dije.

—Y a mí —asintió Sam—. ¿Sabían que nunca tuve una cena de Acción de Gracias casera?

—¿Qué? —la miré.

—No me mires así. No soy una extraterrestre de Marte.

—¿Qué hacían para el Día de Acción de Gracias?

—Mamá y yo íbamos al desfile del Sun Bowl (que siempre duraba mucho) y mirábamos a la gente. Después salíamos a comer y a ver una película. Ese era nuestro Día de Acción de Gracias.

—Eso es terrible —dije.

—Me gustaban el desfile y la película. Y ¿sabes? No me importaba realmente.

Papá sacudió la cabeza.

—Pues te vas a sorprender.

—Lo mejor del Día de Acción de Gracias es el viernes —dije.

Sam me interrogó con la mirada.

—El viernes preparamos tamales —expliqué—. Es una tradición.

Samantha levantó los brazos, como si estuviera observando un partido de fútbol y alguien hubiera metido un gol.

—Voy a salir en Facebook con los tamales. Para todos aquellos criticones que piensan que no sé absolutamente nada acerca de los mexicanos.

Papá solo esbozó una sonrisa.

Sam. Yo. Nosotros, haciendo esto

Me encontraba tumbado sobre mi cama, solo.

Maggie se había acostumbrado a turnarse para dormir con nosotros. A veces dormía conmigo; otras, con Sam. Esa perra quería ser equitativa.

Se me metió la idea de hacerle un libro a Mima.

Bueno, no un libro exactamente, sino fotos con una leyenda explicativa. Supongo que quería darle algo antes de que muriera. Sí, iba a morir. Odiaba esa palabra.

Recordé una historia que me había contado papá de Mima. Se encontró con unos ladrones en su granja, robando todos los sacos de chiles rojos que había cosechado con tanto esfuerzo. Eran sacos de chile que vendería para ayudar a mantener a la familia. Y ahí estaban aquellos dos tipos poniendo los sacos en su camión. Amenazó con derribarlos como las malezas que, efectivamente, eran, y consiguió mantenerlos alejados con una azada hasta que llegó Papo. Me encantaba aquella historia. Intenté imaginarla como una mujer fuerte, con una azada en la mano, como un jugador de béisbol aferrado a su bate, protegiendo lo que le había costado tanto trabajo conseguir, protegiendo a sus hijos, que se encontraban parados en hilera tras ella. Recordé a uno de nuestros profesores, hablando con otro en el pasillo. "Los chicos de hoy no tienen ni la menor idea de aquello por lo que hemos pasado nosotros". Tal vez, tuviera razón. Pero tal vez, no.

Advertí un mensaje de texto de Sam:

SAM: ¿Crees que Fito está bien?

YO: Para él es el Cielo. Vivía en un infierno

SAM: Supongo que tienes razón

YO: Estuviste genial hoy

SAM: ¿Por qué? ¿Porque dejé que se instalara en una casa que está vacía?

YO: No tenías por qué hacerlo

SAM: El mundo no necesita otro tipo sin techo

YO: ¿Estás cambiando, Sam?

SAM: Sip. Se llama madurar. Estaba atrasada. Intento alcanzar a mi héroe

YO: ¿?

SAM: TÚ, idiota

YO: Awwwww

SAM: No hay puntos extra por comportarse como seres humanos decentes. ¿Acaso no es lo que dice tu papá?

YO: Sip. Creo que deberíamos contarle sobre Fito

SAM: Pensé en ello. Le contaremos más adelante. ESTO ES NOSOTROS. NOSOTROS ESTAMOS HACIÉNDOLO. TÚ Y YO

YO: Eres genial

SAM: Estoy orgullosa de nosotros

YO: Yo también

SAM: Pero le contaremos a tu papá

Cosas de padres

Cuando desperté, llamé a Sam a su celular. Yo era su alarma. Momento de salir a correr. Me puse mi vestimenta deportiva y me senté en la cama un rato. A veces, cuando te levantas, no estás realmente despierto, pero tampoco estás realmente dormido.

Me abrí paso a la cocina para beber un vaso de agua. Se había convertido en nuestra rutina diaria: beber agua, salir a correr y luego beber café. El café sabía mejor después de correr. Bueno, en realidad, otro vaso de agua, y luego el café.

Papá no leía el periódico; bosquejaba algo en su bloc de notas y bebía su café. Me senté. Luego entró Sam en la cocina.

−Papá −dije−, tenemos algo que contarte.

El rostro de papá cambió de expresión.

−Tranquilo, no es nada malo −expliqué.

Sam se sentó.

−Sr. V., hemos secuestrado a Fito.

−¿Qué?

−Bueno, en realidad no lo hemos secuestrado −entonces se puso a contar la historia completa, con todos sus detalles: habíamos salido a correr al puente y encontramos a Fito durmiendo sobre la banca delante de la biblioteca. Me refiero a que, ciertamente, no dejó nada fuera. Bueno, dejó fuera el asunto del peor momento de nuestra vida.

Papá se quedó sentado mirándonos como si estuviera ante un partido de tenis. Sus ojos se movían de mí a Sam, y nuevamente a mí y a Sam.

–Una parte de mí dice que no es una muy buena idea…

–Papá, cumplirá dieciocho años en diciembre. No falta nada.

–Eso no significa que deba estar solo.

–Entonces, ¿cuál es la solución?

–No sirve llamar a la asistencia social. Para cuando hayan realizado el trámite de registrarlo, habrá cumplido la mayoría de edad. Tal vez ni se molesten –papá se quedó sentado, pensando–. ¿Así que el motivo por el que no me contaron ayer fue porque…?

Sam levantó la mano.

–No estábamos seguros. Digo, por lo general, mi lema es mejor pedir perdón que pedir permiso.

Papá se cubrió el rostro con las manos y estalló en carcajadas.

–Ay, Samantha, qué muchacha.

–Sabes, papá –dije yo–, tenemos que aprender a tomar decisiones solos, sin que nos supervises. ¿Recuerdas aquella cuestión de la sobrepro- tección?

Papá asintió.

–Cielos, qué chicos dulces son, ¿lo sabían? Están ayudando a un amigo como mejor saben hacerlo. Es algo hermoso, pero…

–¿Pero? –miré a papá.

–Tiene que haber reglas. No puede invitar chicas.

–Es gay, papá. ¿Recuerdas?

–Oh, sí, lo olvidé –esbozó una sonrisa–. Bueno, entonces, prohibido invitar a chicos. De hecho, no puede invitar a nadie. Solo a ustedes dos. No le gustan las fiestas, ¿verdad?

–Papá, tiene dos empleos y estudia. Quiere ir a la universidad.

Asintió.

–Aparentemente, es más ambicioso que tú.

Mi rostro adoptó una expresión de desconcierto.

–Para ti no hay año sabático. El año que viene irás a la universidad, y asunto concluido.

Papá nunca decía "asunto concluido".

–Está bien –dije.

–Está bien –repitió–. Salgan a correr. Iré a visitar a Fito.

–¿Para qué?

–Asunto de papás. ¿Les parece bien?

Papá, el viejo buena onda

Sam y yo corríamos por las calles de Sunset Heights. Sí, circulábamos en zigzag por el vecindario. Tal vez, la vida fuera justamente eso. Ibas en zigzag a un lado y a otro, y luego te levantabas todas las mañanas y nuevamente ibas en zigzag a un lado y a otro.

La semana de Acción de Gracias: una gran festividad para Mima.

Me encontraba haciendo una lista en la cabeza de las cosas por las cuales estaba agradecido. Había hablado con Mima por teléfono la noche anterior. Dijo que ya había realizado su lista.

"¿Conseguí estar entre los top ten?", pregunté.

Se rio. Me gustaba hacerla reír.

"Por supuesto que sí", dijo. Quería decirle que ella era primera en mi lista. Bueno, tal vez segunda. Papá era el primero. Y Sam, tercera. Tal vez no fuera buena idea clasificar a las personas de tu vida. Así no funcionaba el corazón. El corazón no hacía listas.

— —

Sam y yo estábamos sentados en los escalones delanteros. Era algo que solíamos hacer tras nuestras corridas matutinas si teníamos tiempo. Hoy teníamos tiempo. Los domingos siempre teníamos tiempo.

—Qué buena corrida la de hoy –dijo.

—Sí –respondí–. Eres una gran corredora.

—Hoy estabas lento. Eso es porque estabas metido dentro de tu cabeza.

—Sí, supongo que sí.

—Hoy estoy feliz. ¿Sabes? No creo que haya sido una persona feliz durante la mayor parte de mi vida.

Me incliné hacia ella y le di un empujoncito con el hombro.

—¿La mayor parte de tu vida? Lo dices como si fueras una anciana; solo tienes diecisiete años.

—Pero es verdad. Creo que me gustaba ser una persona infeliz.

—Sí, es cierto.

—¿Estás burlándote de mí?

—Sí, lo estoy.

Levanté la mirada y vi a papá acercándose por la acera.

—¿Cómo fue tu visita con Fito?

—Es un joven excelente.

—Su vida apesta un poco –señalé.

—Lo entiendo, pero es un sobreviviente. Algunas personas pueden sobrevivir prácticamente cualquier cosa –comenzó a dirigirse hacia dentro–. Voy atrás a fumarme un cigarrillo. ¿Por qué no van a ducharse? Podemos llevar a Fito a comprar comestibles.

Sam esbozó una enorme sonrisa.

—¿También lo adoptará a él?

Papá sonrió.

—Algunas personas coleccionan estampillas. ¿Yo? Colecciono chicos de diecisiete años.

Le pregunté a Fito acerca de su conversación con papá.

–Tu papá es un tipo con onda. Jamás conocí a un papá como el tuyo. Me gusta ese viejo cool.

–¿Y de qué hablaron?

–Solo quería asegurarse de que me encontraba bien. Me preguntó por mi mamá y toda esa mierda. Así que, básicamente, se lo conté todo; le conté cómo funcionaban las cosas en nuestro pequeño hogar disfuncional. Y cuando terminé de contarle toda mi mierda, ¿sabes lo que dijo tu papá?

–¿Qué?

–Dijo: "Fito, espero que sepas que tú mereces algo mejor. Lo sabes, ¿verdad?". Eso fue lo que dijo. ¿No es genial?

Sonaba exactamente a algo que diría papá.

–Oh, sí, y me dio algunas reglas para vivir en la casa.

–¿Reglas?

–Sí. Como no permitir la entrada de nadie más. Solo yo. Bueno, tú y Sam, sí. Pero nadie más. Créeme, me parece perfecto. No quiero vagabundos echándole el ojo a las cosas en la casa de Sam. Se llama respeto. Me parece perfecto.

–¿Alguna otra regla?

–Sí. Tengo que renunciar a uno de mis empleos. También me parece bien. Estoy cansado, demasiado cansado. Dijo que solo debo conservar el empleo del fin de semana y seguir con los estudios. Graduarme, ir a la universidad y tratar de divertirme un poco. Eso es lo que dijo. "Diviértete un poco". Como si yo supiera lo que es eso.

–¿Existe siquiera esa palabra en tu vocabulario?

–No.

–Sam te enseñará a deletrearla.

–Y me dio una regla más. A tu papá le encantan las reglas.

Aquello me hizo reír.

—No es que me esté quejando de tu padre. Oye, jamás hubo nadie que se interesara lo suficiente por mí como para ponerme reglas. Tu papá dijo que debía dejar de pasar tanto tiempo solo. No sé cómo lo sabía. Dijo que vivo aislado. ¿Aislado? ¿Se trata de un verbo?

—Sí, lo es —respondí.

—Oye, tu papá debió haber sido terapeuta. De cualquier modo, me invitó a comer a tu casa cada vez que quiera. Una invitación abierta.

Su sonrisa me estaba rompiendo el corazón.

Pasar el rato

Así que Sam le envió un mensaje de texto a Fito y le dijo que viniera a beber un plato de sopa. Yo también le envié uno.

YO: ¿Tienes tarea?

FITO: Sí, Matemáticas y esa mierda

YO: Tráela

FITO: Tenlo por seguro

Y entonces, adivinen quién golpeó a la puerta. Marcos.

—¿Viniste para beber un plato de sopa? —pregunté.

Papá estaba en la cocina rebanando un trozo de pan.

Sam se hallaba sentada en el sofá, enviando mensajes de texto.

Saludó a Marcos con la mano; tenía la esperanza de que fuera amable.

Me sorprendió cuando se sentó en el asiento de papá.

—¿Puedo hablar un segundo con ambos?

Vaya, Sam reaccionó de inmediato. Incluso dejó el teléfono en la mesa de café.

—Habla —dijo—. Te escuchamos.

Lucía un poco incómodo.

–Tengo la impresión de que ustedes no… –se detuvo, intentando encontrar las palabras, así que se me ocurrió ayudar al pobre tipo.

–Estamos de acuerdo con la situación, Marcos –sé que yo no lo decía en serio, pero mi intención era que así fuera.

Sam asintió.

–Sí, nos parece bien –no sonaba demasiado convencida.

Marcos sonrió.

–Soy un idiota, lo saben, ¿verdad?

Sam le devolvió la sonrisa.

–Sí, estamos de acuerdo –pero no le salió odioso ni mordaz. Bueno, un poquito mordaz, pero también un poquito dulce. Estaba haciendo un esfuerzo.

Marcos me miró y asintió.

–Cinco años atrás dejé a tu papá. Fue el error más grande de mi vida –explicó–. Quería que lo supieran. Quería que supieran que una vez lo lastimé. No tienen idea de lo que lamento haberlo hecho. Durante los últimos cinco años no ha pasado un solo día sin que pensara en Vicente. Ni uno.

Sam y yo simplemente nos mirábamos. Marcos nos sonrió.

–Ustedes dos son un menudo par, ¿verdad?

–Sí, lo somos –dije.

Papá entró en la sala. A veces, cuando Mima me veía, se le iluminaba el rostro. A veces. Porque me amaba tanto. Esa era la expresión que tenía papá en ese momento.

Sam y yo nos quedamos sentados mirándonos. Marcos y papá se dirigieron a la cocina.

–A veces, los adultos pueden ser muy cool –dijo entonces Sam.

Marcos y papá la miraron, y ella les sonrió.

–Dije *a veces*.

Sam estaba lavando platos. Había recorrido un largo camino con ese tipo de tareas. La primera vez que limpió un baño, juro que hasta la gente de Juárez oyó sus quejas. Pero ahora se había vuelto algo normal.

Marcos era ingeniero, así que estaba ayudando a Fito con su tarea de Matemáticas. Lo oí explicando los conceptos. Seguro debería haber estado prestando atención, pero odiaba tanto las Matemáticas. En serio.

Papá estaba sentado en su silla escribiendo algo en un bloc de notas amarillo. Sam entró en la sala. La observé acercándose a él y besándolo en la mejilla. Él le sonrió.

–Y eso, ¿por qué es?

–Porque sí –respondió ella.

–Oh, ahora se nos dio por besar porque sí –me oí decir.

–Sí, y a ti no te toca ninguno.

Pensé en que esta noche nos habíamos reunido todos a beber la sopa de papá (papá, Marcos, Fito, Sam y yo). Habíamos jugado un juego, el que no terminamos en casa de Sam, el juego de cuál-es-el-mejor-momento-de-tu-vida.

Papá dijo que el mejor momento de su vida había sido el día que yo nací.

–Una cesárea de emergencia. Tu madre no podía retenerte más. Yo fui el tipo afortunado. Cielos, gritaste a pleno pulmón. Sí, ese fue el momento más hermoso de mi vida.

Marcos dijo que el mejor momento de su vida fue el día que conoció a papá. Pensé que era algo valiente para decir, pero también creo que era la verdad. Sí, ser valiente y decir la verdad iban juntos. Lo que fuera que hubiera sucedido en el pasado, pues, era parte del pasado. Soy consciente de que estaba intentando encontrar todos los defectos que tuviera el tipo, pero no estaba llegando demasiado lejos.

¿Y Sam? ¿El mejor momento de su vida?

—Pues, el día que vine a vivir aquí. Ese fue el mejor momento de mi vida. Aunque haya venido por la muerte de mamá, me siento segura. Esto se siente como un hogar.

—Maldita sea —dijo Fito—. ¿Saben? Este es el mejor momento de mi vida. Este momento. Ahora mismo.

Pensé que Sam iba a llorar… pero no lo hizo.

¿Y yo? Dije que el mejor momento de mi vida fue el día que llovieron hojas amarillas, y les conté acerca de aquella tarde con Mima. Jamás se lo había contado a nadie. A nadie.

—No creo que Mima siquiera lo recuerde. Pero yo sí.

Papá sonrió.

—Tal vez lo pinte —sí, podía imaginar esa pintura en mi cabeza.

Durante muchísimo tiempo, nuestra casa nos había pertenecido a papá y a mí. Éramos solo nosotros dos. Y teníamos una vida buena: simple y sin complicaciones. O tal vez fuera la manera en que yo lo veía. Si me detenía a pensar en ello, aquella vida no había estado tan libre de complicaciones; al menos, no para papá. Recordé cuando me dijo que el amor era infinito. El *infinito*, que no es como el concepto de *pi* en matemáticas. O tal vez lo sea. El amor no tiene fin… sigue y sigue.

Fue una noche agradable. En realidad, una noche preciosa. Sí, Mima seguía muriéndose, y la madre de Sam seguía muerta, y Fito vivía exiliado de su familia, y yo seguía sin lidiar con ese estúpido ensayo que debía escribir para entrar en la universidad, y aún no había resuelto leer la carta de mi madre, como si ocultara dentro una serpiente o algo así. Pero así y todo fue una noche agradable. Incluso si intentaba descubrir si Marcos era sincero o si todo era una gran actuación para poder recuperar a papá.

Yo. Fito. Sam

—¿Invitaste a Fito a la cena de Acción de Gracias en casa de Mima? —me preguntó papá el miércoles justo antes del Día de Acción de Gracias.

—No —respondí.

—¿No? —me miró como si hubiera cometido un delito. Sacudió la cabeza—. ¿Qué estás esperando?

Me sentí mal. Me sentí realmente mal. Maldición. Otro desliz.

Así que Sam y yo recogimos a Fito. Siempre lo decíamos: *te recogeremos*. En realidad, no lo recogíamos porque íbamos a pie al colegio. Pero la casa de Sam estaba de camino, y yo siempre había pasado por allí para que fuéramos juntos.

Fito nos esperaba afuera; Sam y yo lo saludamos con la mano.

—Hola.

—Hola —saludó Fito, y luego dijo que había tenido una pesadilla.

—Las pesadillas apestan —respondió Sam.

—Sí, tengo muchas.

Continuamos caminando.

—Entonces, ¿qué harás para el Día de Acción de Gracias?

—Bueno, Ernie, un tipo que conozco, quiere que trabaje por él en el K, así que probablemente lo haga.

–Dile que no –dije–. Dile que tienes otros planes.

–Pero no los tengo.

–Ahora, sí. Lo pasarás con nosotros.

–No. No iré. Eso apesta.

–¿Apesta? ¿Cuál es tu problema?

–¿Saben? Tú y Sam aparecieron en mi vida y son como una especie de malditos ángeles, todos dulces y tal, y amables y toda esa mierda, y yo soy un tipo que está hecho un desastre. Digo, ¿qué tengo a mi favor? Tengo que organizar mi vida. Digo, ¿por qué insisten en pasar el rato conmigo? No tengo nada para ofrecer.

Sam adoptó una mirada furibunda.

–Ah, así que piensas que solo sentimos lástima por ti, ¿no? Eres un ridículo, ¿lo sabes, Fito? Tal vez, cuando Sally te mira, cree que vales algo. Y tal vez, cuando yo te miro, también creo que vales algo. Solo porque no te agrades a ti mismo no significa que no les agrades a otros. Y si alguna vez dices en mi presencia que no tienes nada para ofrecer, si alguna vez vuelves a decirlo, entonces te voy a patear el trasero de aquí a Michoacán.

–¿Michoacán? –pregunté. Y entonces comenzamos a actuar como tontos y nos echamos a reír. Fito bajó la cabeza y comenzó a parpadear, como si intentara liberarse de todas las lágrimas que había guardado durante toda su vida.

–Es solo que no estoy acostumbrado a que las personas sean tan amables conmigo.

Sam se inclinó hacia él y le besó la mejilla.

–Pues, acostúmbrate a ello, Fito.

Y entonces nos pusimos a caminar. Tres amigos, caminando al colegio. Fito sonreía y Sam sonreía, y yo sonreía. Y la miré y susurré:

–Me gusta en quién te estás convirtiendo.

Sam. Eddie. Yo

Aquel miércoles antes del Día de Acción de Gracias, pensé que iba a ser un día perfecto.

Pero no resultó así. No fue perfecto; más bien fue horrible. Para empezar, nadie quería estar en la escuela, se sentía en los pasillos. Era como si fuéramos hormigas rojas, enloquecidas, sobre un hormiguero activo. O algo así. Sam se habría reído si hubiera escuchado mis pensamientos. Yo no tenía problema con las palabras, pero digamos que no llegaría a ser escritor.

¿Qué sería? Tal vez un boxeador. Jaja.

Decidí que esperaría a que pasara el día. Durante la hora del almuerzo, salí para tomar un poco de aire. Necesitaba respirar. Malestar: eso es lo que sentía.

Pero justo al salir, vi a Sam enfrascada en una conversación con Eddie.

¿En serio? ¿Hablaba con Eddie? Me volvía loco verlos hablar como si nada hubiera pasado.

Ni siquiera me vieron cuando caminé hacia ellos.

—Sam —exclamé—, ¿qué diablos haces?

—Hablo con Eddie —dijo suavemente—. ¿Y por qué me gritas?

—Porque estás hablando con un tipo que intentó hacerte daño.

–Sally...

No dejé que terminara.

–Sam, solo aléjate ya mismo. Vuelve adentro.

Fue entonces cuando Eddie decidió intervenir en la conversación.

–Escucha, Sal, solo estábamos...

–Si dices otra palabra, te muelo a golpes, hijo de puta.

Entonces sentí la bofetada de Sam. Me golpeó tan fuerte que caí hacia atrás. Y luego nos quedamos mirándonos.

–¿Quién eres? –susurró–. ¿Quién eres, Sally? ¿Quién eres?

— —

El escozor en la mejilla no me abandonó en todo el día.

PARTE 5

Las carreteras son agradables,
se encuentran pavimentadas, y tienen
señales que indican hacia dónde ir.
La vida no es así en absoluto.

Sam. Aprender a hablar. Yo

Cuando terminó el colegio, esperé a Sam junto a su locker. Tenía miedo: no sabía lo que estaba pasando entre los dos. Nunca habíamos vivido una situación así, y tuve una sensación horrible en la boca del estómago. La vi caminando hacia mí, pero fingió no verme. Me ignoró por completo mientras abría su locker, sacaba un par de libros y lo cerraba con fuerza.

–No quiero hablar contigo –dijo.

Tenía que decir algo. Lo que fuera.

–Tú me diste a mí una bofetada.

–Tal vez la necesitabas.

–Estabas hablando con Eddie. Te lastimó. ¿Qué diablos te pasa?

–Me estaba pidiendo perdón, imbécil. Estaba manejando perfectamente bien mis propios asuntos, Sally.

–Oh –dije. Cielos, tenía algo dentro, tenía algo que decía que en verdad era un pedazo de imbécil. Me sentía como un idiota. Digo, quería esconderme en algún lugar, pero no había dónde–. Oh –volví a decir.

–¿Es todo lo que tienes para decir? ¿"Oh"? Muy elocuente.

–Lo siento, Sam. En serio –cielos, qué estúpido sonaba.

–Últimamente, no te entiendo. Solías ser muy dulce.

–Tal vez no lo fuera de verdad.

—Sí, lo eras. Pero ahora eres tan incoherente.

—Bueno, a veces tú también lo eres.

—Pero tú no eres yo, Sally. Y *realmente* te merecías aquella bofetada —y luego sonrió—. Ahora entiendo a qué te refieres acerca de pegarles a las personas. A veces es muy grato.

—Creí que ya no hablabas conmigo.

—Bueno, vamos a tener que resolver algunas cuestiones, ¿no es cierto, Sally?

Asentí. No sé. No tenía ganas de emplear ninguna palabra. No quería. Pero Sam me hablaba y tal vez nuestra relación tuviera una pequeña grieta, aunque no estuviéramos rotos. Y eso era bueno. Que no estuviéramos rotos. Quería abrazarla, pero tenía la sensación de que ella aún no estaba lista para un abrazo.

Día de Acción de Gracias

Cuando Fito le entregó a Mima las flores que le había comprado, el rostro de ella se iluminó.

—Hermosas —murmuró. A veces Mima parecía una niña. Incluso ahora. Inocente. Y Fito se ruborizó; solo quería encontrar un lugar donde esconderse. Qué tipo tímido.

La tía Evie tomó las flores y las colocó en un florero.

—Tan dulce, Fito —dijo, mirándolo.

—¿Dulce? No crea —susurró él.

Mima apoyó la mano en la mejilla de Fito.

—Estás demasiado delgado. Necesitas comer.

—Estoy comiendo.

—Pues debes comer más.

—Mima —dije—, come todo el tiempo.

Ella asintió.

—Cuando envejezca, será gordo. Como Papo, que también era delgado. Pero luego se casó conmigo —su risa era tan frágil como las hojas que había barrido cuando yo tenía cinco años.

Todo el mundo estaba ocupado haciendo algo en la cocina de Mima. Todas las voces parecían mezclarse: las voces de mis tíos y tías, algunas de mis primos mayores que habían regresado a casa a pasar unos días, la voz de Sam, la voz de Fito. Y la voz de Mima. Su voz apagada era la que más oía.

Le pedí a papá las llaves del auto. Necesitaba píldoras para la tos y sabía que había algunas guardadas allí. No me sentía demasiado bien y temía estar resfriándome, lo cual eran malas noticias porque cuando me resfriaba, me resfriaba *en serio*. Un mal asunto. Nefasto. La garganta había comenzado a inflamarse. Sabía lo que quería decir, y pensé, *¡mierda!* Al caminar al auto, escuché al tío Tony y a la tía Evie hablando, desde donde estaban sentados en el porche delantero. En verdad me había convertido en un fisgón crónico.

–Es el último Día de Acción de Gracias de la vieja, Evie.

–No hables así, Tony.

–¿Qué quieres que diga?

–Vamos a extrañar a esa mujer; es muy especial.

–Sí, Evie. Todos la extrañaremos. Realmente, tenemos que armarnos de valor.

–Lo sé, Tony.

–Podemos enfrentarlo, Evie.

–Pues no nos queda otra opción, ¿verdad? –la tía Evie se quedó en silencio unos instantes, y luego dijo–: ¿Sabes lo que creo? Creo que Mickey es el que peor lo va a tomar.

–Es posible –dijo el tío Tony–. Pero yo creo que el que peor se lo va a tomar es Vicente, solo que nadie lo notará.

Y luego escuché a la tía Evie una vez más.

–En realidad –agregó–, yo creo que quien peor lo va a tomar es Salvador. Él y mamá tienen algo especial. Aún recuerdo el día en que

Vicente lo trajo por primera vez. Mamá se enamoró de ese chico en el instante en que lo tomó en sus brazos. Es hermoso verlos juntos. Creo que el muchacho quedará destrozado.

Entonces volví a oír al tío Tony.

—Puede que sí, Evie, puede que sí.

Me dije a mí mismo que no debía pensar demasiado en aquella conversación y que simplemente debía disfrutar de la belleza de la familia que era tan afortunado de tener. Si iba a ser la última fiesta de Acción de Gracias de Mima, le sacaría el mejor provecho posible.

Pasé por delante del porche delantero desde el costado de la casa donde había estado escuchando. Saludé con la mano a mi tío y a mi tía mientras me dirigía al auto y encontré las píldoras para la tos del lado del conductor. Papá las conservaba allí para aliviar lo que se estaba convirtiendo en una tos de fumador. Aquello apestaba. Me metí una en la boca, y luego caminé hacia el porche delantero. Le sonreí a la tía Evie y la abracé.

El tío Tony me dio una palmada en la espalda.

—Eres un buen chico.

Hice una broma:

—Como si lo supieras.

—No te hagas el listo.

Nos encontrábamos preparando pasteles. Bueno, yo no. En realidad, era solo papá. Y el tío Julián. Son como una especie de equipo y se parecen bastante. Me senté junto a Mima mientras papá estiraba la masa.

Mima asintió.

–Yo le enseñé –comentó.

Estaba tranquila.

–Deberíamos preparar el pan de maíz –me dijo Mima entonces.

Sí, el pan de maíz. El relleno que ella preparaba era para morirse. Así que tomé los ingredientes y me hice un lugar sobre la mesa de la cocina. Saqué un enorme cuenco para mezclar. Siempre triplicábamos la receta. Preparar el pan de maíz con Mima era algo nuestro. Nuestra pequeña tradición.

Observé sus manos mientras trabajaba la masa con una cuchara de madera. Quería besarlas.

–¿Añadimos el azúcar? –preguntó.

Asentí.

Me guiñó el ojo.

Entonces sonó el celular de papá. Miró el identificador de llamada y respondió. Al escuchar la voz del otro lado, esbozó una enorme sonrisa, y supe que era Marcos. Mima tenía razón. Dijo que papá estaba triste. No, no había estado triste. Solo un poco solo; también lo había dicho. Papá advirtió que lo estaba observando, y le sonreí, como si supiera algo. Y él me devolvió la sonrisa, como si supiera que yo sabía algo.

Me pregunté si Mima sabía acerca de Marcos. Me pregunté lo que pensaba sobre todo ello. Tal vez no le importaba. Amaba a papá. Y todo el resto de las complicaciones, pues, tal vez no le importaran.

Sam. Hablar. Fito. Hablar. Yo. Hablar

En algún momento, entre la preparación del pan de maíz y la conversación con el tío Julián, comencé a sentirme un poco peor. Me dolían los músculos e intentaba ignorar lo que sucedía dentro de mi cuerpo.

Entonces entró el tío Mickey en la cocina, oliendo a humo; no humo de cigarrillo, sino humo como si hubiera ido de camping.

—Es hora de meter los pavos —dijo. Sabía lo que eso significaba, pero Sam y Fito no. Así que los arrastré a casa de mi tío, a dos calles de distancia. Todos los años, el tío Mickey cavaba un gran hoyo en su jardín trasero, sazonaba los pavos con todo tipo de condimentos, los envolvía en papel de aluminio y luego los colocaba dentro de sacos de arpillera que había remojado en agua durante dos horas. Finalmente, los dejaba caer en el hoyo, repleto de madera al rojo vivo; carbón casero.

Llevé a Sam y Fito a casa del tío Mickey, y observaron todo el ritual de envolver los pavos, dejarlos caer en el hoyo y cubrirlo.

Fito no dejaba de exclamar "¡Guau!", y Sam también repetía "¡Guau!". El tío Mickey nos entregó a Sam, a Fito y a mí una cerveza a cada uno. Noté que Sam pasó de la cerveza, lo cual me hizo sonreír. Pensé en las dos botellas de vino que nos habíamos acabado, y meneé ligeramente la cabeza.

El tío Mickey se puso a hablar de todo el asunto de cocinar bajo tierra, y Fito no dejaba de decir:

—Hombre, no cabe duda de que soy un mexicano de la ciudad.

A Fito le gustaron las cervezas, pero yo no tenía ganas de beber la mía y comenzaba a sentirme bastante mal. Aun así, la fiesta de Acción de Gracias debía continuar.

Fito y el tío Mickey seguían hablando de la preparación del pavo.

—Por la mañana, sacaré a esas criaturas, y será el mejor pavo que hayas probado jamás.

— —

—¿Vas a dormir con los chicos? —la tía Evie tenía una expresión rara en el rostro.

—Claro que sí. Sally y yo siempre hemos tenido pijamadas.

—Sigues llamándolo Sally, ¿eh?

—Sip. Seguiré llamándolo así hasta que sea grande.

La tía Evie se rio.

—¿Y no hacen ninguna monería, verdad?

—¿Monería? —aquello hizo reír a Sam—. ¿Con Sally? ¿Con Fito? Tienes razón que son monos. Pero no, no me gustan los monos.

La tía Evie sacudió la cabeza y sonrió mientras nos entregaba algunas almohadas extra.

— —

Sam consiguió la cama. Por supuesto que lo hizo. Llevaba su estúpida camiseta de los Chihuahuas. Maggie saltó sobre la cama con ella. Por supuesto que lo hizo. Si Maggie tenía que elegir entre la cama y el suelo, siempre elegía la cama.

Fito y yo estábamos en el suelo.

Sam buscaba música en su laptop.

Fito leía un texto.

Yo estaba allí recostado pensando; no me encontraba muy bien. Tenía ganas de llorar. Tal vez, porque me sentía mal, y eso me hiciera sentir como un niño vulnerable, y no me gustaba.

—Cómo me gustaría que Ángel dejara de enviarme mensajes de texto —dijo Fito de repente.

—Es guapo —comentó Sam.

—Sí, bueno, se comporta como una chica.

Sam le disparó una mirada.

—¿Y eso qué tiene de malo?

Fito nos miró como diciendo "Ahora sí metí la pata".

—Quiere que le compre cosas. Todo el tiempo me pregunta: "¿Qué me vas a comprar?". No lo entiendo. Es como si tuviera que comprarle cosas para probar que me gusta.

—Eso apesta —dije.

Sam puso los ojos en blanco.

—Pues, yo también solía hacerlo.

—¿Y qué significa?

Sam comenzó a hacerse la experta.

—Está inseguro. No importa lo que le compres, no creerá que te agrada de verdad. Deshazte de él.

—Sí, le dije que no tenía tiempo para estas estupideces. Me dijo, "Ah, ahora solo te importan tus amigos héteros".

—¿Esos seríamos Sam y yo?

—Sip —dijo—. No sé. No sé una mierda sobre el amor. Y aunque soy gay, no sé una mierda sobre ser gay.

Me reí.

—Pues yo tampoco soy un experto en el amor.

–De eso no me cabe duda –dijo Sam.

–¿Ah, sí? –pregunté–. ¿Se puede saber qué aprendiste tú de todos aquellos chicos malos con los que saliste?

–Por lo menos me atreví a correr el riesgo. ¿Y tú, Sally?

–Yo tuve algunas novias.

–Este año, ni una sola cita.

–He estado ocupado.

–Lo que sea –dijo Sam.

–Bueno, todas las chicas creen que estoy secretamente enamorado de ti.

–Sí, bueno, las chicas pueden ser tan…

–No digas la palabra con la P, Sammy. Por favor, no la digas.

–Haz de cuenta que ya la dije.

–Tener citas apesta –afirmó Fito–. Sam, ¿te acuerdas de aquel tipo, Pablo, con el que salías el año pasado?

–Sí. Tenía unos tatuajes preciosos.

–Sí, bueno, pues es gay.

–¿Es gay? ¿Lo dices en serio? ¿Estás seguro?

–Sip. Una noche nos embriagamos. Hombre, ese tipo sí que sabe besar.

–Guau –dije.

–Guau –repitió Sam–. Y ¿qué pasó? –siempre deseaba saber los detalles sórdidos. A veces quería decirle que usara la imaginación.

–No demasiado –respondió Fito–. Me dijo "Bebamos un par de cervezas". Me di cuenta de que él ya había bebido algunas. Estacionó el auto en el centro, y comenzamos a pasear después de beber nuestras cervezas. Pensé que el tipo me iba a arrancar la ropa y toda esa mierda. Estábamos en una especie de callejón cuando recibió un mensaje de texto y dijo que tenía que marcharse. Me dio su número, así que al día siguiente lo llamé al celular, pero él se comportó como si nunca hubiera pasado nada. "Estaba ebrio y no me acuerdo de nada". Eso fue lo que dijo. "Sí, claro", le respondí. Y me dijo "Lo que sea". Entonces le dije "Nos vemos, hermano". Y eso fue lo que pasó.

–De cualquier modo –comentó Sam–, es un pendejo egoísta. Por suerte toda esta mierda de la escuela secundaria está por terminar. Cuando seas más grande, Fito, ¿quieres casarte alguna vez?

–No lo sé. Tengo muchas cosas para pensar. Solo quiero entrar en la universidad, hacer algo de mi vida. ¿Andar perdiendo el tiempo con otro tipo? No estoy tan seguro de eso.

–Te entiendo –dijo Sam–. Pero después de graduarte y conseguir un empleo y todo eso, ¿te gustaría casarte? –me miró.

–Sí, supongo que sí, tal vez. Estoy bastante acostumbrado a estar solo. Pero ¿por qué no? Creo que me gustaría casarme con alguien como tu Sr. V. O alguien como Marcos. Saben, alguien decente. Alguien que guarde algún parecido con un ser humano. Creo que muchos tipos gay piensan "Soy una chica", o son lo contrario y piensan "Soy un animal". ¿Por qué no pueden pensar "Solo soy un tipo"?

No sé por qué, pero aquello nos hizo reír a Sam y a mí.

–No es tan gracioso –repetía Fito.

–Tal vez nos estemos riendo porque la verdad es graciosa –dijo Sam.

–Sí, divertidísima. Sip. Sip –luego Fito se volvió hacia mí y preguntó–. ¿Y tú, Sal?

–Quiere tener cuatro hijos –respondió Sam en mi lugar.

–Eso es genial. Yo no. No quiero Fitos pequeños, arrastrándose por el mundo. Mala idea. Y de todos modos, soy gay. Tal vez sea algo bueno: tengo un acervo genético horrible.

–¿Acaso tu hobby es castigarte a ti mismo? –Sam podía hacerte un reproche con una sola pregunta.

–Mi hobby es tratar de salir adelante como pueda. Una vez fui a ver a un terapeuta. Me dijo que vivía mi vida en modo supervivencia. Le sonreí, pero por dentro pensé *no me digas*.

–Bueno, sabes, tal vez algún día querrás adoptar a un chico que esté en modo supervivencia.

–No lo creo. Sería como revivir mi infancia de mierda. Pero a ti, Sal, sí te veo haciendo algo así. No soy como tú o tu papá. Cuando él vino a hablar conmigo a casa de Sam, pensé *¿quién es este tipo?* Pensé *¿existen padres así en el universo?* ¿De verdad? Tu padre es como un maldito santo. Apuesto a que los tipos hacen fila para estar con él.

Aquello me hizo reír.

–No creo que papá se preste para eso.

–De todos modos, ese tipo Marcos, me gusta ese viejo cool. Parece que hay algo entre ellos.

Entonces, de la nada, comencé a llorar. No sé, tal vez tenía fiebre. Maldición, no sé. Pero comencé a llorar.

–Ayy, Sally, estás llorando –oí que decía Sam.

Me sentía enfermo y vacío por dentro, como si no hubiera nada allí, y me oí decir:

–Mi Mima. Mi Mima se va a morir.

Y luego sentí los brazos de Sam alrededor de mí, y sus susurros:

–Shhh. Te tengo. Te tengo, Sally.

No es justo. ¿No es justo?

Hablando en serio, ¿quién contrae la gripe el Día de Acción de Gracias? Cielos, qué enfermo estaba.

Me lo perdí todo.

Y lo peor fue que lloré como un niño de diez años. Pero lo mejor fue que Mima se sentó en mi cama junto a mí.

—¿No tienes miedo de que te contagie?

Mima sonrió.

—Ya estoy enferma.

Luego comencé a llorar, y me sentí muy alejado de mí mismo. Tenía fiebre y no dejaba de pedirle perdón a Mima por enfermarme. Me tomó la mano y la sostuvo, y puso un paño frío sobre mi frente.

—Para la fiebre —dijo.

—¿Por qué me estás cuidando, Mima? Estás enferma.

—Porque quiero hacerlo —susurró.

—Me gusta tomar tu mano —le susurré yo también. Es extraño las cosas honestas que dices cuando estás enfermo—. Quiero que te quedes conmigo para siempre.

—Siempre estaré contigo —susurró.

—No quiero que estés enferma.

–No te preocupes –susurró–. No estaré triste. Y no quiero que tú estés triste.

–Está bien –dije–. No lo estaré –no lo decía en serio, pero pensé que la haría feliz. Me quedé dormido con Mima tomándome la mano.

Tuve pesadillas, pero por lo menos dormí. Dormí, dormí y dormí.

Recuerdo a Sam y Fito de pie junto a mí. Y recuerdo haber dicho: "No soy un cachorro".

Me levanté de la cama el sábado. Era cerca del mediodía, y estaba muerto de hambre. Sin duda, tan hambriento como Fito.

Los tamales estaban todos preparados. Me perdí la preparación de los tamales, y el ritual en el que todos contaban historias. Me perdí todas las palabrotas y todas las risas.

Estaba triste.

No me dejaban comer tamales. Sopa de pavo. Sip. Me senté en la cocina y sentí lástima por mí mismo bebiendo sopa de pavo.

- -

Me duché, me cambié y me sentí un poco mejor. ¿Saben? Me sentía un poco como una camiseta que había estado girando a toda velocidad en el secarropa durante demasiado tiempo. Estaba sentado delante del árbol de Navidad con Sam y Fito.

–Maldición –dije–, me lo perdí todo. Siempre ayudo a Mima a encender las luces del árbol el día de Acción de Gracias. Siempre. Desde que tenía como cuatro años. No es justo.

–Basta de dramatismos –respondió Sam mirándome–. Ese es mi trabajo. Se supone que tú eres el relajado.

–*No es justo* no entra en la categoría de dramatismos.

Fito me miró fijo.

–No sabes una mierda sobre lo que *no es justo*.

No iba a discutir con él sobre la cuestión de lo que era justo o no.

–¿Cómo están los tamales de este año?

–Hombre –dijo Fito–, tus parientes son especialistas en tamales. Son increíbles. Ellos sí saben cómo prepararlos.

Sam se rio.

–Como si lo supieras.

–Bueno, sé cómo comerlos.

–Claro –Sam sacudía la cabeza–. Creo que comió como doce. Y Mima no podía dejar de reírse. Le preguntó a Fito: "¿Acaso no te dan de comer?". Y Fito enrojeció.

–¿Ven? –dije–. Me lo perdí todo.

–Ahh, ¿ver a Fito tragarse doce tamales? Diría que no te perdiste demasiado.

Fito quedó muy callado.

–Tienes una bonita familia, Sal. Súper agradable, sabes. Dulce. Y Sam realmente aprendió a preparar los tamales. Deberías haberla visto. Era como una mexicana de verdad.

–Soy una mexicana de verdad.

Fito sacudió la cabeza.

–No me parece. Ni siquiera sumando a los tres obtendríamos a un mexicano real.

Supongo que tenía razón.

–Y los tres juntos tampoco obtendríamos a un americano real.

Fito comenzó a desternillarse de risa.

–Vaya, este gringo tenía una oportunidad de ser un americano real, solo que terminó en la familia equivocada.

–Sí –dije–. Parece que no tuve suerte.

–Ya lo creo. Y todos tenían cosas buenas para decir de ti, *vato*. Como si realmente caminaras sobre las aguas y toda esa mierda.

Aquello me hizo sonreír. Aquello realmente me hizo sonreír.

Sentado allí, conversando con Sam y Fito, finalmente dejé de sentir pena por mí mismo.

Caminar sobre el agua. Ja. Yo hubiera dicho que se trataba más de aprender a nadar, cariño. De aprender a nadar.

Mima. Cansada

El domingo por la mañana tenía muchas ganas de comer tamales. A papá le pareció una mala idea.

–Tengo hambre –dije–. Basta de sopa de pavo. ¡Apesta!

–Apesta, apesta –sacudió la cabeza–. ¿De dónde sacas eso? Tengo un poco de sobras de pavo y puré de patatas.

No habría tamales para mí. *Mierda*.

Sam estaba sentada frente a mí en la mesa de la cocina de Mima; tenía dos tamales tibios sobre el plato.

–Sam –dije, mirándola–, a veces no eres una persona muy amable.

–Yo no soy la que está enferma.

–Perversa. Eres perversa.

–Me encanta cuando pones de manifiesto tu vocabulario erudito.

–Iré a la otra habitación.

–Estás haciendo mohines.

–Sip.

- -

Mima estaba demasiado cansada para ir a misa. No necesitaba que nadie me dijera que era una mala señal.

323

Mima

El domingo por la noche, Mima se hallaba sentada a la mesa, echando una mirada alrededor de su cocina. Me senté delante de ella.

–Fue un hermoso Día de Acción de Gracias –dijo.

Asentí. Quería decir algo, pero no sabía qué.

–Últimamente, estoy metiéndome en muchas peleas –solté sin pensarlo.

Asintió.

–Entiendo –dijo.

–Yo no.

–A veces, les sucede a los muchachos.

–No es mi intención. No lo sé. Hay algo furioso en mi interior.

Volvió a asentir.

–Eres un buen chico.

–No lo soy, Mima.

–Escucha a tu Mima –me sonrió y susurró–: Cuando comienzas a convertirte en hombre, te suceden cosas por dentro. Tal vez creas que tienes que ser perfecto. Si te viene a la cabeza esa palabra, no la escuches.

Se levantó de la mesa y me rodeó con sus brazos.

–Estoy triste –dije.

–No siempre estarás triste –aseguró. Me besó la frente, y luego me soltó.

Sobras. Sermones

−Por lo menos estamos llevando a casa una pila de tamales y sobras −señalé. Me encontraba en el asiento trasero con Fito. Sam iba de copiloto−. ¡Oigan, no comí pastel! −aquello hizo reír a Sam, papá y Fito. No tengo ni idea de por qué lo hallaron tan gracioso. Divertidísimo. Sí.

−Te haré un pastel de calabaza esta semana −dijo papá.

−No lo compartiré con nadie.

−A veces, eres un tipo gracioso, ¿sabías, Salvador?

−Sip.

−¿Quieren un árbol real este año?

−No, a mí me gusta el falso −respondí.

−A mí me gusta el real −dijo Sam.

−Está bien −repliqué−. Entonces serás tú quien lo riegue todos los días, pongas cubos de hielo en la base todas las noches, y barras las agujas de pino todas las mañanas.

−Ahh −dijo−. Así que el Grinch que llevas dentro sale de paseo.

−Solo te explico cómo son las cosas, Sam.

−¿Y han terminado de escribir los ensayos? −papá no dejaba de fastidiarnos con las solicitudes de ingreso. Había estado dejando notas adhesivas sobre nuestras puertas durante dos semanas.

–Lo entregaré el martes. Entonces tendré todo terminado –Sam estaba orgullosa de sí misma.

–Yo tengo una especie de borrador –dije.

–Eso apesta –respondió papá–. Termínalo. El primero de diciembre.

–Solo faltan pocos días para eso.

–Sip.

–Odio ese tema del ensayo –dije.

–Primero de diciembre.

–Me resultas mucho más grato cuando no me regañas, papá. Quiero decir, no es que lo hagas muy a menudo. Pero en este momento, te comportas como un maestro de escuela con toda esta cuestión.

Sabía que papá tenía una expresión mordaz en el rostro.

–Primero de diciembre –repitió.

Sam me envió un mensaje:

SAM: Te ayudo

YO: Mi ensayo. Lo haré yo

SAM: ☹

Eché un vistazo a Fito. Maggie tenía la cabeza apoyada en su regazo, y él dormía.

YO: Tómale una foto. Tienes mejor ángulo que yo

Se volvió, sonrió y tomó un par de fotos. Me las envió por mensaje:

SAM: Dulce

YO: Dulce, dulce, dulce

—¿Por qué se envían mensajes de texto cuando están a medio metro de distancia? —preguntó papá de pronto.

—Estamos discutiendo mi ensayo —dije.

—Apuesto a que sí. No le mientas a tu padre.

A mi lado

Papá dijo que debía tomarme un día para recuperar fuerzas; no quería recaídas. Sam y Fito ya iban camino al colegio, y me sentí un poco excluido. Antes de que se marchara Sam, estaba recostado en mi cama, y me envió un mensaje:

SAM: PDD: letargo

YO: Sip. Letargo emocional

SAM: Idiota. No hay otro tipo

YO: Déjame en paz

SAM: ESCRIBE TU ENSAYO

Maggie estaba tumbada a mi lado.

La besé, y comenzó a lamerme la cara. Luego bostezó y arrellanó su espalda contra mí.

Me volví a quedar dormido.

Desperté cerca del mediodía, aún dormido. Fui a la cocina y me serví un poco de jugo de naranja. Papá enseñaba toda la tarde, y había dejado una nota: "Salvi, sé paciente contigo mismo". Pensé: *¿significa que debo darme una ducha larga y caliente?* Hmm. Fue lo que hice.

Luego me senté delante de mi laptop en la mesa de la cocina. Las cocinas me recordaban a mi Mima. *Está bien, voy a escribir mi ensayo.* Fue lo que me dije.

Intentaba enfocarme, pero mi mente divagaba. Me sentía como un trozo de papel arrastrado de un lado a otro por el viento. Solo quería aterrizar en el suelo, pero el viento tenía otros planes.

Pensé en Mima. Cuando nos íbamos de su casa, aunque lucía más frágil y débil de lo que jamás la había visto, salió para despedirnos. Siempre lo había hecho. La tía Evie tuvo que ayudarla. La abracé, me miró y sonrió.

"Solo acuérdate", dijo.

No estaba seguro de lo que quería que recordara.

Luego señaló a papá, que estaba metiendo algo en el auto.

"De él". Luego asintió.

Mima. No había desesperación. Se estaba muriendo, y no había una sola señal de desesperación en sus ojos sonrientes.

En cambio yo, el trozo de papel arrastrado en el aire, intentando aterrizar en el maldito suelo.

Tengo que hacer esto.

Fito había dicho que se alegraba de no tener que escribir el ensayo. "Lo único que debo hacer es obtener buenas calificaciones aquí, en la Universidad de Texas de El Paso, y luego transferirme a la Universidad de Texas. No tengo que escribir ningún ensayo. Y de todos modos, ¿qué diablos diría? Mi padre fue un buen tipo que tuvo que marcharse porque mamá era una drogadicta a quien le gusta gritar, y mis hermanos salieron a ella. Supongo que podría contarles que pasé cerca de un año esperando que mi papá regresara a buscarme, hasta que un día me dije: *sí, claro, como si eso fuera a ocurrir*. Eso más o menos resume mi vida", ese

Fito. Papá decía que era un milagro viviente. Como verán, era mucho más fácil estar pensando en cualquier otra cosa que en mi ensayo.

Sam me había dado las primeras líneas de su ensayo, al que le estaba dando los toques finales: "Mi madre solía dejarme mensajes escritos con lápiz labial. Los escribía en el espejo de mi baño, y cuando era niña, estudiaba cada letra de cada palabra". Me refiero a que ya estaba aceptada.

Miré lo que tenía hasta ahora. "En realidad, no sé si quiero ir a la Universidad de Columbia. En realidad, no creo que esté a la altura del resto de sus candidatos. Esa es la verdad". Horrible.

El problema era que no tenía dones especiales ni nada por el estilo. Y salvo el hecho de que parecía estar pasando por una etapa que resultaba realmente confusa —pero que por lo menos era interesante—, no creía tener un motivo particularmente convincente por el cual cualquier universidad costosa debía aceptarme. Sí, papá había ido a Columbia, pero era un dotado. Tal vez, si hubiera sido mi bio-padre, yo también habría sido un dotado. Pero no lo era. ¿Cuál era el motivo por el que solicitaba el ingreso a Columbia? Porque era un tipo sentimental. Tal vez mis puños no lo fueran, pero yo sí. Columbia. Sí. Por papá.

Respiré profundo. Si Mima estaba muriéndose y no estaba desesperada, y si Sam podía escribir su ensayo aunque aún siguiera conmocionada por la muerte de su madre, ¿cuál era mi jodido problema? Tal vez tenía sentimientos ambivalentes hacia la universidad. *Ambivalencia.* Una palabra de Sam. Sí, sentía ambivalencia. Tal vez estuviera pasando por una fase especial. Y tal vez las fases fueran importantes. Tal vez las fases indicaran algo importante sobre nosotros mismos.

Le envié un mensaje a Sam:

PDD: ambivalencia.

Apagué el teléfono.

Escribí la primera oración de mi ensayo. La miré. Y luego comencé a escribir un poco más. Escribí, escribí y escribí.

Cuando eché un vistazo al reloj, eran las 2:30 p.m. Había terminado el ensayo. Lo leí en voz alta; hice un par de cambios. No estaba tan seguro de si conseguiría entrar en la universidad por lo que había escrito, pero pensé: *a Mima le gustaría.* ¿Y qué si ella no estaba en el comité de admisiones?

Viernes

En fin, no pudimos ocuparnos del árbol de Navidad durante la semana.

Estábamos ocupados con la escuela.

Por lo menos, terminé mi ensayo… aunque aún no le había contado a nadie. Pero todavía seguía aquella carta esperando ser leída. ¿Se habrá referido a aquello papá cuando dijo "Sé paciente contigo mismo"? A veces postergas cosas. Y te vuelves adicto a postergarlas. Es algo estúpido, lo sé.

Y luego lo que postergaste te abruma.

Sam me envió un mensaje de texto.

SAM: PDD: estasis

YO: ¿Estasis?

SAM: Significa sin movimiento. Significa que tienes una carta de tu mamá. Significa termina tu ensayo. Significa movimiento inexistente

YO: Gracias por la reprimenda

SAM: Por nada

Iba a decirle que había terminado mi ensayo… pero solo iba a querer leerlo, y de ningún modo quería que nadie lo leyera.

Después de que Fito renunció a su segundo empleo, la mayoría de las noches venía a casa, y nos sentábamos y estudiábamos juntos. Decía que le parecía raro no estar trabajando todo el tiempo. Fue a visitar a su mamá.

–Estaba volando como una cometa –dijo–. Me miró con sus ojos muertos y me preguntó: "¿Tienes algo de dinero?". Así que me marché.

–¿Por qué regresaste? –pregunté.

–Es mi madre.

Sam no pudo evitar dar su opinión.

–Es tóxica. Lo sabes, ¿verdad?

–Sí –dijo Fito–, pero eso no cambia el hecho de que sea mi madre.

–Lo sé –susurró Sam–. Lo sé, Fito.

Dejamos allí la conversación. Digo, no había nada más que ninguno de nosotros pudiera hacer.

Papá decía que llegaba un momento en el que teníamos que hacernos cargo de nuestras propias vidas. Supongo que ese momento había llegado un poco temprano para Fito. Papá también decía que a veces suceden cosas que nos sobrepasan, porque la vida nos sobrepasa. Como el hecho de que Mima estuviera muriéndose. Como que Sylvia se hubiera muerto en un accidente de auto. Como la madre de Fito. Como mi madre, que murió cuando yo tenía tres años.

De noche, nuestra mesa de cocina era como una sala de estudio. A veces, nos hacíamos preguntas y nos ayudábamos, y Fito decía "Esto es como estar en el puto paraíso". Es una cita textual. A Fito le gustaba usar esas palabrotas. Pero también le gustaba leer. Sam decía que tenía un corazón tan grande como el cielo. Y era cierto.

Fito decía que aprendió a huir del infierno a su alrededor gracias a la lectura constante. Decía que le gustaba *Viñas de ira* porque "Trata de personas pobres. Eso es muy cool".

Pensé que Fito y Mima realmente se habrían caído bien. Me entristecía que ahora jamás tuvieran la oportunidad de ser amigos.

Fito vino a casa y, como era viernes y aún no habíamos colgado las cosas de Navidad, sacamos el árbol del garaje y lo armamos. Papá y Marcos se ocuparon del tema de las luces, y Sam revisaba las cajas marcadas con carteles que dijeran NAVIDAD.

–Tienen muchos adornos.

–Nos encanta la Navidad –dije.

Le gustaba mucho la corona navideña que siempre colgábamos en la puerta de entrada.

–Me acuerdo de esto.

Resultó muy agradable, todos decorando el árbol. Papá había encontrado tiempo para preparar el pastel de calabaza que había prometido, y estaba en el horno.

La casa olía a pastel.

Pero en realidad, lo mejor, lo mejor fue que papá estaba cocinando los tamales al vapor. Por fin iba a poder probar bocado. Miré a Fito.

–Te voy a imponer un límite con los tamales.

Se rio.

–Tengo algo con la comida. Siempre tengo hambre. ¿Qué crees que significa?

Sam puso los ojos en blanco.

–Probablemente quiera decir que necesitas tener sexo. Estás compensándolo. Deberías comenzar a correr con nosotros. Se llama "sublimación".

Papá la miró, intentando reprimir su sonrisa.

–¿Qué?

–Sí, es un tema gay. Los tipos gays tienen una necesidad imperiosa de tener sexo.

Papá miró a Sam y sacudió la cabeza.

–¿De dónde exactamente sacaste esa información?

Tuve que meterme en la conversación.

–No hace más que inventarlo.

–No es cierto.

–Es cierto, Sam. Navegas por Internet, lees acerca de un tema y aprendes un par de cosas… y el resto, te lo inventas. Y luego te crees las cosas que inventas.

–Eso no es cierto.

–Lo es. Por eso algún día serás una gran escritora.

Me dirigió una mirada y luego se volvió hacia Fito.

–¿Quieres tener sexo o no?

Marcos se echó a reír.

–Tiene diecisiete años. Todos sabemos la respuesta a esa pregunta. No creo que tenga nada que ver con ser gay.

–En eso tienes razón –dije. Me di cuenta de que estaba sonrojado, y tuve ganas de arrastrarme debajo del sofá.

–¿Por qué no hablamos de otra cosa? –preguntó entonces papá, que es un tipo muy listo.

Sam puso los ojos en blanco.

–Sí –dijo–. Hablemos de Santa.

Marcos

Fito recibió un mensaje alrededor de las diez, y de un momento a otro dijo que era hora de ir a casa; lo cual significaba la casa de Sam. Pero pensé que tal vez iría a salir con algún tipo. No sé, era posible. Hacía demasiado tiempo que yo andaba con Sam: quizás estaba proyectando. Era otra de las palabras de ella. Desde que su madre murió, había estado convirtiéndose en terapeuta. Hmm.

Sam y yo comimos dos trozos de pastel de calabaza cada uno mientras escuchábamos a un grupo llamado Well Strung. Era un conjunto de músicos bastante excéntricos que tocaban música clásica mezclada con pop. Sam dijo que eran archi recontra gays, y yo le dije que no me gustaba esa forma de describirlos, a lo que respondió:

—Bueno, a veces eso es un elogio.

—No estoy tan seguro de eso.

Me dijo que yo no entendía nada sobre estas cosas.

Papá y Marcos estaban hablando en la sala, y los oía reír. Me pregunté cómo sería amar a alguien como papá amaba a Marcos. No es que hablara del asunto. Pero me daba cuenta. Y, a decir verdad, estaba un poco celoso. De verdad. Me refiero a que Marcos le daba a papá algo que yo jamás podría darle. Y papá estaba pasando mucho más tiempo con él, y extrañaba tenerlo todo para mí. Pero en realidad sabía que era un maldito egoísta. Y lo otro es que realmente no conocía muy bien a Marcos, y aunque nos llevábamos bien, no tomaba ninguna iniciativa para acercarme demasiado a él. Estaba un poco celoso y sentía desconfianza. Y por lo general no era un tipo que recelara de los demás. En lo referente a Marcos, no estaba avanzando demasiado. Para nada. Estasis.

Sam me envió un mensaje de texto:

PDD: amor

Estaba sentada frente a mí en la mesa de la cocina. Le eché una mirada sarcástica.

No sabía una maldita cosa sobre el amor. Creo que había perdido la cabeza por una chica un par de veces. No es que perder la cabeza no implicara un despliegue de emociones particulares. Me encantaba sobre todo besar. A veces soñaba despierto que tenía una novia. Y la imaginaba mirándome. Me preguntaba cómo sería sentir las manos de una chica recorriéndome el cuerpo. Me pregunté cómo sería deslizar los dedos sobre los labios de una chica.

Seguí mascando mi pastel de calabaza y Sam me preguntó en qué pensaba.

—Nada importante —dije.

—Terminé mi ensayo. ¡Ya completé mi solicitud de ingreso! ¡Hurra, Sam! Y tú deberías estar pensando en *tu* ensayo.

—¿Qué pasaría si te dijera que ya lo terminé?

—¿Lo terminaste? ¿Y no dejaste que le echara un vistazo?

—Dejaré que lo veas.

—¿Cuándo?

—Cuando yo esté listo para hacerlo.

—Oh, igual que cuando estés listo para leer la carta de tu mamá.

—No te metas con eso.

—Sally.

—Sammy —esbocé una amplia sonrisa—. Así que supongo que iremos a la universidad.

—No nos entusiasmemos demasiado.

—Ambivalente —dije.

Ella sonrió. A veces era como si pudiera leer mentes.

—No te preocupes. Cuando llegues a la universidad, tendrás a todas las chicas encima.

—Claro.

—Y no me tendrás a mí estorbándote.

—No me estorbas.

—Tal vez un poco. Eres demasiado fiel. Ninguna de las chicas con las que has salido alguna vez (no es que se cuenten por cientos)… —le disparé mi mirada más mordaz—. Yo no le agradaba a ninguna.

—Las chicas son raras en eso —dije—. Creen que son únicas en el universo. No me gusta.

—Eso es porque, a diferencia de la mayoría de los chicos, en realidad eres bastante maduro. Pero solo en ese sentido. En otros, pues, estás en pleno proceso de madurez.

—¿Se trata de un elogio?

—Puedes apostar a que lo es, chico blanco.

—Qué buena chica. ¿Ves cómo eres? Me elogias y luego me quitas el elogio de un plumazo.

—Sip, no hay por qué hacer que se te suban los humos a la cabeza —luego se volteó hacia la sala y me echó una mirada—. ¿Qué te parece?

Encogí los hombros.

—Marcos es bastante buen tipo, ¿eh?

–Sí, lo es. Es callado pero no demasiado tímido. De hecho, es muy bueno escuchando. Lo oí hablando con Fito, que hablaba del colegio en el típico estilo Fito. Ya sabes, realizando esos comentarios negativos sobre sí mismo que suele hacer. Y Marcos escuchó y luego dijo: "¿Sabes? Hay una posibilidad de que no seas tú. Tal vez sea la profesora. Hay muchos profesores excepcionales en todos lados. Pero también hay muchos que no lo son en absoluto. Solamente es algo en lo que debes pensar".

Miré a Sam.

–¿Así que dejarás de hacérsela difícil?

–No lo creo.

–¿Qué?

–Tenemos un acuerdo entre los dos: yo soy hostil con él, y él me sonríe. Es nuestra manera de llevarnos bien.

–Te entiendo y no te entiendo.

–No lo creo. Me entiendes, me entiendes perfectamente –luego se puso muy seria. Conocía aquella expresión–. Tú me miras, Sally. Me refiero a que me miras de verdad. En cambio, mamá, pues, ya sabes, me amaba. Lo sé. Pero no siempre me miraba. Eso es triste. Es realmente triste. No me miraba porque no se miraba a sí misma. Pero ¿tú? Tú me miras. Recuerdo cuando tenías alrededor de seis o siete años. Me caí en la acera, y me levantaste. Me lavaste la rodilla ensangrentada, que para mí era algo totalmente traumático –ambos nos echamos a reír–. La lavaste con un paño tibio y pusiste un vendaje, y luego la besaste. ¿Lo recuerdas?

–No, no lo recuerdo.

–Estabas tan serio. Siempre recordaré aquella mirada en tu rostro. Me mirabas. Siempre me has mirado. Y creo que es todo lo que desea cualquiera. Por eso a Fito le encanta venir aquí. Ha sido invisible toda su vida y de pronto es visible. Mirar a alguien, realmente mirarlo. Eso es amor.

–¿Sabes qué más es amor? –pregunté–. Una amiga que te da una bofetada cuando necesitas que te la den.

Me sonrió y yo le sonreí.

–¿Quieres saber un secreto? –pregunté.

–Sí.

–Estoy un poco celoso de Marcos.

–Qué bueno.

–¿Qué bueno?

–Sí.

–Y además desconfío un poco de él.

Cielos, sonrió.

–Me alegra saber que no todo lo que te enseñé se ha perdido.

Yo. Sueños

En mi sueño estoy rodeado de muchos tipos. Y digo: "Uno por vez. Los derribaré a uno por vez". Así que los derribo a todos, uno por uno. Muelo a golpes al primer tipo. Está sangrando, y lo observo tumbado sobre el suelo. Pero solo digo: "Siguiente". Así que uno por uno, muelo a golpes a todos. Y están todos echados en el suelo, y me quedo de pie mirándolos fijo.

Entonces, aparece un hombre. Me parezco a él, y sé que es mi padre. Y nos enfrentamos. Lanzo el primer puñetazo, pero él ni se inmuta. Y luego comienza a darme puñetazos. Me lanza uno y otro hasta que me derriba al suelo. Luego comienza a patearme una y otra vez. Pero no siento nada.

Y luego despierto.

¿Qué quería decir ser un chico malo en mis sueños? ¿Y qué quería decir cuando un padre que no conocía aparecía en mi sueño y me molía a golpes? No le contaré a Sam acerca de este sueño, porque comenzará a analizarme. No tengo ganas de que me analicen.

Intenté pensar en algo hermoso para volver a dormirme.

Pensé en el día en que llovían hojas amarillas; por supuesto que lo hice.

Y luego me volví a dormir.

Sam. Papá. Yo. ¡Papá!

Acabábamos de entrar a casa tras nuestra corrida matutina. Papá estaba leyendo el periódico. Sam y yo habíamos estado discutiendo nuestro plan. Decidí pedirle su opinión a papá. ¿Por qué no?

—Papá —dije—. El cumpleaños de Fito es el viernes. Cumple sus tan ansiados dieciocho años.

—Te oigo.

—¿Y tú qué harás el viernes?

—Pues, Marcos y yo pensábamos ir al cine.

Casi tuve ganas de preguntar por qué no se les había ocurrido invitarnos a Sam y a mí… pero sabía cuál era la respuesta a esa pregunta.

—Bueno —oí que decía Sam—, estábamos pensando en organizarle algo a Fito. Ya sabe, tacos y un pastel.

—Parece una combinación ganadora. Podemos hacerlo.

—Incluso hornearé yo el pastel —dijo Sam.

Papá nos miró a ambos.

—Guau —pero nos conocía. Sabía que había otro pedido más. Me di cuenta porque dejó el periódico a un lado—. ¿Y? —preguntó.

—Y —dije— el teléfono de Fito se murió, lo cual apesta. Digo, ya tenía un teléfono que apestaba.

—Sí —asintió Sam—, apestaba de verdad. Era uno de esos bien económicos de Walmart.

Papá hizo una mueca.

—Es lo que podía permitirse, Sam.

—Lo sé, lo sé, Sr. V., a veces puedo ser muy malcriada. Pero se nos ocurrió regalarle un smartphone para su cumpleaños. Ya sabe, Lina me incluyó en su plan familiar, y usted tiene a Sally en su plan, así que pensamos que tal vez podíamos incluir a Fito en uno de nuestros planes, y el teléfono nos saldría muy económico. Sally tiene un poco de dinero ahorrado, y bueno… ¿qué le parece?

—Pues si no pueden salvar al mundo, por lo menos han decidido que salvarán a Fito.

Sam cruzó los brazos.

—No lo diga así… —y luego se detuvo—. No es una especie de proyecto; es nuestro amigo. Queremos a Fito.

—Sí, es cierto —afirmé.

Papá sonrió.

—Lo entiendo. ¿Así que necesitan un socio?

—Algo así —asentí.

—¿Por qué no? Mañana después del colegio, podemos ir todos a comprarle un teléfono a Fito.

—Genial —dije.

—Muy bien —respondió papá.

—Muy bien —repetí.

Sam sonreía. Estábamos felices. Y luego ella adoptó una expresión rara… como si le hubiera quedado algo por decir. Y cuando tenía algo que decir, lo hacía. Miró fijo a papá:

—¿Sr. V? No sé cómo llamarlo ahora. Sr. V. ya no parece apropiado.

—Puedes llamarme Vicente. Después de todo, *ese* es mi nombre.

–Parece un tanto irrespetuoso.

–Dicho por la muchacha que solía referirse a su madre como Sylvia.

–Sí, pero solo la llamaba así a espaldas de ella.

Papá esbozó una sonrisa.

–¿Cómo llamarme? –preguntó–. Cómo resolver este problema. ¿Tienes algo en mente?

–De hecho, sí –respondió, sonando muy seria.

Papá solo esperó que terminara lo que había comenzado a decir.

–Bueno –dijo Sam, con una expresión realmente tímida–. En agosto cumpliré dieciocho años, y entonces seré adulta.

–Al menos, legalmente –asintió papá.

–Sí, legalmente. Estaba pensando en que tal vez… pues, usted sabe que, en realidad, es el único papá que he conocido jamás. Ha sido un poco así, ¿no cree?

Papá volvió a sonreír mientras asentía.

–¿He sido mucha molestia?

–No –dijo él–. No sé qué habríamos hecho sin ti.

–¿Lo dice en serio? –Sam parecía a punto de llorar.

–No digo cosas que no siento de verdad, Sam.

–Me alegro –dijo–, porque se me ocurrió que tal vez quisiera adoptarme. Ya sabe, oficializar las cosas antes de mi mayoría de edad.

Vi cómo se iluminaba el rostro de papá.

–¿Estás segura? –preguntó.

–Muy segura –respondió ella.

Papá pensó un instante.

–Podemos realizar la adopción legal si eso es lo que quieres. Pero déjame decirte que ya has sido mi hija durante mucho tiempo, Sam. Haya o no haya adopción. Y no necesitas un trozo de papel para llamarme papá.

Las lágrimas se escurrían por las mejillas de Sam. Y luego lo saludó con la mano.

–Hola, papá –dijo.

Y papá le devolvió el saludo.

–Hola, Sam.

Hermana

Me hallaba en mi habitación pensando. La vida tiene su propia lógica. Las personas hablan sobre la carretera de la vida, pero a mí me parece una estupidez. Las carreteras son agradables, se encuentran pavimentadas, y tienen señales que indican hacia dónde ir. La vida no se parece en absoluto. Hay días en que suceden cosas increíbles, y todo es hermoso y perfecto, y luego, como si nada, todo se va directo al diablo. Es como estar ebrio. Al principio, se siente agradable y relajado. Y, de pronto, la habitación comienza a girar y te encuentras vomitando, y, bueno, creo que la vida es un poco así.

Se me ocurrió hacer una lista de todas las cosas geniales que estaban sucediendo y de todas las cosas de mierda, las que me estaban volviendo loco. Pero ¿de qué servía? Una parte de mí estaba realmente feliz. Era como decía papá: hubiera o no adopción, Sam siempre había sido mi hermana. Y papá siempre había sido su padre.

Saber algo que siempre has sabido. Saberlo de verdad. Guau.

Sí, Mima aún estaba muriéndose, yo aún no había reunido el valor suficiente para abrir la carta de mi madre, y aún me sentía intranquilo por muchas cosas. Escuché la voz del tío Tony en la cabeza: *creo que el muchacho quedará destrozado.*

Le envié un mensaje a Sam:

YO: ¿Qué haces?
SAM: Leyendo. Pensando
YO: ¿Pensando?
SAM: Quiero cambiar mi apellido
YO: ¿?
SAM: Quiero cambiar mi apellido a Ávila
YO: ¿Ávila?

Entonces la vi parada en la puerta de la habitación.

–¿Ávila? –pregunté, mirándola.

–Sí, Ávila. Era el apellido de mamá de soltera. Me puse a pensar que en realidad jamás conocí a mi padre.

–No es demasiado tarde para hacerlo.

–Yo creo que sí. De cualquier modo, ese no es el punto.

–¿Cuál es el punto?

–Verás, Sally, mamá está muerta ahora, y quiero llevar su apellido, eso es lo que quiero. Le pregunté una vez por qué no volvía a usar su apellido tras divorciarse de mi padre. Dijo: "Yo me casé con él y tomé su apellido. No tengo problema con eso". Creo que mamá siempre se definió a sí misma en función de los hombres que la rodeaban. Mantuvo el apellido Díaz porque se dijo que por lo menos se había casado una vez. Es lo que creo –me dirigió una de sus típicas miradas autoindulgentes–. Sip, cambiaré oficialmente mi apellido. En honor a mi madre.

Se acercó a mí y me besó la parte superior de la cabeza mientras me encontraba sentado ante mi escritorio. Yo sostenía la carta de mi madre.

–Cielos, qué lista eres, Sammy. ¿Y yo? Estasis.

Miró la carta.

–Lo resolverás, Sally.

–¿Lo crees?

–Creo en ti, Sally –hizo absoluto silencio–. Aún lloro, ¿sabes? Aún me pregunto qué habría pasado. ¿Qué habría pasado si Sylvia no hubiera muerto?

–Tal vez, no debamos jugar más a ese juego.

–No podemos evitarlo. Sylvia y yo… peleamos hasta el amargo final.

–Tal vez fuera la manera que tenían de amarse.

–*Fue* nuestra manera de amarnos. Es muy triste, Sally, y no tiene remedio.

–No podemos vivir lamentándonos, Sam.

–Tal vez ambos vivamos lamentándonos. ¿Acaso no te has preguntado cientos de veces qué habría pasado si tu madre no hubiera muerto?

Me quedé callado.

–Odias hablar de esto.

–Sí, así es –apoyé la carta sobre mi escritorio y la recorrí con la mano preguntándome: *¿qué pasaría si me encontrara cara a cara con mi biopadre? ¿Qué pasaría, Sam? ¿Qué pasaría?*

Madres

Soplaba un viento frío, y parecía que podía nevar.

Me encantaba la nieve.

Me encantaba la sensación del aire frío en el rostro.

A papá no le gustaba demasiado el frío. Decía que mi romance con la nieve existía solo porque no vivía en un lugar como Minnesota.

No sé exactamente por qué me encontraba parado delante de mi casa mirando las luces. Podía ver el árbol de Navidad titilando en la sala. Cuando era un niño, Mima me tomaba de la mano y me llevaba fuera, y mirábamos las luces. Ella siempre tenía luces en toda su casa, y siempre cantábamos canciones de Navidad. Le encantaba "Venid, todos los fieles", pero la cantaba en latín porque la había aprendido así.

Papá decía que el latín era una lengua muerta. Pensé en ello: ¿por qué morían algunas lenguas? Sam tenía la teoría de que las lenguas no morían en verdad. Decía que las mataban. "¿Sabes cuántas lenguas hemos matado en la historia del mundo? Si matas una lengua, matas a todo un pueblo". Sam, esa Sam.

Decidí en ese mismo momento que Sam y yo imprimiríamos las palabras en latín y se la cantaríamos a Mima para Navidad. Era exactamente lo que haríamos. Estaba a punto de terminar el libro de fotografías que estaba realizando; iba a regalárselo para Navidad. Podíamos mirarlo juntos. Sería la mejor parte.

Tomé el celular del bolsillo y la llamé. La tía Evie respondió el teléfono.

—Qué bueno oír tu voz —comentó.

—Claro —dije—. Es solo la voz normal y corriente de un tipo normal y corriente.

—Normal y corriente —se rio—. Eres un sabelotodo. ¿Quieres hablar con tu Mima?

—Sí.

Cuando Mima tomó el teléfono, sonaba cansada pero feliz, y me dijo que, aunque ya había venido para el Día de Acción de Gracias, el tío Julián vendría para Navidad: eso la hacía realmente feliz. Yo también estaba feliz, y feliz de que estuviera hablando tanto, porque era su forma de ser habitual. Luego me preguntó qué hacía.

—Estoy parado delante de mi casa, mirando las luces y pensando en ti. Eso hago.

Quería decirle tantas cosas. Quería preguntarle sobre mi madre, porque ella la había conocido, y desde que murió la madre de Sam, había comenzado a pensar más en mi propia madre. No era solo la carta; era todo este asunto de las madres que compartíamos Sam, Fito y yo. Tal vez era eso lo que teníamos en común: este asunto con madres a quienes era imposible hablarles. Quería hablar con Mima sobre esto, pero su voz sonaba cansada. Parecía casi tan lejana como mi madre muerta, y no había nada que pudiera hacer para traerla más cerca. Nada en absoluto.

Le envié un mensaje a Sam:

YO: Ven afuera conmigo.

SAM: Hace demasiado frío

YO: Por favor

Así que unos minutos después, Sam se hallaba parada a mi lado y mirábamos juntos las luces.

—¿Qué era tan importante? —preguntó.

—He estado pensando.

—Sí, últimamente lo haces bastante.

—¿Estabas enojada con tu madre?

—¿Acaso no acabamos de tener esta conversación?

—No. No me refiero a eso. ¿Estabas enojada porque se murió?

Sam hizo silencio. Luego me tomó de la mano y la sostuvo.

—Sí —susurró—. Estaba terriblemente enojada con ella por morir.

—¿Y lo sigues estando?

—No tanto. Pero sí, sigo enojada.

—¿Sabes? Creo que no recuerdo haber amado a mi madre porque me enojé con ella por morir. Estaba furioso con ella. Creo.

—Tenías tres años, Sally.

—Sí, tenía tres años.

Me apretó la mano. Comenzó a nevar; enormes copos que caían silenciosos sobre el suelo.

Me pregunté si aquel era el sonido de la muerte. Como un copo que cae al suelo.

Fito. Dieciocho. Marcos. ¿Adulto?

–¿Me compraron un regalo? ¿Lo dicen en serio, un regalo de verdad? –preguntó Fito.

–¿Qué crees? –me quedé mirándolo–. Es tu cumpleaños, *vato*. Es lo que hace la gente en estas ocasiones.

–No en mi casa –dijo, con una sonrisa tímida y torcida–. La última vez que me dieron un regalo, tenía como cinco años –no dejaba de mirar el envoltorio.

–Es de parte de todos nosotros.

Sam lo empujó hacia el otro lado de la mesa.

–Puedes abrirlo, ¿sabes?

Fito no le quitaba los ojos a su regalo.

–Qué lindo envoltorio.

–Gracias –le respondí–. Es obra mía. Sam no envuelve regalos, tan solo compra bolsas para ponerlos dentro. Pero a mí me gusta envolver las cosas.

–¿Cómo saben siquiera lo que me gusta? Digo, ¿cómo…? –Fito tartamudeaba confundido, tropezándose sobre sus propias palabras.

–Te gustará –dijo Sam–. Te lo prometo.

Fito no dejaba de menear la cabeza y de mirar fijo el paquete envuelto.

Sam realizó su típico gesto de cruzar los brazos.

–Si no lo abres, te daré una bofetada. Lo digo en serio.

Así que finalmente extendió la mano para tomar el paquete. Lo abrió muy lentamente, y luego lo miró fijo. No dijo nada. Solo lo miró. Levantó la vista a Sam y a mí.

–¿Me compraron un iPhone? ¿Un iPhone? ¡Guau! ¡Guau! Caramba… –luego bajó bien la voz–. Oigan, muchachos… hombre, no puedo aceptar esto. Es demasiado hermoso. No puedo aceptarlo. En serio, no puedo.

Sam le dirigió una de sus miradas.

–Claro que puedes aceptarlo.

–Verán, no puedo porque, saben, sería como…

–Solo tómalo –dije–. Necesitas un teléfono.

Levanté la mirada y advertí que mi padre había estado observándonos.

–Sí, pero iba a comprar uno en Walmart por sesenta dólares. Ya saben, como el que se me murió –entonces Fito siguió meneando la cabeza–. Escuchen, lo siento mucho, pero no puedo aceptar esto. No estaría bien.

Papá tomó asiento frente a la mesa. Sacó el iPhone de su elegante caja blanca. Lo sostuvo en la mano.

–Hoy en día estas cosas son realmente ligeras –dijo–. ¿Te gusta el béisbol, Fito?

–Sí, me encanta.

–¿Sabes, Fito? Algunas personas creen desde un principio que las cosas son suyas. Papá solía decir: "Algunas personas nacen en la tercera base y van por la vida pensando que conectaron un triple".

Fito se rio.

–Me gusta eso.

Papá asintió.

–Sí, Fito, tú no estás entre esas personas. Un tipo como tú nació en el vestuario y nadie te indicó jamás la dirección del diamante de béisbol, y de algún modo conseguiste meterte en la cueva. Y hay algo en ti que no termina de creer que perteneces al partido. Pero *claro* que perteneces al partido. Un día de estos será tu turno de batear. Y batearás fuera del estadio de béisbol. Al menos, es lo que pienso. Voy afuera a fumar un cigarrillo.

Los tres nos quedamos sentados. Fito empujó el teléfono a un lado, y este quedó en el centro de la mesa.

–Tu papá es realmente cool, sabes. Supercool. Es amable. De todos modos... –comenzó a decir Fito. Sam lo detuvo en seco.

–Ah, ¿así que crees que piensa eso sobre ti porque es un tipo amable? Tal vez tú también seas un tipo amable. Tal vez merezcas más que la mierda que te ha tocado durante la mayor parte de tu vida.

–Sí –dije–, ¿no lo entiendes, Fito?

Él se mordía el labio y comenzó a jalar de su cabello.

–Fito –insistí–, este es un regalo que te compramos por tu maldito cumpleaños. Si no lo aceptas, te voy a patear el trasero. Lo digo en serio. Te voy a noquear y dejar tirado en el suelo.

Fito asintió. Lentamente, se estiró para tomar el teléfono, lo tomó en la mano y lo miró fijo.

–Nunca sé qué hacer cuando las personas son amables conmigo.

–Lo único que debes hacer, Fito, es decir "gracias".

–Gracias –susurró.

Ninguno de los tres dijo nada. Tan solo nos quedamos allí, sonriendo.

–Tu papá –dijo entonces Fito–, tu papá, hombre, cómo me gusta ese tío cool.

Sam sonrió y sacudió la cabeza.

–¿Ahora todos son cool?

–No todos. Solo los tíos buena onda.

Me gustaba que papá le resultara cool a Fito.

Sam le estaba enseñando a Fito cómo hacer funcionar el iPhone, y yo estaba sentado junto a papá en los escalones traseros. Afuera era de noche y no hacía demasiado frío. Las luces de Navidad alrededor de la puerta trasera parpadeaban, encendiéndose y apagándose. Estaba comenzando a agradarme el olor de los cigarrillos de papá, lo cual era una verdadera desgracia.

–Entonces, ¿qué haces sentado aquí con tu viejo? –lo oí decir.

–¿Crees en el cielo, papá?

–Vaya, qué respuesta.

–¿Crees?

–No estoy seguro. Creo que hay un Dios. Creo que hay algo más grande que nosotros, una fuerza que trasciende esto que llamamos la vida. No sé si ello responde a tu pregunta.

–Si no hay un cielo, me tiene sin cuidado. Tal vez, las personas sean el cielo, papá. Al menos, algunas de ellas. Tú, Sam y Fito. Tal vez todos ustedes sean el cielo. Tal vez todos sean el cielo, y sencillamente no lo sepamos.

Papá lucía una enorme sonrisa.

–¿Sabes una cosa? Creo que eres un poco como Fito.

–¿En qué sentido?

–Pues sé que últimamente has estado viviendo momentos duros. Y pareciera que nuestras vidas se han complicado un poco. Te conozco lo suficiente como para saber que esa palabra en particular no te cae bien. El hecho de que esté yendo y viniendo a ver a Mima y hablando con los doctores, y de que la mamá de Sam…

–Y de que estés saliendo con Marcos.

–Y de que esté saliendo con Marcos –repitió–. Y me da la impresión de que estás más metido que nunca dentro de tu cabeza. No sé qué está pasando allí. De verdad. Pero... –se detuvo–. Pero –repitió– lo que sí sé es que te conozco. Y me estoy imaginando que estás subestimándote. Por eso te costó tanto escribir tu ensayo.

–No te conté que lo terminé.

–Lo sé.

–¿Cómo lo sabías?

–Porque sí. Cosas de la vida.

–Guau –dije.

–Guau –repitió–. Salvi, tengo la teoría de que no puedes venderte a ti mismo en una solicitud porque tú mismo no crees que haya mucho para vender. Te dices a ti mismo que solo eres un tipo común y corriente, ¿no es cierto?

–Sí –respondí–, en parte es cierto.

–¿Cuál es la otra parte?

–¿Puede quedar pendiente la respuesta?

Papá asintió.

–¿Puedo decir solo una cosa, Salvador?

–Claro.

–No hay nada común en ti. Nada en absoluto.

Sam realmente preparó los tacos; yo le enseñé cómo hacerlos. Los primeros fueron un desastre total, pero le pilló el truco. Bueno, se quemó la mano cuando le salpicó un poco de aceite caliente. Un insulto atravesó la cocina volando y aterrizó en la sala, donde golpeó a papá directo en el corazón. Entró en la cocina y miró a Sam, sacudiendo la cabeza.

–¿Te encuentras bien?

No había sido grave.

—Está bien —dije—. Solo una pequeña quemadura. Aún no ha tenido su dosis diaria de drama.

Marcos vino a visitarnos. Parecía un poco cansado. Ya saben, jamás había pensado en Marcos como una persona. No de verdad. Solo pensaba en él con relación a papá. Y me había causado bastante buena impresión aquella conversación incómoda que habíamos tenido. Sí, me causó buena impresión, pero no lo suficiente. Seguía viéndolo como el novio de papá. Supongo que eso es lo que era. O por lo menos estaban intentando reconstruir la relación, me parece. Y papá era un poco pudoroso respecto de toda la situación, lo cual resultaba un tanto dulce. Dulce. Él es el tipo que me enseñó aquella palabra. Una parte de mí quería que Marcos me agradara. Era un tipo decente. Y él y Fito se llevaban realmente bien. Pero otra parte quería alejarlo de mí.

Me encontré sentado en la sala, donde Marcos estaba bebiendo una copa de vino. Papá, Fito y Sam seguían comiendo pastel en la cocina y jugando con el iPhone de Fito.

—No sé nada acerca de ti —dije de pronto mirando a Marcos—. Me refiero a que sé que papá te agrada, pero eso es todo.

—¿Te importa? ¿Que tu papá me agrade?

—No, no me importa —pensé en decirle que si volvía a lastimar a mi padre se las vería conmigo, pero solo sonreí. Luego me encontré abriendo la boca de nuevo—. Lo lastimaste.

—Sí, es cierto.

Sacudí la cabeza.

—Supongo que son cosas que suceden —dije.

Nos quedamos sentados allí, en medio de ese silencio incómodo. Y supongo que decidió hablar, o al menos intentarlo. Ya saben, hablar como personas normales.

–Tu madre me presentó a tu padre, ¿lo sabías?

–No, no lo sabía –aquello me sorprendió. Me pregunté por qué papá no me lo había contado. No es que Marcos fuera un tema de conversación habitual.

–En aquel momento salía con alguien, pero me gustaba mucho tu padre. Era un tipo real, el tipo de hombre que jamás finge ser otra cosa que lo que es y quien es. Y luego vi su trabajo y pensé, *guau.* Guau. Lo gracioso es que acababa de mudarme con otro tipo, y era nuevo en esto que llaman el ambiente gay. No me sentía a gusto conmigo mismo. Y era *tan* inmaduro. Nada que ver con tu padre.

–Entonces, ¿cuándo comenzaste a verlo?

–Creo que tú tenías alrededor de diez años. Me lo crucé en la inauguración de una muestra de arte en L. A. Estaba de vacaciones y vi un aviso en el *LA Weekly* sobre las inauguraciones de la ciudad. Y ahí estaba el nombre de tu padre en una galería. Así que fui.

–¿Al menos compraste una pintura?

–De hecho, *compré* una pintura. Y comenzamos a vernos. Y luego algo pasó.

Lo miré interrogándolo con la mirada.

–Hui. Tenía tanto miedo de lo que sentía por tu padre que escapé. Hui lo más rápido que pude, lo más lejos que pude –sacudió la cabeza–. Me llevó mucho tiempo convertirme en hombre –parecía aún estar enojado consigo mismo. O tal vez estuviera triste de que le hubiera llevado tantos años convertirse en quien era hoy. Me pregunté cuánto tiempo me llevaría a mí convertirme en quien se suponía que debía ser. ¿Cuántos años? Antes del comienzo del año escolar, había pensado que era un chico completamente tranquilo que se conocía a sí mismo. Ahora ya no estaba tan seguro.

–¿Sabes lo que le dije a tu papá?

—¿Qué?

—Le dije que no sabía lidiar con niños. Era mentira, pero sabía que para tu padre era motivo de ruptura.

El tipo estaba siendo honesto. Aquello me gustaba. Y había tenido miedo. Lo entendía. Porque en este momento yo también tenía miedo. Y tal vez tener miedo era parte de todo el proceso de crecer y de vivir tu vida.

—¿Y le contaste a papá la verdad? Me refiero a ahora.

—Sí, le conté. ¿Por qué crees que me dio otra oportunidad?

—Bueno —dije—, todo el mundo merece una segunda oportunidad.

Saben, supongo que el amor realmente es algo atemorizante. Jamás lo había pensado. Digo, no creía que ninguna de las veces que me había enamorado de alguna chica podía ser considerado amor. Creo que era la clase de tipo que, si me enamoraba, sentiría dolor. Tenía ese presentimiento.

Sam y yo acompañamos a Fito a casa. Quería preguntarles a ambos si habían estado enamorados alguna vez, y me pregunté por qué no lo hacía. Así que lo hice: les pregunté.

—Yo siempre estoy enamorada —confesó Sam—. Bueno, al menos, siempre creí estarlo, pero ahora que lo pienso, seguramente no lo estuve jamás. No de verdad. Solo sentí… no sé cómo llamarlo, cierta atracción por chicos apuestos y malos. Nada serio. Aunque en su momento parecían relaciones serias. En ese sentido, soy bastante intensa.

—No me di cuenta —dije.

—Cállate. ¿Acaso no preguntaste?

—Sí —respondí.

Fito sacudía la cabeza.

–Tienes que mantenerte alejada de esos *vatos*, Sam. Apestan.

–En eso tienes razón –dije.

–¿Y yo? –añadió Fito–. Conocí a un tipo el año pasado. Iba a Cathedral. ¿Pueden creerlo?

–Ah –dijo Sam–. Así que tienes algo con los chicos buenos, ¿eh?

–Sí, supongo que sí. En cierto modo me enamoré de él. Resultó que no era un chico católico tan bueno. No voy a entrar en detalles. Pero les diré algo: dolió como el demonio. Salí y me fui al carajo. La primera y última vez que me drogo. Es una mierda total. Apesta.

Sam y yo asentimos.

–¿Por qué necesitamos amar?

–Tal vez, no sea tan necesario –respondió Fito.

–Claro que sí –replicó Sam–. Lo necesitamos. Como el aire que respiramos.

Asiento.

–Sí.

–Esa es la pregunta, ¿no es cierto, Sally?

–¿Crees que el corazón necesite amor para seguir latiendo? ¿Sabes a lo que me refiero?

–Bueno –dijo Sam–, ¿acaso no sirve para eso el corazón?

–Pero no todo el mundo ama, no todo el mundo –Fito tenía una expresión realmente seria–. Y esa es la maldita verdad.

Sam y yo solo nos quedamos mirando a Fito.

–¿Estás bien? –susurró Sam.

–No siempre estoy bien. No quiero hablar sobre el amor. A veces la vida es una mierda.

Todo se va a la mierda (de nuevo)

Cuando Sam y yo salimos a correr el sábado, intenté seguirle el ritmo. Últimamente, ella estaba corriendo más rápido. Corrimos hasta el Puente Santa Fe y de regreso a casa nos detuvimos frente a la biblioteca. Después de recuperar el aire, eché un vistazo y vi a Sam mirando el cielo.

–¡Eh! –dije.

–¡Eh! –respondió.

–¿Estás pensando?

–Sí –dijo–. Me llegó un mensaje de texto de un tipo del colegio.

–¿Ah, sí?

–Sí, le agrado.

–¿Y a ti te agrada?

–Un poco. Es mi tipo.

Sonreí.

–¿En serio? ¿Vas a salir con él?

–No.

–¿No?

–Lo rechacé de plano.

–¿En serio?

–Sip –esbozó una de sus sonrisas increíbles–. No siempre sé quién quiero ser. Tú crees que sí, pero en realidad no lo sé. Pero Sally, lo que sí sé es lo que *no* quiero ser. A muchos tipos se les metió en la cabeza que era una chica fácil.

–Estaban equivocados –dije.

–Sí, estaban equivocados.

Nos quedamos mirándonos.

–Y a mucha gente –agregué entonces– se le metió en la cabeza que yo era un tipo tranquilo que siempre tenía todo bajo control. Estaban equivocados.

–Oye –dijo–, no seas tan duro contigo mismo. El jurado aún sigue sin pronunciarse.

Aquello me hizo sonreír.

–Vamos a casa.

–Sí –respondió–. Tenemos que hablar con Fito. Algo sucede en su cabeza.

–Bueno, no solo en su cabeza.

–Es cierto –asintió–. No merece la familia jodida que le tocó.

No siempre la vida te da lo que mereces. Al menos, estaba seguro de eso.

Comenzaba a entender por qué papá insistía tanto con la incertidumbre. Me dijo más de una vez que no necesitabas la certeza para ser feliz. Y yo comenzaba a entenderlo. Nunca sabes lo que va a suceder. Realmente, no lo sabes. Un día, vives tu vida y todo anda normal. Vas al colegio, haces la tarea, juegas a atrapar la pelota con tu papá y los días pasan así, y, de pronto, ¡pam! ¡Pam! Vuelve el cáncer de Mima, la madre de Sam muere en un accidente y echan a Fito de su casa.

Solía preguntarme por los altibajos emocionales que sufría Sam todo el tiempo. Digo, *todo el tiempo*. Pero de pronto, yo mismo me sentía así. Cuando despertaba me sentía bien, a la hora de almuerzo me enojaba por algo estúpido y luego volvía a estar tranquilo. Iba y venía entre el yo anterior y el yo que no conocía o comprendía. Y justo cuando creía que las cosas estaban equilibrándose, todo se iba a la mierda. Es la mejor manera de decirlo: todo se va a la mierda.

Acababa de salir de la ducha después de correr, y Sam había salido con su tía Lina. Me agradaba que tuviera a su tía. Y la relación que había entre ellas era algo realmente tierno. Entré en la cocina, y papá estaba leyendo el periódico. Dejó el periódico a un lado.

—¿Cuál es el apellido de Fito? —preguntó.

—Fresquez.

—¿Puedes enviarle un mensaje preguntándole el nombre de su madre?

—¿Qué?

—Solo hazlo por mí, ¿sí? —tenía una expresión seria. No me gustaba cuando tenía esa mirada. Así que le envié un mensaje a Fito.

YO: ¿Cuál es el nombre de tu madre?
FITO: Elena

Miré a papá.

—Se llama Elena

—¿Cuántos años tiene? —preguntó él.

YO: ¿Cuántos años tiene tu mamá?
FITO: 44

Miré a papá.

–Tiene cuarenta y cuatro años.

Entonces, Fito envió otro mensaje:

FITO: ¿?

–¿Sabes dónde vivía Fito antes?

–Sí, en la calle California. Cerca del colegio.

Ahora sí papá lucía pálido.

–La madre de Fito está muerta –dijo.

Me pasó el periódico. "Mujer de cuarenta y cuatro años hallada muerta", ese era el titular. Comencé a leer. Los vecinos la habían encontrado.

–Aparentemente, una sobredosis de droga.

Miré a papá.

–Entonces, ¿qué haremos?

–Se enterará de todos modos. Será mejor que le pidas a Fito que venga.

- -

–Tengo malas noticias para darte, Fito –la voz de papá era suave, bondadosa, muy bondadosa–. No hay manera adecuada de darte esta noticia.

Él encogió los hombros.

–Estoy bastante acostumbrado a las malas noticias, ¿sabe, Sr. V?

–Sí, Fito, lo sé –papá bajó la mirada al periódico–. Es acerca de tu mamá. Lo leí en el periódico de esta mañana.

Fito se quedó mirando el periódico. Lo levantó y comenzó a leerlo. Cuando terminó, lo dejó a un lado. Papá estaba haciendo sonar sus nudillos y estudiando a Fito. Entonces comenzó a golpearse a sí mismo. Digo, comenzó a darse puñetazos violentos sobre el pecho, y a llorar, pero muy, muy fuerte, y a decir cosas que no alcanzaba a entender. Y no dejaba de golpearse. Se paró de su silla e hizo trizas el periódico, y comenzó a golpearse de nuevo. Su llanto me rompía el corazón, y me alegró mucho que Sam no estuviera en casa para verlo, que hubiera salido con su tía Lina, porque realmente ver a Fito así la habría destrozado. Y luego no pude soportarlo más, y tomé los puños de Fito. Como era más fuerte que él, le retuve los brazos para impedir que siguiera golpeándose. Y luego lo acerqué a mí y lo sostuve.

Y lloró, lloró y lloró.

Yo no podía hacer nada respecto de tanto dolor, pero sí podía abrazarlo.

—¿Por qué estoy llorando? —susurró entonces Fito en una voz que sonaba cansada y marchita—. Ni siquiera me amaba.

—Tal vez lo único que importa es que *tú* la amabas a *ella* —me oí susurrarle.

—Mi vida es una mierda —dijo—. Ha sido siempre así.

—No, no es cierto. Te prometo, Fito, no es cierto.

Amigos

Amigos. Supongo que conocí esa palabra cuando conocí a Sam. Pero a veces puedes volver a conocer ciertas palabras que ya conoces. Eso sucedió con Fito. Me dio esa palabra de nuevo. Fue exactamente como había dicho Sam: teníamos que mirar a las personas porque a veces el mundo nos hacía invisibles. Así que teníamos que hacernos visibles unos a otros. Las palabras también eran así. A veces no veíamos las palabras.

Amigo. Fito era mi amigo. Y lo quería.

Y me mató verlo tan destrozado.

También fue muy difícil para Sam. Y para papá.

Es difícil reparar un corazón cuando ha sufrido tanto daño. Pero esa era nuestra tarea. *Esa era nuestra tarea.*

———————————————————————————

Papá salió y compró otro guante de béisbol. Solo teníamos tres. De hecho, compró dos guantes más. Uno para Marcos. No es que dijera que era para Marcos. Así que nos pusimos a lanzar y atrapar la pelota. Sam y yo la lanzamos entre nosotros. Y papá y Fito, entre ellos. Marcos se acercó y observó. Luego papá se tomó un descanso, y Marcos y yo nos lanzamos la pelota, y Sam y Fito lo hicieron entre ellos.

La verdad es que no hablamos. A veces, no hay mucho para decir.

Papá fumaba un cigarrillo en los escalones traseros.

Era una semana antes de Navidad. El día estaba frío, pero no demasiado, y sentíamos la tibieza del sol en el rostro. Entonces advertí a Lina sentada junto a papá, conversando.

–¿Sabes? –dijo Fito–. Mamá ya no está sufriendo.

Marcos asintió mientras lanzaba la pelota.

–No. Ahora descansa.

–Me alegro –dijo Fito–. Necesitaba descansar –y luego–: No debí dejarla. Debí haber regresado. Mi trabajo consistía en protegerla.

Marcos parecía triste cuando lo oyó decir eso.

–Te equivocas respecto de eso, Fito. No era tu trabajo cuidar de tu madre. Era *su* trabajo cuidarte a ti.

–Sí, pero…

–Hombre, a ti sí que te gusta torturarte, ¿no? Tenemos que conseguirte un hobby nuevo.

Fito sonrió. Era una sonrisa triste. Pero seguía siendo una sonrisa.

–Fito, ¿tienes hambre? –preguntó Sam.

–Sí, de hecho, me estoy muriendo de hambre.

Así que todos entramos en la casa, y Lina comenzó a preparar tortillas. Sam empezó a soltarle a Fito el rollo sobre las cinco etapas, y ambos se fueron a googlearlas a la sala. En cambio, yo me quedé en la mesa de la cocina esperando la primera tortilla para untarla con mantequilla. Papá y Marcos conversaban. Marcos decía que conocía a un buen terapeuta y probablemente fuera una buena idea que Fito comenzara a ver a uno.

–Lo pagaré yo –dijo.

Papá lo miró.

–¿Estás seguro?

Hizo una broma:

—Sabes lo que dicen de los hombres gays, ¿no? Siempre nos sobra el dinero.

Aquello hizo reír a Lina.

—Pásame un poco a mí. Quiero comprar otro cuadro de Vicente, y se está poniendo terriblemente costoso —miró a Marcos—. Es muy generoso de tu parte.

—Ese muchacho necesita un respiro. Sé que acaba de cumplir dieciocho años, y ya no es un niño, pero eso no significa que sea un hombre. Además, yo pasé por lo mismo.

Lina y yo lo estudiamos.

—Papá murió con una botella en los brazos; les aseguro que a mí nunca me abrazó —Marcos tomó la mano de papá—. Le hablaré a Fito sobre la posibilidad de ver a un terapeuta.

Me pregunté si Fito lo haría.

Extendí la mano para tomar la mantequilla y la primera tortilla. Estaba tan buena. Pensé en Mima, y supongo que se me ocurrió que jamás volvería a probar una de sus tortillas. Y pensé en lo que Marcos había dicho sobre Fito. *Ya no es un niño, pero eso no significa que sea un hombre.*

¿Y yo?

¿Qué te hacía un hombre?

¿Qué era exactamente lo que te hacía un hombre?

Marica.
De nuevo, aquella palabra

No hubo servicio religioso para la madre de Fito. Me pareció un poco triste. Me pregunté si Dios se hacía presente aunque el funeral no fuera religioso. Seguramente, Mima sabría la respuesta a esa pregunta. Pero yo no.

La mamá de Fito tenía un hermano que pagó por una especie de servicio en la funeraria. Se presentaron algunas personas, incluidos los hermanos de Fito, que parecían drogados. Sam dijo que daban mucho miedo. Sí, tenían un aspecto un poco peligroso. Sin duda. El ataúd estaba delante de la pequeña capilla de la funeraria, y Fito no dejaba de mirarlo. Papá estaba sentado junto a él cuando uno de los hermanos se acercó a Fito.

—¿Así que ahora tienes a un viejo rico que te protege? —miró a papá—. ¿Acaso no cree que es un poco viejo para salir con muchachos?

Sucedió bastante rápido. Como la detonación de una bomba. Cuando me quise dar cuenta, Fito tenía a su hermano en el suelo y lo golpeaba con saña. Y luego sus otros dos hermanos se metieron y, maldición, no sé, sucedió tan rápido… Pero lo siguiente que supe fue que yo también me había unido a la pelea, arrancando a uno de los hermanos de encima de Fito y dándole un puñetazo en el estómago y después en el rostro. Cuando estaba a punto de ir tras algún otro hermano, sentí a unos tipos que me apartaban y retenían, y luego vi que papá sostenía a Fito, a quien le sangraba el rostro. Entonces Sam me miró.

–Te sangra el labio –dijo en voz baja.

Advertí que los directores del funeral me sostenían los brazos, temiendo que aún no hubiera terminado. Comencé a tranquilizarme y a respirar, y finalmente me soltaron.

Sam me tomó el brazo.

–Vámonos de aquí –susurró.

Todo parecía tan calmo.

Vi a papá caminando delante de nosotros, y a Fito apoyado contra él, tomándose las costillas… o el brazo.

Todo lo que me rodeaba se había acelerado, y ahora se movía en cámara lenta.

Mientras salíamos por la puerta, oí una voz que gritaba: "¡Malditos maricas!". Las palabras resonaron en mis oídos.

Nadie dijo una palabra mientras nos alejábamos en el auto.

Ni una palabra.

Fito se sentó a mi lado en el asiento trasero, cubriéndose el rostro con las manos. Tenía los puños un poco ensangrentados. Se mecía de adelante hacia atrás mientras las lágrimas le corrían por las mejillas. Y me daba cuenta de que sentía dolor.

Era una noche fría; el cielo estaba despejado. No sé por qué lo noté. Tal vez una parte mía deseaba que todo fuera tan despejado y sencillo como el cielo nocturno.

Papá detuvo el auto en un estacionamiento, salió y encendió un cigarrillo. Las manos le temblaban. Dio una calada a su cigarrillo hasta que logró estar más calmo. Luego se volvió a meter en el auto.

Sabía que papá estaba pensando. En ese sentido, era muy disciplinado. Se detuvo ante la sala de urgencias de un hospital. Miró a Sam.

–¿Lo estacionas? –abrió la puerta trasera y ayudó a Fito a bajar del auto con cuidado. Me miró–. ¿Estás lastimado?

–No –respondí–. Solo me sangra el labio.

–¿Estás seguro?

–Sí, papá. Estoy bien –me dirigió una mirada. Era extraño. No sabía lo que se le estaba cruzando por la cabeza.

Observé a papá y a Fito entrar en la sala de urgencias. Fito caminaba apoyándose en papá. Sentí que el auto se movía cuando Sam se abrió paso hacia el estacionamiento.

Me quedé sentado atrás, inmóvil, paralizado, con el corazón y la cabeza vacíos. Me sentía como un pájaro cuyas alas se hubieran roto pero que seguía intentando volar.

No sé cuánto tiempo estuvimos en la sala de espera del servicio de urgencias. Dejaron que papá entrara con Fito, y Sam y yo nos quedamos esperando sentados. Ella entró en el baño de mujeres y salió con algunas toallas de papel húmedas, con las que me limpió la sangre del labio.

–Tienes la boca hinchada –dijo.

–Eso me sirve para aprender –respondí.

–Solo intentabas ayudar a un amigo.

Sacudí la cabeza.

–No es eso.

–Cuéntame.

–Ni siquiera lo pensé. Fue todo resultado de un acto reflejo. No es que me dije: *tengo que ayudar a Fito.* Sencillamente, me metí. Solo sucedió.

–Tal vez tus reflejos te estén diciendo algo.

–¿Cómo qué?

–Como que harías lo que fuera por proteger a las personas que amas –me dio un empujoncito–. Pero ¿sabes? Tienes que encontrar una mejor manera de ayudarlos.

–Estás hablando como papá.

–¿En serio? Lo tomo como un cumplido.

–Mierda –solté–. Estoy arruinándolo todo.

–Basta –dijo Sam–. Deja de hacer eso. Es posible que últimamente tú también estés castigándote demasiado. Apesta. Ese no eres tú.

–¿Cómo lo sabes?

–Lo sé –dijo con firmeza–. Lo sé.

Asentí.

–Me encantaría tener un cigarrillo –comentó.

–Tú no fumas.

–Solía hacerlo… a veces.

–¿Resolviste alguno de tus problemas?

Nuestra risa era suave y estaba maltrecha.

Levanté la mirada y vi a Marcos de pie.

–¿Y cómo va el equipo local?

–Nos dieron una paliza.

--Así me dijeron.

–Sí –dijo Sam–, pero deberías ver a los otros tipos.

Aquello hizo que Marcos sonriera. Sam se paró y lo abrazó. Luego se apoyó contra él.

–¿Por qué el mundo es tan malvado, Marcos?

–No lo sé –susurró–. Realmente, no lo sé.

Levanté la mirada para ver a Sam y Marcos. Me daba la impresión de que Sam había aprendido a manejar las cosas. Durante mucho tiempo no había sabido cómo manejar nada, y siempre se había apoyado en mí. E incluso si había sido dura con Marcos, ya había aprendido a ser su amiga.

Me dije: *basta, Salvador. Basta.* Aunque no estaba seguro de lo que "basta" significara. Pero fue como dar un paso. Un paso que me alejaba de la estasis.

Resuélvelo, Salvador. Resuélvelo.

Secuelas

La buena noticia: Fito no se rompió las costillas. Pero sí se había quebrado la mano izquierda. Faltó a clases algunos días, pero parecía estar bien. A cada rato miraba su brazo en cabestrillo, y me pregunté lo que pensaba.

Por fuera, había vuelto a ser el mismo Fito de siempre. Pero yo sabía que tenía una herida profunda, y que esa herida no sanaría en mucho tiempo. Siempre había habido algo un poco triste en él, y me parecía lógico: su vida había sido tétrica. Pero siempre había sido tan recio. Y muy decidido. Ahora no era solo que se hubiera roto el brazo, sino que se había quebrado algo más.

Fito se mudó a mi habitación y durmió en mi cama. Yo dormí en el suelo, en una bolsa de dormir. Una noche tuvo pesadillas; comenzó a gritar y tuve que despertarlo.

—Oye —dije—, es solo un sueño.

—Sí, los tengo a menudo —respondió.

—¿Quieres un chocolate caliente?

—Suena bien.

Así que fuimos a la cocina, y Maggie nos siguió. Puede decirse que lo adoptó. Esa perra… juro que era el animal más empático del mundo.

—¿Tienes ganas de hablar? —pregunté.

–Supongo. Pero no sé qué decir. Me refiero a que… es demasiado triste, Sal. Es todo una mierda.

–Sam dice que tienes que hacer el duelo.

–Perdí a mamá hace mucho tiempo. Así que esta cuestión del duelo… maldición, no acabo de entenderla.

–La amabas.

–Sí.

–Eso es algo hermoso, Fito.

–¿Lo crees?

–Por supuesto.

–¿Cómo lo sabes?

–Porque Mima está muriéndose, y es algo con lo que tengo que lidiar. Era la única madre que conocí de verdad. Solo que era mejor porque era mi abuela. La amo, Fito, y se irá.

Fito asintió.

–¿Por qué mierda tiene que doler tanto?

–No lo sé. Pero es así. Le estás preguntando al tipo equivocado.

– –

El primer día que Fito regresó al colegio, Sam se quedó en casa con un fuerte resfriado. Él y yo no hablamos demasiado mientras caminábamos.

–Fito –dije finalmente–, todo estará bien. *Tú* estarás bien.

Encogió los hombros.

–Tal vez, algunas personas no estén destinadas a tener… ya sabes… una gran vida. Supongo que así son las cosas.

–No *vuelvas* a hablar así conmigo. ¿Me escuchaste, Fito? TÚ TEN-DRÁS UNA GRAN VIDA.

–Nunca tuve amigos como tú –dijo–. Nunca –y comenzó a berrear como un bebé. Cayó de rodillas, inclinó la cabeza y solo berreó. Lo levanté con suavidad, intentando no lastimar su mano quebrada. Se apoyó contra mi hombro y después de un rato dejó de llorar.

–Oye –susurré–, la gente creerá que soy gay.

Se rio. Me alegro de que se haya reído.

Papá. Yo

Papá se hallaba sentado frente a mí en la mesa de la cocina, leyendo el periódico de la mañana. Lo apoyó y me miró. Sabía qué era lo que se venía.

–Respecto del incidente en la funeraria…

–El incidente –dije–. Sí… No fue mi mejor momento.

–Eres bueno luchando.

Asentí.

–¿Necesitas una reprimenda?

Sacudí la cabeza.

–No soy un experto en lo que necesito, papá.

–Sabes lo que pienso acerca de resolver los problemas con los puños.

–Sí –dije–. No creo que me haya metido porque estuviera intentando resolver un problema –miré los ojos oscuros y suaves de mi padre–. No lo sé, papá. Tengo una especie de reflejo que se activa.

–Creo que comprendo lo que sucedió en la funeraria. Reaccionaste a una situación sobre la que no tenías ningún tipo de control. No voy a justificar el modo en que se comportaron los hermanos de Fito. Lamento que haya crecido en esa familia. Ninguno de nosotros tiene control alguno sobre eso. Mira, no te voy a castigar por este asunto. Y te aseguro que espero que tú tampoco lo hagas. La pregunta verdadera es: ¿qué hacemos ahora?

Asentí.

−¿Querrás decir qué hago *yo* ahora?

−Exacto. ¿Puedo hacerte otra pregunta? −no esperó a que le respondiera−. ¿En cuántas peleas te has metido desde que empezó el año?

−Un par, más o menos tres.

Asintió.

−Un par, más o menos tres. Algo está ocurriendo dentro de ti, y necesitas determinar qué es. No es algo que yo pueda hacer por ti. Puedo castigarte, puedo regañarte, pero no creo que eso resuelva lo que te sucede.

−Estoy intentándolo −respondí.

−Bien −asintió.

−Es difícil −dije.

−¿Quién dijo que crecer era fácil? Pero emplear tus puños no te hace hombre. Ya lo sabes. Supongo que tenía que decirlo.

−¡Ya sé, papá! −cielos, casi estaba gritando. Y temblaba−. Pero me pongo tan furioso. Me pongo muy furioso.

−La furia no es un sentimiento −dijo papá.

−Eso es una locura −respondí.

−Está bien, a ver si puedo explicártelo. La furia *es* una emoción, pero siempre hay algo detrás de la furia. Algo más fuerte. ¿Sabes lo que es?

−¿Acaso es una pregunta con trampa?

−Viene del miedo, hijo, de allí viene. Lo único que tienes que hacer es entender a qué le tienes miedo.

Oh, pensé. *¿Es todo?*

Papá y yo salimos a la fría mañana y jugamos a lanzar la pelota. Durante mucho tiempo no hablamos.

—¿Cuándo dejarás que lea tu ensayo? —me dijo al tiempo que atrapaba su tiro.

—No es para tanto. Lo bueno es que no todas las universidades a las que me estoy postulando requieren uno.

Seguimos arrojando la pelota de un lado a otro.

—Aun así, me gustaría leerlo.

—Está bien —dije—. Ya veré cuándo —le arrojé una bola rápida.

Papá atrapó mi bola rápida y me lanzó a su vez una.

—¿"Ya veré cuándo"? ¿En serio?

El viento comenzó a soplar con más fuerza. El tiempo siempre estaba cambiando. Un instante prácticamente hacía calor y estaba soleado, y al siguiente, un viento frío me entumecía el rostro.

Fito. Sam. Yo

Estábamos sentados a la mesa del comedor haciendo la tarea. Fito leía su libro de Historia. Le gustaba la historia: no tenía idea de por qué. Sam buscaba algo en Internet acerca de Langston Hughes, para su ensayo de Literatura. Langston Hughes era su nueva obsesión. Yo miraba fijo un problema de trigonometría. Trigonometría. ¿En qué diablos pensaba cuando tomé ese curso?

Sam echó un vistazo a Fito y cerró su laptop.

—Habla, Fito.

Él la miró fijo. Luego volvió a su libro de Historia.

—No te hagas el sordo.

—Solo necesito un poco de espacio para mí.

—Has estado viviendo toda tu vida en un poco de espacio.

—Hasta ahora me ha sido útil.

—¿Quieres vivir exiliado toda tu vida?

—¿Exiliado?

—Dame otra palabra y me conformo.

—¿Qué quieres que te diga? ¿Que estoy triste y toda esa mierda?

—Es un comienzo.

—Pues, *estoy* triste.

–Te entiendo –dijo–. Yo también me pongo triste –luego me señaló a mí–. Hasta él se pone triste. Su Mima está muriéndose. Es una mujer hermosa. Todos tenemos un motivo para estar tristes. No somos cerdos, ¿sabes? No se supone que debamos vivir en nuestra propia mierda.

Aquello nos hizo reír a Fito y a mí.

–Muy bien –dijo–. La risa es buena, y nos reímos bastante. Es genial. Cuando nos reímos juntos, es realmente genial.

–Silbar en la oscuridad –asentí.

Fito sacudió la cabeza.

–No sé qué voy a hacer.

–¿Cuál era el plan antes de que muriera tu madre?

–Obtener buenas calificaciones. Terminar la escuela secundaria. Ir a la universidad.

–¿Y tu madre iba a pagar todo eso?

–Ni hablar.

–Entonces, ¿qué ha cambiado?

–Está muerta –dijo Fito.

–Pues, bienvenido al club. Todos tenemos madres muertas. ¿Qué tal?

–No es una broma, Sam –repliqué.

–¿Crees que no lo sé?

–Apesta –dije.

–Sí, apesta.

–Sí –repitió Fito–. Supongo que estaba esperando que algún día mamá, pues, fuera simplemente una mamá.

Sam fue implacable y brutal.

–Aquella nave zarpó hace mucho tiempo, Fito; eso nunca iba a suceder.

–Pero esperaba que sí; tenía ilusiones. Ahora han desaparecido.

–No –dijo Sam–. No es cierto.

Entonces Sam adoptó aquella mirada de quien lo ha visto todo.

–Escucha, Fito, tu madre era una adicta. Tenía una enfermedad. La adicción es una enfermedad. Lo sabes, ¿verdad? –me vio mirándola, y me dirigió una mirada un tanto iracunda–. Búscalo, amigo. ¿Acaso no sabes nada? En la era de la información, elegimos vivir en la ignorancia –luego miró a Fito–. No sé si tu madre fue una persona buena o no. Pero *sí* sé que vivió atrapada en la enfermedad y que murió de esa enfermedad. No la juzgues. Y no te juzgues a ti mismo. Tal vez, no haya podido amarte, Fito. Pero quizás lo hizo a su manera. Estaba enferma: solo recuérdalo.

–¿Así que ahora eres psicóloga experta en adicciones? –pregunté.

Cruzó los brazos.

–No eres de *ninguna* ayuda. *De ninguna en absoluto.* Hay sitios web, ¿sabes?

–Y tú los conoces todos –respondí.

Fito interrumpió nuestro pequeño diálogo.

–No odiaba a mi madre –dijo–. Creí que la odiaba, pero estaba equivocado. Quería ayudarla… pero no sabía cómo. Sencillamente, no lo sabía.

Fito + palabras = ¿?

Sam buscaba unos zapatos específicos.

–Debo haberlos dejado en casa –dijo–. En casa –repitió–. Supongo que ya no es mi casa.

Llevamos a Maggie con nosotros a la antigua casa de Sam para que visitara a Fito. Pero él no estaba allí. Le envié un mensaje de texto:

YO: ¿Dónde estás?

FITO: Trabajando en el K

YO: Estamos en casa de Sam buscando unos zapatos

FITO: Genial, hasta más tarde. Tengo clientes

Sam revisó el armario, pero no había nada allí. Miró en el armario de la habitación libre, y allí estaban.

–Amo estos zapatos –dijo.

–¿Cuántos pares de zapatos puedes amar?

–Es como dice papá: "El amor es infinito".

–No creo que tuviera los zapatos en mente.

Cuando volvimos a la sala, Sam se detuvo.

–¿Qué son esos?

Sobre un pequeño estante que Fito había acomodado junto al sofá, había un conjunto de libros de cuero.

Sam se acercó y levantó uno. Lo abrió.

—Guau —comentó—. Es un diario. Fito escribe un diario —lo cerró y levantó otro—. Sip, son todos diarios. Y hermosos —creí que comenzaría a leer el que tenía entre manos.

—Déjalo, Sam —dije.

—Nunca nos contó que escribía un diario.

—¿Es algo que tengamos que saber? —Sam tenía aquella mirada en el rostro—. No respondas esa pregunta.

—Hay toda una vida dentro de estos diarios.

Sabía lo que le esperaba a Fito.

Sam era incapaz de dejar las cosas en paz.

Tarea. Madres

Me encontraba protestando frente a la mesa del comedor mientras hacía la tarea.

—¿Por qué nos hacen tomar Matemáticas?

—Solo cállate y trabaja —dijo Sam.

—No tengo ganas de trabajar —respondí.

—Yo era la que decía ese tipo de cosas.

—Tal vez, hayamos intercambiado espacios emocionales.

—¿Cómo se siente estar fuera de control?

—Cállate —repliqué.

Me levanté y fui al refrigerador. No sé lo que buscaba. Había algunas tortillas de harina compradas en la tienda, y pensé en Mima. Y no sé por qué, pero pensé en mamá.

Como si Sam hubiera estado en la misma frecuencia, me encaró.

—Es hora de hacer algo con las cenizas de mamá —dijo.

—¿Qué tienes planeado? —pregunté.

—Oh, lo he pensado un poco y creo que ya sé.

—¿Quieres contarnos?

—Sí —añadió Fito.

—Lo haré pronto —dijo ella.

—¿Es todo?

—Sí.

Luego me miró con un signo de interrogación en el rostro.

—¿Dónde está enterrada tu mamá?

—No lo sé.

—¿No lo sabes?

—En realidad, jamás pregunté.

—Creo que deberías preguntar.

—Sí, tal vez.

Sam volvió la mirada a Fito.

—¿Dónde enterraron a tu mamá, Fito?

—La cremaron.

—¿Cómo te enteraste?

—Llamé a mi tío. Dijo que lamentaba todo el episodio del funeral de mamá.

—¿Tienes una relación cercana con él?

—No.

—¿La quieres tener?

—No.

—¿Por qué?

—Es un *dealer*: así obtiene su dinero. Piensa que es muy superior porque no consume drogas y toda esa mierda. Vive a costa de los adictos: es una basura. No hablemos de eso —luego me miró—. Preparemos café.

Asentí.

Fito siguió hablando.

—En fin, desparramaron sus cenizas en el medio del desierto.

—¿Le agradaba el desierto?

—No lo sé. Supongo que sí.

—¿Por qué no te llamaron? —advertí que Sam estaba furiosa.

—No les importo.

—Que se pudran.

—Sí —entonces volvieron a aparecer las lágrimas en su rostro—. Lo siento —dijo—. No quiero deprimirlos y toda esa mierda.

—No nos deprimes —respondí—. ¿Saben qué? Busquemos las llaves del auto y vayamos a beber cafés moca con doble porción de chocolate y crema batida.

Fito me disparó una sonrisa torcida.

—Se me antoja algo de eso.

—A mí también —asintió Sam.

Me pregunté si beber café moca con doble porción de chocolate a las nueve y media de la noche tendría algo que ver con la cuestión de silbar en la oscuridad.

Tal vez, sí.

Nieve. Frío. Fito. Mima

Le envié un mensaje de texto a Sam cuando desperté:

Está nevando

No hubo respuesta.

Así que la llamé.

—Está nevando.

—No te creo.

—Mira por la ventana.

Nos levantamos y nos vestimos a toda prisa.

Papá bebía café, y Marcos estaba sentado frente a él. Le disparé a papá una mirada, y él me miró a su vez.

—No, no pasó la noche acá —dijo.

—¿Y qué si lo hubiera hecho?

Sam entró en la cocina y les dirigió a papá y a Marcos una sonrisa.

—No pasó la noche —dije.

—¿Y qué si lo hubiera hecho?

Marcos puso los ojos en blanco.

—Qué par de payasos.

–Gracias por ayudar a Fito –le dije a Marcos. Este me miró sin comprender–. Me refiero, por ayudarlo a conseguir un terapeuta.

–No es nada del otro mundo.

–Creo que sí lo es –respondí.

–El muchacho merece un respiro –asintió Marcos.

–Sip –dije–. Es un buen tipo.

–Sip –repitió Sam–. Lo queremos.

Papá lucía una enorme sonrisa en el rostro. Miré por la ventana de la cocina.

–Cómo nieva.

–Pueden ir a jugar en la nieve. Hoy no hay colegio.

Una cosa que amaba de El Paso era que si caían un par de copos de nieve, suspendían las clases. Emotivo. Sam ya se encontraba enviándole un mensaje a Fito. Me serví una taza de café y pensé en Marcos sentado allí. Realmente quería saber qué hacía tan temprano por la mañana, pero sería visto como un completo idiota si comenzaba a hacer demasiadas preguntas. No era asunto mío. Aunque un poco, sí. Y bueno, no estaba acostumbrado a que papá tuviera un novio… aunque quería que tuviera a alguien. Supongo que el deseo de que papá tuviera novio era en realidad solo algo teórico.

Cuando Sam y yo salimos fuera, la nieve caía con fuerza. Fito estaba en camino. Sam comenzó a girar en la nieve en el jardín delantero, y le tomé algunas fotografías con mi teléfono. Luego yo también comencé a girar. Pensé en las hojas amarillentas de Mima, y luego sentí una bola de nieve que me golpeaba el costado de la cabeza.

Levanté la mirada y vi a Fito riéndose como loco. Al menos, hasta que Sam le dio directo en el rostro con su propia bola de nieve. Nos enzarzamos en una feroz pelea de bolas de nieve en el medio de la calle. Comenzamos a correr de un lado a otro, inclinándonos detrás de autos estacionados, haciendo equipo entre nosotros, y luego traicionándonos unos a otros. Algunos de los demás chicos del vecindario salieron y se unieron a la diversión. De pronto, pareció que había chicos que salían de todas partes, de todas las casas, de toda calle aledaña… e incluso papá y Marcos comenzaron a arrojarse bolas de nieve entre sí en el jardín delantero, y pensé, *¿acaso no es genial?*

Y era todo tan fantástico.

¡Estábamos jugando! ¡Estábamos jugando!

Un instante se desataba una batalla en una funeraria y volaban agresiones por el aire como proyectiles… y unos días después había una pelea de bolas de nieve, el sonido de Sammy chillando de risa y de Fito arrodillado en el suelo doblegado por la risa.

Cielos, era realmente hermoso. Muy, muy hermoso.

Rata

Tenía la esperanza de que hubiera menos drama en mi vida. Tenía la esperanza de que se calmara. Sí, lo que quería era un poco de calma. Pero no. Tenía que suceder otra cosa más. Por supuesto. Así que el último día de clases, antes del receso de Navidad, sucedió. Camino al almuerzo, recibí un texto de Sam:

SAM: ¡Ve al locker de Fito ahora mismo!

Salí trotando al locker de Fito. Sam se encontraba en pleno despliegue dramático, sacudiendo una nota delante del rostro de Enrique Infante.

—*Marica* se escribe con *c*, ignorante.

Llegué justo en el medio.

—Oigan, oigan, qué…

Este imbécil estaba pegando esto… —me mostró el trozo de papel con la palabra MARIKA escrita encima— en el locker de Fito. En ese mismo instante la señorita Salcido, mi profesora de Literatura, se unió a nuestro pequeño grupo. Sam estaba demasiado ocupada maldiciendo a Enrique Infante como para advertirlo, mientras gritaba—: Dame una buena razón para no patear tu pequeño trasero intolerante.

–Inténtalo, puta.

Y eso fue todo. Sam le dio una bofetada tan fuerte que cayó hacia atrás, aturdido. Sabía que la atacaría, así que me interpuse entre los dos, y estaba a punto de lanzarle un puñetazo entre los ojos cuando la señorita Salcido se desparramó sobre nosotros como la cobertura de chocolate de un pastel.

–¡Ya mismo a la oficina del director! –el señor Montes y la señorita Powers habían aparecido como refuerzo. Enrique Infante no mejoraba sus perspectivas al repetir "No puedo creer que esta puta me haya abofeteado", y me costó un gran esfuerzo no pegarle a ese pequeño pedazo de mierda. Mientras caminábamos hacia la oficina del director, Sam aferraba en el puño la evidencia y le explicaba a la señorita Powers que Enrique se lo merecía. Por nuestra parte, Fito y yo mantuvimos la boca cerrada.

Cuando entramos en la oficina del señor Cisneros, sacudió la cabeza. Me miró a mí y luego a Enrique.

–Creí que ustedes dos se mantendrían alejados el uno del otro.

No sé qué se me metió, pero me sentía lleno de agallas.

–Pues no resultó según el plan –dije–. Hace un par de semanas, pasé a este payaso en el corredor y me llamó maricón. Aparentemente, se ha enamorado de esa palabra.

Sam se metió enseguida.

–Y cuando Fito y yo caminábamos hacia su locker, este bufón –señaló a Enrique– se hallaba pegando esta nota en el locker de Fito –colocó la evidencia sobre el escritorio del señor Cisneros–. Y encima de todo, ni siquiera sabe escribir correctamente.

Advertí que la señorita Powers hacía lo imposible por no sonreír.

El señor Cisneros dirigió una sonrisa mordaz a Sam.

–Bueno, ya hemos estado de visita por aquí, ¿no es cierto?

–Y ella me abofeteó –intervino entonces Enrique Infante–. Me refiero a que me golpeó bien duro.

–Te lo merecías –dije–. Y estabas a punto de atacarla. Estabas a punto de pegarle a una chica. Y lo habrías hecho si yo no hubiera intervenido. Tienes suerte de que no haya limpiado el suelo contigo, amigo. No tienes vergüenza, ¿eh?

El señor Cisneros miró a los profesores.

–¿Cuál de ustedes llegó primero a la escena del crimen?

La señorita Salcido tomó la palabra.

–Oí una discusión, y salí al corredor justo cuando el señor Infante soltó la palabra con la P refiriéndose a la señorita Díaz.

El señor Cisneros me miró.

–¿Harás que tu padre vuelva aquí? –fue entonces que supe que papá debió increparlo realmente, aunque en el buen sentido, en un estilo muy Vicente Silva.

–Depende de cómo salga esto –dije.

El señor Cisneros miró directo a Enrique.

–Ya has estado en esta oficina… ¿cuántas veces? ¿Cuatro en lo que va del año? Pídele disculpas al señor –miró a Fito–, ¿cuál era tu nombre?

–Fito.

–Pídele disculpas a Fito por usar esa palabra. Supongo que intentabas humillarlo delante de todo el alumnado.

Enrique Infante había adoptado su típica expresión taciturna.

El señor Cisneros comenzó a irritarse.

–Te dije que pidieras dis-cul-pas.

–Discúlpame –dijo Enrique.

–No estoy seguro de que el señor Fito haya oído.

–Discúlpame, Fito –Enrique Infante no estaba contento. Para nada. Me pareció advertir que sus orejas le ardían. No es que estuviera rezumando tristeza.

Para nada.

–Ahora pídele disculpas a la señorita Díaz por referirte a ella con esa expresión.

–Lo siento, Samantha.

–No alcancé a oír demasiado bien –dijo ella. Les aseguro que aquella Sam podía ser bastante temeraria.

–Dije que lo sentía.

Entonces el señor Cisneros miró directo a los ojos a Sam.

–Ahora tú le pides disculpas por abofetearlo.

–Enrique Infante, discúlpame por abofetearte –casi, casi ocultó el sarcasmo. Pero no del todo.

Entonces el señor Cisneros hizo algo que casi me hizo perdonarlo por ser un imbécil pretencioso. Rompió el trozo de papel mal escrito con la palabra *marika*.

Nos encontramos en mi locker tras el último timbre.

–Cielos –dije–, qué día.

Sam sonreía. Esa chica sí sabía sonreír.

–Para mí fue un día bastante bueno.

–Sí, conseguiste abofetear a Enrique Infante.

–He estado muriéndome por hacerlo desde el año pasado. Es una rata. Pero en fin, ¿te acuerdas de aquello de lanzarte en el desagüe para atrapar una rata?

–Sí.

–Aún me queda mucho camino por recorrer, Sally.

–Sip. Pero ¿sabes, Sam? Las cosas podrían haber terminado muy mal. Ese tipo podría haberte lastimado de verdad. Qué suerte que justo aparecí. Tuviste suerte.

–Lo sé, Sally. ¿Y qué habrías hecho… si me hubiera lastimado?

–Sam, no quiero ni pensar en ello.

–Yo sé lo que yo habría hecho –dijo Fito–. Habría matado a ese *pinche rata*.

–¿Matar a alguien? Nefasto. ¿Cuándo es tu próxima sesión con el terapeuta?

Fito sonrió.

–Buena, Sally –ahora había dos personas que me llamaban Sally.

La verdad era que habría lastimado a Enrique Infante en serio. Si tan solo le hubiera puesto un dedo encima a Sam, realmente lo habría lastimado. Pero ¿y si lo hubiera lastimado *de verdad*? ¿Y si lo hubiera hecho? Oí la voz de papá en mi cabeza.

Resuélvelo, hijo.

Mima. Yo

Llamaba a Mima todos los días. Siempre me decía *hijito de mi vida*. No sonaba igual en inglés que en español. Algunas cosas no tienen traducción. Tal vez fuera el motivo por el que había tantos malentendidos en el mundo. Por otro lado, si todo el mundo hablara un solo idioma, el mundo sería un lugar bastante triste. No es que yo hablara francés, italiano o hebreo.

Pero el español era sagrado porque era el idioma de Mima, y el idioma de papá... aunque fuera difícil darse cuenta. Él no hablaba inglés con acento, como Mima. Pero cuando hablaba español, le salía perfecto. Ese idioma le pertenecía como jamás nos pertenecería a mí o a Sam. Bueno, por lo menos yo no hablaba español como un gringo. Sí, me molestaba bastante el tema. Lo único que importaba era que mis tíos y tías siempre me habían tratado como si fuera de los suyos. Como si perteneciera. Nadie en mi familia me había hecho sentir jamás como un niño adoptado. Sea cual fuera esa sensación.

Llamé a Mima.

—Hola —oí su voz que se apagaba.

—Hola, Mima.

—Hola, *hijito de mi vida* —grabé una parte de la llamada, y Mima no se enteró. Para que su voz nunca se extinguiera.

PARTE 6

En la distancia, veo una tormenta avecinándose; se acercan a mí las nubes oscuras y los relámpagos sobre el horizonte. Espero largo tiempo que llegue la tormenta. Y cuando llega, la lluvia lava las pesadillas y los recuerdos. Y no tengo miedo.

Sam. Brutal. Sip

Vacaciones de Navidad, y sentía que las necesitaba. Fuimos al cine Fito, Sam y yo. Comimos palomitas de maíz y después pasamos a visitar no sé bien a quién. Fito nos consiguió cervezas, una para cada uno. Bueno, después de todo *eran* las vacaciones de Navidad. Fuimos a casa de Sam, preparamos sándwiches y pasamos el rato.

–Cómo odio a ese Enrique Infante –dijo Sam mientras comíamos nuestros emparedados y bebíamos nuestras cervezas–. ¿De dónde salen ese tipo de ratas?

Encogí los hombros.

–De las familias.

Fito asintió.

–De familias jodidas.

–Claro –dijo Sam–, claro –y luego me miró y agregó–: Tú, yo, papá y Maggie somos la familia más normal del planeta.

–Bueno –respondí–, no sé si somos normales.

–Claro que no lo somos –replicó Sam–. ¿Y sabes lo que más me cabrea? La actitud de la gente. Enrique Infante, paseándose por todos lados y llamando *maricones* a las personas. Y Charlotte Bustamante, por ejemplo, se me acercó la semana pasada y me preguntó: "¿No te da un poco de miedo vivir con un tipo gay? Lamento lo de tu mamá y todo eso, pero ¿no te resulta un poco...?". La paré en seco. No se imaginan cómo la mandé al demonio.

Me imaginé toda la escena.

A Sam le encantaba contarte toda la historia.

–La miré fijo y le dije: "Sé que te lo dicen a menudo, pero vale la pena repetirlo. Eres una imbécil. Y aquello de que lamentas lo de mi mamá, no vayas por ahí diciéndole a la gente que lo lamentas cuando no lo dices en serio. La próxima vez que te oiga decirlo, voy a darte una buena bofetada".

Le dirigí una de mis sonrisas.

–¿En serio? ¿Le darías una buena bofetada?

–Pues no, pero ¿puedo al menos disfrutar de ese pensamiento fugaz?

–Apesta –dije.

–Apesta –dijo.

Pero creo que ambos reímos para nuestros adentros.

Fito. Sam. Yo. Enviar mensajes

Fito pasó cuando estaba preparando el desayuno.

—¿Por qué no estoy incluido en la palabra del día?

Encogí los hombros.

—Nunca lo pensé. Tampoco te incluimos para salir a correr.

—Eso me tiene sin cuidado —contestó—. Soy demasiado delgado para correr, y además he estado corriendo toda mi vida.

—Eso no tiene sentido —respondió Sam.

—Yo me entiendo —dijo Fito.

—Me lo imagino —comenté.

Luego añadí:

—¿Quieres tomar el desayuno?

—¿Tienes que preguntar?

Le freí un par de huevos mientras Sam le preparaba unos panes tostados. Miró el plato que tenía delante.

—¿Sin tocino?

—Arréglatelas con Sam; se lo comió todo.

Me senté con una taza de café.

—Palabra del día —dije—. Bueno Fito, te toca a ti.

Sacó su iPhone y nos envió un mensaje a Sam y a mí:

FITO: PDD: madres

Sam y yo leímos su mensaje, y ella le respondió:

SAM: Madres. Sí

YO: Sí

FITO: Mi madre se llamaba Elena. En realidad, María Elena

SAM: Dulce

YO: Sí, dulce

SAM: Sylvia. Sylvia Anne

YO: ¿Sylvia Anne? Bonito

SAM: ¿Sally? ¿La tuya?

YO: Alexandra. Le decían Sandy

SAM: ¡No lo sabía! Guau

FITO: Guau. Alexandra. Me gusta

SAM: Tenían nombres

YO: Sí, tenían nombres

Apoyamos nuestros teléfonos. Era como si hubiéramos aprendido algo, pero no supiéramos muy bien cómo ponerlo en palabras.

–Juguemos a lanzar la pelota –dije.

–¿Sin papá? –preguntó Sam.

–Sí, sin papá.

Cenizas

Estaba en la cama, y me encontraba contemplando seriamente abrir la carta de mamá. Recibí un mensaje de Sam:

SAM: Mañana. Cenizas de Sylvia

YO: ¿?

SAM: Hablé con tía Lina. Hable con papá. Está decidido

YO: ¿Y soy el último en enterarme? ¿En serio?

SAM: Tranquilo. ¿Estás enojado?

YO: En realidad, no. ¿Le dirás a Fito?

SAM: Le enviaré un mensaje ahora

YO: ¿Cómo te sientes?

SAM: ¿Cómo me siento? Hmm. Ya es tiempo, Sally

YO: Buena chica

SAM: ☺ Buenas noches, Sally

YO: Buenas noches, Sammy

SAM: ¿Me envías a Maggie?

YO: Esta noche te la presto

SAM: Qué dulce

Realmente debí estar muy dormido porque sentí que alguien me jalaba del hombro, y escuchaba una y otra vez una voz instando a que me despertara.

–¡Despiértate! Vamos. Despiértate, Sally –pensé que era un sueño, pero allí estaba Sam, parada delante de mí, con la urna que contenía las cenizas de su madre–. Ya es hora –dijo.

–¿Hora?

–Para ir a esparcir las cenizas de mamá.

–Oh, sí. Claro.

–Necesitas un café.

–Sí, necesito un café.

–Vamos, Fito ya está en camino. Y la tía Lina. Y Marcos.

–¿Le pediste a Marcos que viniera?

–Sip.

–Mírate –dije.

–Me está comenzando a caer bien.

–Sí, me doy cuenta –asentí.

–¿Y a ti, Sally?

–Dame tiempo.

–Darte tiempo, darte tiempo.

–Silencio.

–Sigues medio dormido.

–Sip.

--Sigues recostado.

–Sip.

–Levántate, idiota.

–Está bien –dije, pero no me moví.

–No me iré de esta habitación hasta que no saques el trasero de la cama, Sally.

–Está bien. Me estoy levantando –me senté y puse los pies sobre el suelo–. Date vuelta para que pueda ponerme los pantalones.

–No es como si jamás te hubiera visto en tu ropa interior.

–Soy pudoroso.

–Chico tonto –se giró para darme la espalda–. Pudoroso, una mierda.

Me puse los pantalones y le di un golpecito sobre el hombro.

–Ahora puedes mirar.

Nos miramos.

–Así que llegó el día –dije.

–Sí –repitió–. Llegó el día.

Fuimos al Cañón McKelligon: Sam, Fito, Marcos, papá, Lina y yo. Estacionamos los dos autos, pagamos la tarifa y emprendimos el camino hacia la cima de la montaña. Sam llevaba la urna de su madre en la mochila. No hablamos; Sam quería que todos guardáramos silencio. Era buena dando instrucciones. No hablar. No hablar era un gran logro para ella. Me refiero a que Sam y el silencio no hacían buena dupla.

Cuando llegamos a la cima de la montaña, el viento estaba frío, pero no me importó. Era extraño y hermoso, y me sentí completamente vivo. Miramos a través de la espectacular vista. En ese momento no me fue difícil creer en Dios. ¿Quién si no podría haber creado esto? Alcanzábamos a ver el río, el valle y las casas del lado occidental del pueblo. Se veían pequeñas y lejanas, y las calles parecían ríos. Era imposible darse cuenta de si una casa era grande y pertenecía a una persona rica o si era pequeña y pertenecía a una persona pobre. Todo era tan grande, vasto y milagroso. Me sentía tan pequeño, y no me importó en lo más mínimo. Yo *era* pequeño.

Sam se quitó la mochila, miró a papá y luego a Lina, y asintió. Entonces me miró a mí. Temblaba y se mordía el labio, y sabía que estaba siendo terriblemente fuerte y que le estaba costando mucho, pero que estaba dispuesta a pagar el precio porque necesitaba hacer esto.

–Ya estoy lista, Sally.

Le sequé las lágrimas que le corrían por el rostro.

Ella me entregó la mochila.

–¿Me sacas la urna, Sally?

–Sí –susurré.

Abrí la cremallera de su mochila, extraje la urna con cuidado y la puse entre sus manos temblorosas.

Ella la tomó con fuerza.

–Le gustaba este lugar –su voz se quebró–. Solía traer a todos sus novios aquí –se rio. Y luego dejó de temblar–. Solo lo sé porque leí sus diarios. Tenía diarios. No parecía ese tipo de persona, pero era uno de sus pasatiempos –hizo silencio durante lo que pareció un largo rato–. Oh, lo olvidé –me dio la urna, sacó un papel y entregó una hoja a cada uno de nosotros. Era una foto del espejo donde Sylvia había escrito *Solo porque mi amor no sea perfecto, no significa que no te ame*–. Así será cómo la recordaré siempre.

Luego tomó la urna de mis manos, levantó la tapa y la inclinó lentamente hasta que las cenizas cayeron fuera. El viento levantó las cenizas de Sylvia y las sopló sobre el desierto.

Sam me tomó de la mano y miró lo que tenía delante.

–¿Qué haría sin esta mano? –susurró entonces.

Oh, árbol de Navidad, Oh, árbol de Navidad

Sam puso un poco de música navideña, y cantaba acompañando la letra de *Oh, árbol de Navidad, Oh, árbol de Navidad*. Había muchas cosas que Sam podía hacer, y cantar no era una de ellas. Pero estaba pasándolo bien, así que no me importó.

Me hallaba recostado en el sofá, intentando leer sobre le Guerra Civil. Fito estaba recostado sobre el suelo, justo delante del árbol de Navidad. Estaba enloquecido con el árbol. Sam tenía su laptop delante, y buscaba el sitio web de Stanford, soñando su sueño.

—Me gusta la Navidad —dije.

—A mí no tanto —respondió Sam—. Tú y papá siempre iban a casa de Mima, y no tenía otra opción que quedarme con Sylvia, que por lo general no estaba de buen ánimo. Por algún motivo, solía estar sin novio en la época de Navidad, así que mirábamos muchas películas. Aunque sí comprábamos montones de zapatos. Siempre me alegraba cuando acababa la Navidad.

Fito escuchaba a Sam. Seguía con la vista fija en las luces del árbol.

—Eso no me suena tan malo. Recuerdo una Navidad en que mamá de hecho consiguió un árbol. Y mi hermano y yo lo decoramos, y me sentía como un niño muy feliz. E iba por toda la casa silbando. Me encantaba silbar. Luego, una noche mamá se puso de mal humor, o estaba drogada, o no sé lo que le pasaba, pero comenzó a gritar y a comportarse de modo desquiciado, lo cual era normal, y luego comenzó a increparme y dijo que no soportaba que silbara. "Y solo por eso", dijo, "voy a deshacerme del árbol"; y lo arrojó fuera. Sí, la Navidad era una mierda en casa. Pero ¿saben? De todos modos me gustaba. Me gustaba pasearme y ver todas las luces, y me gustaba ver los pesebres con Marías, Josés y Niños Jesús. Me gustaba todo eso. Y había una canción que escuchaba, y solía cantármela a mí mismo mientras recorría las calles de un extremo a otro, mirando las luces –y Fito comenzó a cantar una canción que me encantaba, una canción bastante triste–. "Pienso mientras camino". Y la cantaba… como si la hubiera escrito.

Y luego dejó de cantar y sonrió.

–Sí –dijo–. Me gusta la Navidad –Sam y yo nos quedamos completamente callados.

–Guau, Fito –respondió ella entonces–, tienes una voz hermosa. Puedes cantar de verdad.

–Sí –asentí–. ¿Por qué no nos contaste jamás que podías cantar?

Encogió los hombros.

–Supongo que nunca me lo preguntaron.

Sam cerró la laptop.

–Fito –dijo–, ¿sabías que antes no me agradabas? Me debería dar vergüenza. Realmente, me debería dar vergüenza.

Tierra. Bolsas de papel. Velas

—Jamás he fabricado luminarias.

—Yo tampoco.

Miré a Fito y a Sam.

—Estoy a punto de echarlos de mi club exclusivo de miembros mexicanos. ¿Alguna vez han hecho algo mexicano?

—Yo fui a los Tacos de Chico.

—Yo también.

—¿Cuál?

—El que está sobre Alameda.

—Yo también.

—Bueno, tal vez los deje entrar.

—Cállate, gringo.

Los volví a mirar. A ambos.

—Pochos. Son dos pochos. Mexicanos a medias.

Ellos solo rieron.

Les había enseñado a Fito y a Sam a doblar las puntas de las bolsas de papel color café. Había que tener cuidado porque si estabas demasiado apresurado, las bolsas se rompían. Una porquería. Así que aprendieron a doblar. Tomé una pala y vertí alrededor de quince centímetros de arena en cada bolsa. Mientras lo hacía, comencé a pensar en la pala del entierro de mi abuelo. Odié esa imagen que tenía grabada en el cerebro, así que simplemente la hice a un lado pensando en una canción. Supongo que era otra manera de silbar en la oscuridad.

Estábamos en el jardín trasero del tío Mickey. Tenía bastante tierra dado que su perro Buddy había escarbado la mitad del césped.

Allí estábamos los tres, fabricando luminarias.

—De cualquier modo, ¿a quién diablos se le ocurrió esto de las luminarias?

—A los españoles del norte de Nuevo México. En Navidad, solían encender pequeñas fogatas sobre los senderos para iluminar el camino hacia la misa de medianoche. Creo que fue así. Fueron las primeras farolas. Luego las fogatas se transformaron en bolsas de papel, algo así como faroles de papel. Solo que se apoyan sobre el suelo.

Sam me regaló una de sus miradas. Si no hubiera estado doblando las bolsas de papel, habría cruzado los brazos.

—Gracias, profesor Silva, por la breve lección de historia.

—¿No me crees? Búscalo en Wikipedia.

Dejó de doblar, sacó el celular y comenzó a hacer lo suyo. Lo leyó y me miró.

—Pues sí, vaya mérito. Sabes un par de cosas.

Tengo que decir que me sentía bastante envanecido. Dejé caer la pala y comencé a bailar en círculos, sacudiendo las manos en el aire como un ridículo total. Y luego comencé a cantar una melodía inventada:

—Ahora, llámenme gringo. Ahora, llámenme gringo.

Y Fito no podía más de la risa.

—*Vato*, acabas de demostrar que eres absolutamente blanco. Bailas como la mierda.

—Ah —dije—, pónganse a trabajar.

Nos estábamos divirtiendo. Me pregunté por qué uno de nuestros hobbies era fastidiarnos entre nosotros; supongo que eran los códigos de la amistad. Es posible que a veces no entendiera las cuestiones del corazón. Pero si nos hacíamos reír y sonreír entre nosotros, tal vez era parte del modo en que los seres humanos se amaban.

Cuando terminamos de doblar y llenar todas las bolsas de papel, Fito miró nuestra obra.

–Tú y tu tribu. Están hasta el cuello de tradiciones, ¿lo sabías?

–¿Quieres que me disculpe?

–¿Acaso es tu manera de decirme *vete al diablo*?

–Eres rápido, Fito. Eres muy rápido.

Pusimos ciento cincuenta luminarias alrededor de la casa de Mima, y adentro de cada bolsa, una vela en el centro.

–Ah –comentó Fito–. La arena. Lo entiendo. Así no se prenden fuego las bolsas.

–Como dije, Fito, eres rápido.

–Lo dices una vez más, y te haré lo que le hice a mi hermano en la funeraria.

–No estoy seguro de que el terapeuta esté funcionando para ti.

Sam comenzó a reírse, y dijo que tal vez Fito y yo debíamos salir de gira con nuestro show.

–A cualquier lado –añadió–, mientras sea bien lejos de mí.

Papá, el tío Mickey y el tío Julián encendieron las luminarias cuando se puso el sol. Era una noche diáfana, y solo había una brisa ligera. El tiempo perfecto para encender luminarias. Mima ya no caminaba, y la tía Evie y la tía Lulu la ayudaron a sentarse en la silla de ruedas, la abrigaron e insistían en preguntarle si estaba segura de querer salir fuera.

—¿Y si te enfermas?

Mima las miró. Me refiero a que aún podía dirigir sus clásicas miradas.

—Tengo cáncer —dijo—. *Estoy* enferma.

Me guiñó el ojo. Empujé su silla afuera y nos detuvimos al final de la entrada de autos para que pudiera ver las luminarias. Los faroles le daban un aspecto tan suave a todo, como si un par de velas enfundadas en bolsas de papel pudieran apaciguar la noche. Sam, Fito y yo comenzamos a cantar su canción en latín. La habíamos practicado muchas veces, pero fue la voz de Fito la que nos guio: *Adeste fideles laeti triumphantes, venite, venite...* Cuando terminamos, las lágrimas caían copiosas sobre las mejillas de Mima. Sabía que eran lágrimas buenas.

Me tomó de la mano y la apretó con fuerza... como si nunca hubiera querido soltarla.

Ahora sabía por qué las personas decían cosas como *Me llevaré esto a la tumba*. Siempre supuse que era algo malo. Pero en ese momento advertí que a veces podía ser algo bueno. Y no solo algo bueno, sino algo maravilloso.

Las luminarias, iluminando la noche de invierno.

Las velas, en bolsas de papel.

Las lágrimas de Mima.

La Navidad.

Misa de Medianoche

Mima había asistido a la Misa de Medianoche todos los años de su vida. Este año, no. Nunca más. Papá nos dijo que nos vistiéramos, así que lo hicimos.

Mima se sentó en un sillón en la sala. Estaba despierta. Estaba pensando. Tenía la mano de la tía Evie en la suya.

Nos paramos delante de ella.

Sam y yo saludamos con la mano.

Papá la besó.

—Nos vamos a la misa.

El rostro de Mima se iluminó. Igual que una luminaria.

Navidad

Mañana de Navidad.

Me hallaba sentado junto a Mima en la sala. La tía Evie y papá tuvieron que ayudarla a sentarse en su sillón, aquel en el que le gustaba sentarse. Nubes oscuras se acercaban. No hacía suficiente frío para que nevara.

Lluvia.

La lluvia no era buena para las bolsas de papel.

La lluvia no era buena para las luminarias.

Mima y yo mirábamos mi libro de fotografías, el que le había preparado. Las miró y sonrió, y supe que estaba recordando.

Ya no hablaba mucho.

Una palabra por acá, otra palabra por allá.

A veces, una oración completa.

Señaló una foto de ella, Papo y yo, en la que yo tendría unos diez años. Estábamos todos elegantes.

—El cumpleaños de papá —dije. Ella se rio de la leyenda de la foto: *Mima es más bonita que Papo.*

Se quedó mirando una foto de Sam y yo cuando teníamos siete años, sin los dientes delanteros. Estábamos parados en el jardín de adelante.

Era verano, y teníamos las hojas de la morera detrás. La leyenda decía: *Siempre fue mi hermana.*

–Hermosa –dijo.

Volteé la página, y sonrió. Era una foto del día en que construimos la pirámide humana en mi jardín trasero y yo me hallaba en la cima. La leyenda decía: *Un día todos estos mexicanos construyeron una pirámide hasta el sol.*

–Ustedes fueron mi pirámide –susurró–. Todos ustedes.

Sueño

Desperté en medio de la noche. Soñé que abría la carta de mamá, y ella estaba sentada a mi lado. Tomaba la carta y decía: *Dame, Salvador, déjame leértela.*

¿Qué sucedía si comenzaba a recordar a una madre de la cual no tenía recuerdos reales?

No pude volver a dormir.

Miré alrededor de la habitación y recordé que seguíamos en casa de Mima. Estaba durmiendo en el sofá. Quería entrar en su dormitorio y contarle mi sueño.

Pero ella dormía.

No quería despertarla.

En casa

Tres días después de Navidad, papá estaba sentado en el porche delantero con Mima, que estaba en un buen día. Papá miró la morera.

—Recuerdo cuando papá plantó esa morera.

—Yo también lo recuerdo —dijo Mima—. Es un árbol hermoso. Me he sentado a la sombra de ese árbol durante muchos años.

Mima era como el árbol: en este desierto donde había crecido, ella me había protegido del sol.

Ella era un árbol. ¿Cómo podía vivir sin este árbol?

- -

Sam tomó el volante y nos condujo a casa.

—Quiero un auto —dijo.

—Hay que comprar los autos —respondió papá—. ¿Estás lista para pagar las cuotas?

—Estoy lista —afirmó ella.

Me pareció que lo estaba.

Fito apagó su teléfono. Siempre estaba jugando con él.

—Falta poco para Año Nuevo —dijo—. Eso significa que tenemos la oportunidad de volver a empezar.

–¿Crees en eso? –pregunté.

–Tal vez. Tal vez sea solo un deseo de creer en ello.

–Yo también quiero creerlo.

–Entonces, créelo –dijo papá–. ¿Qué te lo impide?

–Yo lo creo –afirmó Sam.

–Hagamos algo genial para fin de año.

–Apoyo la moción –comentó papá.

–Yo también –asentí.

Fin de año

Estaba pasando el rato con Maggie y papá tras nuestra corrida matutina. Papá miraba el cigarrillo que tenía en la mano.

—Odio estas cosas.

—Pero también las amas.

—Sí —se rio.

—Dijiste que era una relación sin complicaciones. No era cierto, ¿verdad?

—Supongo que no —encendió su cigarrillo—. ¿Cuál es el plan para fin de año?

—Sam, Fito y yo pensábamos ir del otro lado de la frontera, a Nuevo México, y comprar algunos fuegos artificiales para lanzar en el desierto.

—¿Ah, sí? ¿Tienen auto?

—No te hagas el gracioso, papá.

—Es un tema que te irrita, ¿verdad?

—Soy el último chico de los Estados Unidos en tener auto.

—No es cierto.

—Sabes a lo que me refiero.

—Guau, supongo que he logrado enviarte directo al sillón del terapeuta.

—¿Qué? ¿Ahora repites lo que dice Sam?

–Tienes dinero en el banco. Puedes comprarte una chatarra si lo deseas.

–Nunca me lo dijiste.

–Nunca dije que no pudieras tener un auto. Solo dije que yo no te iba a comprar uno.

–¡Oh, maldición! ¿Quieres decir que pude haberme comprado un auto?

–Sí –papá estaba riéndose–. No es culpa mía si no pensaste en ello –me frotó el cabello–. Parece que eres el último en enterarte...

No tenía opción; no tenía a nadie a quien culpar sino a mí mismo. Así que me senté allí y me reí de mí.

Luego miré a papá.

–¿Y por qué no querías comprarme un auto?

–Te di todo lo que necesitabas, pero no todo lo que deseabas. No quería que crecieras para convertirte en un mocoso que cree que tiene derecho a todo. Muchos padres les dan todo a sus hijos, y los chicos realizan un nuevo tipo de cálculo: *yo quiero* equivale a *yo obtengo*. Como te gusta decir a ti, apesta –apagó el cigarrillo–. De cualquier manera, tenemos reservas en el Café Central esta noche. Marcos nos invita a una cena de fin de año.

–Debe tener una fortuna.

–Le va bien. Todo lo que tiene lo ganó honestamente. Respeto eso.

–¿Significa que debemos vestir elegantes?

–Sí, ¿qué pasó, te casaste con tus jeans?

–Hoy estás gracioso, papá.

–Supongo que me levanté muy entusiasta.

–Bueno, ¿puede ir Fito?

–Está incluido. La reserva es para cinco personas.

Aquello me hizo sonreír.

–A Marcos le agrada Fito, ¿verdad?

–Sí, Marcos tuvo una infancia difícil. Supongo que se ve reflejado en ese muchacho –jugueteó con su caja de cigarrillos–. Además, a todos nos agrada Fito. Es un tipo extraordinario. Me cabrea que a su familia jamás le haya importado nada.

Le di un empujoncito con el hombro.

–Papá, creo que me agradas tan entusiasta.

Él me respondió con otro empujoncito.

–Ha sido un año extraño. Hermoso. Difícil. Triste. Busca tus cohetes. Podemos dispararlos después de la cena.

Así que le conté a Sam que cenaríamos en el Café Central. Y comenzó a bailar alrededor de la sala.

–¡Vestido nuevo! ¡Vestido nuevo!

–Como si te sobrara el dinero.

–No, pero a ti sí.

–¿Qué? –repliqué–. ¿Lo dices en serio?

–¿Para qué son los hermanos?

Papá me prestó el auto y nos fuimos a comprar un vestido para Sam. Incluso Fito vino con nosotros, pero solo porque íbamos a comprar cohetes.

Sam se probó alrededor de veinte vestidos. Lucía genial en todos ellos. Luego de que se miró en el espejo y sacudió la cabeza una vez más, Fito terminó perdiendo la paciencia.

–Sam, me haces sentir feliz de ser gay. Mientras que los tipos heterosexuales tienen que soportar esta mierda, los tipos gays no tanto.

Sonreí, y Sam cruzó los brazos y nos miró como diciendo, *los tipos apestan: sean gay o héteros, los tipos apestan*. Y luego Fito se dirigió a un perchero, levantó un largo vestido rojo y se lo dio a Sam.

–Este –y sonrió.

Sam tomó el vestido, miró la talla y entró en el probador. Salió, se inspeccionó en el espejo, se volvió hacia un lado y otro, y luego giró y le sonrió a Fito.

—¡*Realmente* eres gay!

No podíamos parar de reír. Simplemente, no podíamos hacerlo.

Sam compró el vestido. Bueno, en realidad, lo compré yo.

Pero ¿creen que ahí acabó todo? No. Eligió una camisa para mí, y una camisa para Fito. Ah, sí, y corbatas. Cómo le gustaba la ropa nueva a Sam.

—Vístanse como hombres —nos dijo.

--- --- --- --- --- --- --- --- --- --- --- --- --- --- ---

Nos dirigimos sobre la carretera 10 justo del otro lado de la frontera. ¡Nuevo México! ¡Cohetes!

--- --- --- --- --- --- --- --- --- --- --- --- --- --- ---

Cuando entramos en el restaurante, pensé que los ojos de Fito se iban a salir de sus órbitas.

—¡Mierda! Hay personas que… ¿viven así? —susurró mirándome.

Sam lo besó en la mejilla.

—Te quiero a morir, Fito.

--- --- --- --- --- --- --- --- --- --- --- --- --- --- ---

Sam era la mujer más hermosa del salón. Nadie más se acercaba a ella ni remotamente.

--- --- --- --- --- --- --- --- --- --- --- --- --- --- ---

Durante la cena, Sam se dedicó a tomar fotografías. La obsesión de Facebook. Me volvía loco. Marcos pidió una botella de champagne. Él y papá se sentían a gusto en lugares como este. Estaban habituados a acudir a lugares elegantes y a viajar, y todo eso. Pero yo no estaba tan acostumbrado.

Brindamos por Mima. Papá levantó su copa.

–Sé que es duro –dijo suavemente–, pero tenemos que recordar que siempre la tendremos con nosotros –creo que me hablaba más a mí que a cualquiera de los demás. Así que levantamos nuestras copas por Mima.

–Y por la morera que plantó Papo –dije entonces.

Papá me sonrió. Así que brindamos por ese árbol hermoso. Hablamos sobre todo lo que nos había sucedido durante el último año. Entonces Sam se volteó hacia Marcos.

–¿Qué fue lo mejor que te pasó este año? –le preguntó.

Sonrió.

–Eso es fácil –señaló a papá, luego a Fito, luego a mí y luego a Sam.

–Solo estás usando tus encantos para que me agrades, ¿verdad?

–Es exactamente lo que estoy haciendo –dijo Marcos asintiendo.

–Pues está funcionando –afirmó Sam con una sonrisa.

Por supuesto, no podía dejar de inventar algún tipo de juego. No podía ser de otra manera.

–Está bien –dijo cuando llegaron los postres–. Propósitos de Año Nuevo.

–Yo no hago propósitos –respondí.

Sam ni se inmutó.

–Es parte de tu problema.

Yo tampoco me inmuté.

–Como quieras. Me propongo no matarte este año, incluso cuando uses mi maquinilla de afeitar para rasurarte las piernas.

–Tienes una actitud tan femenina para esas cosas.

Fito soltó una carcajada. Marcos también. Aunque no papá: estaba acostumbrado a nosotros.

–En serio: propósitos de Año Nuevo.

Fito empezó.

–Intentaré dejar de torturarme a mí mismo. Sí, fue idea del terapeuta. Pero, saben, me agrada –todo el mundo aplaudió.

Sam le dio un empujoncito.

–Solo te pido que no exageres.

–Yo voy a dejar de fumar –dijo papá. Se oyeron más aplausos.

Y, por supuesto, Sam tenía que agregar su comentario.

–Me alegra que dejes de fumar, papá. A nadie le gusta besar a un fumador –le dirigió una especie de sonrisita a Marcos.

Él echó un vistazo a su alrededor.

–Ahora hablaré yo. Me propongo volver a correr –y miró a Sam–. ¿Qué? ¿No hay comentarios?

Sam no dudó.

–Y lo estabas haciendo tan bien, Marcos. Sabes, sigues en observación.

Marcos sonrió.

Advertí que tenía un aire de timidez. Pensé que era algo bueno; por lo menos, no era un estúpido arrogante.

Entonces fue el turno de Sam.

–He decidido no salir más con chicos hasta que llegue a la universidad.

–¡Caramba! –soltó papá.

Fito tenía una sonrisa de oreja a oreja.

–Ya veremos –dijo.

–Sí, ya veremos –repitió Sam.

Luego me tocó a mí.

–Me propongo no volver a usar los puños nunca más.

–¿Ni siquiera para proteger mi honor? –preguntó Sam.

–Tu honor no necesita ser protegido –le dije.

–Hmm –respondió.

–Y además, *además,* permitiré que cualquiera que lo desee lea mi ensayo de admisión. Aunque no quiero escuchar ningún comentario –aquello hizo sonreír a papá.

Sam estaba encantada de poder leer mi ensayo.

–¿Cuándo? *¿Cuándo?*

— —

Nos encontrábamos en el desierto de Nuevo México. Fito y Marcos preparaban algunos cohetes, listos para darle la bienvenida al nuevo año. Papá abrió una botella de champagne y sirvió una copa para todos. Bueno, en realidad, un vaso de plástico para todos. Así que los cohetes estaban listos para lanzarse, y nos encontrábamos todos allí de pie, bien vestidos y con nuestros abrigos puestos, y me alegró que no hiciera tanto frío.

Entonces Marcos miró su celular y comenzamos a contar juntos. *Diez, nueve, ocho, siete, seis, cinco, cuatro, tres, dos, uno:* ¡FELIZ AÑO NUEVO!

Aquella fue la primera vez que vi a papá besar a otro hombre.

No creo que haya estado lo suficientemente preparado para ello. Y no fue como si hubiera sido algo sensual ni nada. Se trató más bien de un beso rápido. Pero aun así, había algo entre los dos. Además, era Año Nuevo después de todo.

Sam sonreía. No, estaba radiante. Me besó la mejilla.

–Feliz Año Nuevo, Sally. Hagamos que valga la pena.

Luego Fito también me besó en la mejilla.

–¿Está bien?

–Está bien –dije.

Feliz Año Nuevo.

¿Feliz Año Nuevo?

El día de Año Nuevo fuimos a casa de Mima

Estaba en la cama. Siempre había preparado *menudo* el día de Año Nuevo. Pero este año, no. Ya casi no comía nada. Sabía que estaba preparándose para la despedida. Palabra del día: *adiós*. Una palabra común. Una palabra triste y común.

Pero la buena noticia: volvió a hablar.

—Recen conmigo —pidió.

Así que nos reunimos en su habitación y rezamos el Rosario. Fue como un regalo. No supe si era Mima quien nos hacía un regalo o nosotros quienes le hacíamos un regalo *a ella*. Tal vez, ambos.

—Quiero hablar con ustedes —dijo cuando terminamos.

Así que nos habló. A todos. Uno por vez. Señaló al tío Mickey. Todos abandonamos la habitación para que pudiera hablar con él. Me recordó a cuando iba a confesarme. Ya saben, todo el mundo esperando su turno.

Cuando terminó de hablar con papá, él entró en la sala.

—Hijo, tú, Sam y Fito —dijo.

—¿Yo? —preguntó Fito.

Papá asintió.

Me senté en la cama de Mima y le tomé la mano. Apretó la mía con suavidad. Quedaba tan poca fuerza en aquella mano. Luego puso esa misma mano en mi mejilla.

–*Hijito de mi vida* –dijo.

Sam y Fito estaban de pie junto a nosotros.

–Samantha, tienes que cuidar a mi Salvador –dijo entonces mi Mima–. Es tu hermano, y tienes que cuidarlo –cerró la mano en un puño–. Eres fuerte.

–Lo prometo –asintió Sam.

–Y, Salvador, tú tienes que cuidar a Samantha.

–Lo prometo –afirmé.

Luego miró a Fito.

–Vicente me habló de ti –le hizo una seña para que se acercara y le tomó la mano–. La vida puede ser dura. Yo sé lo dura que puede ser –y luego dijo–: Déjate querer.

Déjate querer.

Hizo una señal de la cruz sobre nuestras frentes.

La besé.

Fue así cómo se despidió del mundo. De las personas que amaba. Iba a dejar esta Tierra del mismo modo en que lo había hecho su madre.

Con toda la gracia del viejo mundo. El viejo mundo que se apagaba.

Noche

Nadie dijo una palabra de camino a casa. Papá intentaba ser fuerte por nosotros, por mí y por Sam.

Y yo intentaba ser fuerte por él. Jamás había pensado en ello. Ahora sabía, y tal vez una parte de mí *siempre* lo había sabido, que papá era capaz de guardar su dolor para sí. Había aprendido –tal vez porque había nacido gay– cómo sufrir las situaciones en silencio. No quería ese silencio para él.

La noche parecía tan oscura.

Pero creo que había aprendido a silbar en la oscuridad. Tal vez, eso fuera algo.

Jueves. Dos de la madrugada

Después de eso, fuimos todos los días a casa de Mima. Íbamos y veníamos de El Paso a Las Cruces. Marcos venía con nosotros; siempre conducía.

Mima había dejado de hablar.

A veces parecía que ya había abandonado su cuerpo. Pero a veces me parecía que aún me reconocía.

El jueves, a las dos de la madrugada, papá nos despertó a Sam y a mí.

—Vamos —dijo.

Me vestí precipitadamente.

Apenas entramos en casa de Mima, la tía Evie se desplomó en brazos de papá.

—Se ha ido.

Ausente

Hay muchas cosas que no recuerdo. Creo que después de que Mima murió, una parte de mí se marchó a algún lugar. Pero esto es lo que sí recuerdo: alguien vino y certificó su muerte. Papá y la tía Evie hicieron muchas llamadas.

Algunos hombres de la funeraria vinieron a llevarse a Mima.

Papá y yo observamos mientras colocaban su cuerpo sobre una camilla.

Mientras la llevaban fuera, papá hizo un gesto para que se detuvieran. Besó su frente y se persignó. Luego asintió con la cabeza en dirección a los sombríos hombres de la funeraria, y ellos la colocaron dentro del coche fúnebre.

Papá, la tía Evie, Sam y yo observamos cómo se alejaban.

Mi padre se volteó y volvió a entrar. Creo que en aquellos momentos estaba perdido.

—Esto me está matando —susurró Sam y me tomó la mano—. Estoy haciendo un esfuerzo tan grande.

Asentí. No podía hablar.

Entré en la casa y encontré a papá sentado en la cama de Mima. Sollozaba. Mi padre.

Me senté junto a él, y lo tomé en mis brazos. Mi padre.

Dolor

Me hallaba sentado en el auto de papá. La casa de Mima estaba llena de gente. Nuestra familia. Viejos amigos. Todo el mundo trajo comida. Había comida por todos lados. El tío Mickey dijo: "A los mexicanos nos encanta comer. Comemos cuando estamos felices y comemos cuando estamos tristes".

Marcos y Fito se estaban alojando en un hotel.

Papá se mostró muy fuerte. Escribió la nota necrológica de Mima para el periódico; escribió su elogio. Estaba pendiente de todos los detalles. Saludaba a las personas, hablaba con ellas, las consolaba. Supongo que papá no era el tipo de persona que permanecía en actitud pasiva, sintiendo pena de sí mismo.

En cuanto a mí, tenía los sentimientos adormecidos y me sentía perdido. Intenté pensar en las etapas de las que hablaba Sam, pero no lograba recordar cuáles eran.

No quería estar con nadie. No quería que nadie viera mi dolor. Tampoco yo quería verlo.

Fui a dar una vuelta en el auto. Me hallé conduciendo hacia aquella granja a la que Mima me había llevado una vez. Había estado intentando encontrarla sin saberlo.

Y luego llegué. Era invierno y no crecía nada.

Salí del auto y comencé a caminar hacia los campos estériles.

Estériles: esa era la sensación. Eso era lo que *yo* sentía.

Me encontré de rodillas. No tenía palabras y me sentía perdido; jamás había conocido algo así, esto, esta pena del corazón, este vacío, y deseé en ese mismo instante no tener corazón, pero sabía que tenía uno y que no podía hacer que desapareciera con solo desearlo. No podía hacer que desaparecieran el dolor o las lágrimas con solo desearlo. No sé cuánto tiempo estuve allí, arrodillado sobre el suelo inclemente. Pero sentí que inhalaba y me permití sentir el aire frío sobre el rostro.

Cementerio

Me encontré ayudando a cargar el féretro de Mima en el cementerio. Estaba entre papá y el tío Mickey.

Aún veo el descenso del féretro.

Aún me veo arrojando un puñado de tierra sobre su féretro.

Aún veo al tío Mickey despidiendo a unos hombres cuando todo el mundo se hubo marchado.

Aún veo a papá y a mis tíos tomando palas y enterrando a su madre. Aún veo a papá entregándome la pala y haciendo un gesto con la cabeza. Aún me veo echando tierra. Echando más y más tierra.

Aún me veo cayendo en brazos de Sam y Fito, llorando como un niño. Pero lo extraño era que ya no me sentía como un niño. Había sido una época tan extraña desde aquel primer día de colegio. Tantas cosas habían sucedido, y no estaba a cargo de ninguna de ellas. No controlaba nada, no podía hacerlo. Siempre había pensado que los adultos controlaban la realidad. Pero ser adulto no tenía nada que ver con el control.

Yo no era adulto. No era hombre. Pero ya no era un chico.

Yo. Solo. No

Después del funeral, hubo una recepción. Mucha gente. Gente, gente y más gente. Si escuchaba a una persona más decir en tono amable *¿este es tu hijo, Vicente? Cielos, qué apuesto*, empezaría a gritar.

Estaba sentado de nuevo en el coche de papá. Solo. Todo el mundo estaba dentro, y pensé que tal vez comenzaría a fumar. Luego oí un sonido. Levanté la mirada y vi a Sam y Fito golpeando la ventanilla.

—Sal del auto. Te tenemos rodeado.

Salí del auto.

—Muy gracioso.

—Palabra del día —dijo Sam—. Aislarse.

—Supongo —respondí—. Vamos a sacar algunas cervezas a escondidas.

—No sé si es una buena idea.

—Ja, no hay nada peor que una parrandera reformada —le disparé una mirada—. Hazlo por mí.

Caminamos a casa del tío Mickey. También allí había gente. En realidad, no hizo falta sacar nada a escondidas. El tío Mickey estaba encantado con regalarnos algunas cervezas. Me bebí la mía, y luego bebí otra.

—Tranquilo, vaquero.

Le disparé a Sam otra mirada. Y luego me bebí una tercera cerveza. Y luego, unos minutos después, comencé a sentir esas cervezas.

—¡Caray! —dije—. No creo que eso haya sido tan buena idea.

—Apesta —afirmó Fito—. Cerveza no es lo que necesitas, *vato*.

Asentí.

—Lo que necesitas es a nosotros —añadió Sam—. Así que no vuelvas a irte a la mierda.

Le ofrecí una sonrisa torcida.

—No volveré a huir —afirmé.

—Vamos a darte algo de comer —propuso Fito.

—Sí, buena idea.

Regresamos a casa de Mima. Me sentía un poco mareado.

—Beberte tres cervezas con el estómago vacío. Apesta —dijo Fito.

Me encontraba ligeramente apoyado sobre él.

—En eso tienes razón, *vato*.

—Solo sigue apoyándote en mí, amigo. Es todo lo que tienes que hacer.

— —

Papá estaba junto al horno calentando algo en la cocina de Mima. Marcos y Lina se hallaban en el fregadero, lavando las ollas y sartenes. ¿Lina? Supongo que no la vi. Saludé a papá con la mano.

—Hola.

—¿Dónde has estado escondido?

Supongo que estaba un poco ebrio. Sí, un poco mareado. Caminé hasta papá y apoyé la cabeza sobre su hombro.

—¿Has estado bebiendo?

–Sip –en ese momento, realmente me sujeté de él–. En la cocina de Mima no está Mima.

–¿Estás bien?

–Sí, papá –susurré–. Tuve un desliz.

–No bebas, hijo –dijo–. No lo hagas.

Asentí.

–Está bien –afirmé.

Papá me tomó de los hombros y me miró.

–¿Quieres ver algo realmente fantástico? –luego inclinó la cabeza como diciendo *sígueme*. Así que lo seguí, y le hizo un gesto a Sam y a Fito para que también vinieran.

Nos encontrábamos en la habitación de Mima. Papá señaló su cama.

–Siéntense.

Sam, Fito y yo nos miramos.

Papá me entregó un sobre.

–Ábrelo –dijo–. Ten cuidado, es frágil.

Sostuve el sobre en la mano y lo abrí con todo el cuidado del que podía ser capaz. Y allí dentro del sobre había algunas hojas secas. Hojas amarillas. Y una nota. Me quedé mirando la letra de Mima:

*Estas son las hojas que mi Salvador
me dio un sábado por la tarde
cuando tenía cinco años.*

Supe entonces que aquel día había sido tan hermoso para ella como para mí. Lo había recordado.

Papá sonreía.

Le entregué la nota a Sam. Ella y Fito la leyeron. Y luego ellos también sonrieron.

Papá. Dolor. Marcos

Hay una cosa más que recuerdo de aquel tiempo. El día después de llegar a casa, Marcos vino de visita a última hora de la tarde. Yo abrí la puerta.

–Hola –dije–. Papá está en su taller –lo acompañé a la puerta trasera.

Pasó por la puerta y justo cuando salió al jardín trasero, papá salió de su taller. Me volteé para regresar a la casa, pero no sé por qué, me detuve, giré y dirigí la mirada hacia ellos. Papá estaba hablando con Marcos, y luego comenzó a llorar. Marcos lo tomó y lo abrazó.

Pensé en lo que Mima había dicho.

Déjate querer.

Sí, papá, déjate querer.

Pero había algo más. En aquel momento vi que no estaba prestándole atención al dolor de papá; solo estaba prestándole atención al mío.

Sentí vergüenza de mí mismo.

Papá. Yo

No podía dormir. Maggie estaba en la habitación de Sam. Me hubiera gustado que estuviera aquí, echada a mi lado. No podía dejar de pensar en el rostro de papá en el momento en que Marcos lo abrazó. ¿Acaso no era *yo* quien debía cuidarlo así?

Me levanté de la cama y caminé a la habitación de papá. Golpeé la puerta y la abrí lentamente. Advertí que su lámpara seguía encendida.

–¿Papá? ¿Puedo entrar?

–Claro –respondió. Me senté en su cama.

–¿Papá?

–¿Sí?

–Solo quería estar seguro de que estuvieras bien.

–Es difícil –dijo–. El dolor es algo terrible y hermoso.

–No creo que sea demasiado hermoso.

–El dolor significa que amabas a alguien. Que *realmente amabas a alguien.*

–Papá –extendí la mano para tomar la suya–. Estoy aquí, papá. Me refiero a que *realmente estoy aquí.*

Me tomó la mano.

–Esta es una mano buena –dijo–. Una mano muy buena.

Intentar ser normal

Pensé que tal vez la vida jamás volvería a ser normal. Nunca más. Y esta vez, *definitivamente* añoraba la normalidad. Habían sucedido demasiadas cosas, y estaba cansado.

Sam estaba sentada delante de mí.

—Estás haciéndolo de nuevo.

—¿Haciendo qué?

—Aislándote.

—No. Estoy sentado frente a ti.

—Estás dentro de tu cabeza.

—Sip.

—Así que habla.

—Estaba haciendo una lista de todas las cosas que han pasado.

—¿Llevando la cuenta?

—Pues, tal vez. No parecía que fuera eso, sino que estuviera recordando.

—Recordar está sobrevalorado.

—Y he decidido que intentaré ser una persona normal.

—Demasiado tarde para eso, Sally.

Las cosas *sí* volvieron a la normalidad, pero sentí que algo había cambiado dentro de mí, y no sabía cómo expresarlo en palabras. Enmarqué mis hojas y la nota de Mima entre dos trozos de vidrio y las colgué en la sala. No parecía justo guardármelas todas para mí.

Ahora tenía el hábito de sacar la carta de mamá y colocarla sobre mi escritorio por la mañana. Luego volvía a guardarla de noche.

Fito, Sam y yo comenzamos a frecuentar el cine. Discutíamos sobre qué películas ir a ver. Había días en que Sam y Fito libraban una verdadera batalla. Yo siempre dejaba que Sam se saliera con la suya. Pero Fito, cielos, no dejaría por nada que ella siempre hiciera cuanto le venía en gana. Supongo que estaba harto de ser el que invariablemente tuviera las de perder. Me encantaba observarlos.

Lina arregló todos los desperfectos de la casa de Sam. Ella y Fito conformaban una sociedad de admiración mutua, lo cual resultaba dulce. La inmobiliaria colgó un letrero de SE VENDE. Sam posó conmigo y Fito apoyados contra el letrero, y subió la fotografía a su muro. Por supuesto que lo hizo. Ella y su Facebook.

Sí, la vida había vuelto a la normalidad. Escuela, películas, tarea, estudio. Escuela, películas, tarea, estudio. Sí, y aún seguía topándome con Enrique Infante, que seguía llamándome marica. Un día lo detuve y le pregunté: "¿Es *marica* con *c* o con *k*?".

No le agradó mi broma, pero a mí me pareció graciosísima. A Sam y Fito les pareció genial.

— —

Desperté un sábado por la mañana. Había ingresado un frente frío, sin nieve pero realmente helado. Entré en la cocina, y papá y Sam se hallaban conversando.

Me serví una taza de café.

–¿Interrumpo algo?

–No. Papá y yo solo hablábamos del asunto de la adopción.

–¿Y?

–Pues –dijo Sam–, desde que planteé el tema, comencé a llamarlo papá. Y me sentí bien haciéndolo. Y fue suficiente. El solo poder llamar... –miró a papá–, el solo tener la libertad de llamarte *papá*. No necesito pasar por todo el embrollo de la adopción. Creo que solo quería sentir que pertenecía a algún sitio. Lo cual es estúpido, porque siempre he pertenecido aquí. Pero aún quiero cambiar mi apellido por el de mi madre.

Me encantó la sonrisa en el rostro de papá.

Sam. Yo. Fito

Dos semanas después de la muerte de Mima, Sam y yo fuimos a Circle K. Fito salía de trabajar a las once, era viernes y no teníamos planes. Llegamos a la tienda justo cuando él marcaba la salida. Tomamos algunas Cocas y unas palomitas de maíz y nos dirigimos a casa de Sam.

Pusimos un disco de vinilo antiguo: Dusty Springfield. A Sam le encantaba Dusty Springfield. Pasábamos el rato y conversábamos, y Sam no dejaba de hojear los diarios de Fito. Sabía que en cualquier momento comenzaría el interrogatorio.

–¿Y, Fito? ¿Hace cuánto que llevas un diario?

–¿Cómo sabías que llevaba uno?

–Todos esos volúmenes apilados sobre ese pequeño estante.

–Le gusta meterse en los asuntos ajenos –dije.

–Tus asuntos –ella me señaló a mí y luego señaló a Fito– y tus asuntos equivalen a mis asuntos.

–Y yo que pensaba que el malo para las matemáticas era *yo* –comenté.

–Eres malo para las matemáticas, Sally –me dirigió su típica mirada. Sip, siguió sin inmutarse–. ¿Te ayudó llevar un diario, Fito?

–Sí, fue casi como tener una vida. Supongo que comencé cuando estaba en el séptimo curso. Me ayudó a mantener la cabeza bien puesta.

Me dio la oportunidad de tener a alguien con quien hablar... incluso si ese alguien fuera solo yo. Saben, solía ir a la biblioteca y leer. Y un día fui al museo y me puse a caminar y a mirar las pinturas, y antes de irme, entré en la tienda del museo y tenían un diario muy cool con cubierta de cuero, lleno de páginas en blanco. Así que unos días después fui a esa tienda y lo compré. Así empezó. Y los libros que leía me hicieron pensar en diferentes cosas, y escribía lo que se me ocurría.

Sam tomó uno de los diarios y se lo dio.

–Léenos algo.

–Ni pensarlo. Son cosas privadas.

–Vamos, anda, Fito.

Él le quitó el diario.

–No vas a ganar esta, Fito –dije–. Créeme. Si no es esta noche, será otra. Te acosará día y noche hasta agotarte.

Sam estaba cruzada de brazos.

–¿Así hablas de mí a mis espaldas?

–Casualmente, te encuentras en la habitación –respondí.

Sam tomó con suavidad el diario de las manos de Fito.

–*Yo* leeré algo –dijo.

Fito estaba callado.

–¿Siempre eres así? –preguntó entonces.

–¿Quieres decir mandona? Sip. Algunas personas dirían que son habilidades de liderazgo.

–Está bien –dijo Fito–, lee algo. Vamos. Pero si te ríes, juro que te mato.

–Parece justo –afirmó Sam. Abrió la página y comenzó a leer:

A veces, me veo parado en la playa; los pies desnudos, hundidos en la arena húmeda. Y no hay nadie en la playa, solo yo, pero no me siento solo. Lo que me siento es vivo. Y parece que el

mundo entero me perteneciera. La brisa fresca silba a través
de mi cabello, y algo me dice que he oído esa canción toda mi
vida. Observo las olas romper sobre la arena, el vaivén del oleaje
golpeando contra los acantilados distantes. El océano se encuentra
en movimiento perpetuo, y sin embargo hay una quietud que envidio.
En la distancia, veo una tormenta avecinándose; se acercan a mí las
nubes oscuras y los relámpagos sobre el horizonte. Espero largo
tiempo que llegue la tormenta. Y cuando llega, la lluvia lava las
pesadillas y los recuerdos. Y no tengo miedo.

Sam dejó el diario a un lado.

—Esto es increíble, Fito.

—Sí, lo es —asentí—. Puedes cantar, puedes escribir y tienes pensamientos hermosos.

—No —sacudió la cabeza—, creo que acababa de leer *El viejo y el mar* o algo por el estilo. De todos modos, es mentira. No es que haya visto el océano alguna vez. No tengo ni idea de aquello de lo que estoy hablando.

—¿Por qué te desvalorizas, Fito? ¿Por qué lo haces? —Sam había vuelto a ser brutal.

—Eres infernalmente brillante —dije yo.

—¿Creen que sobreviviría en la calle hablando como un maldito libro? ¿Cuánto creen que duraría? Me desvalorizo, Sam, para sobrevivir, ¡mierda! Eso es lo mío. Llevo cigarrillos incluso si no fumo. Los reparto. Hago amigos. Y nadie se mete conmigo. Llevo monedas, y si alguien necesita dinero, les doy algunas. Llevo M&M. Si estoy esperando algo, me como un par. Siempre hay alguien que se acerca y me pregunta, "¿Te quedan algunos?". Y le doy. No me gustan los líos, y he aprendido a llevarme bien con todos, y fingir que eres listo no presenta ninguna ventaja. No allá afuera.

»¿Y sabes, Sam? Tampoco soy el único que se desvaloriza. ¿Qué mierda crees que haces tú cuando sales con todos esos tipos? Ni uno solo de esos cabrones está a tu altura. Lo sabes, ¿cierto?

–Sí, lo sé.

Entonces, Fito me miró a mí.

–Tú también lo haces. Eres más que un puño, Sally. Sí, lo eres. Tienes una carta de tu madre, y de pronto no sabes leer. Sí, todos nos desvalorizamos.

No sabía qué decir. Y tampoco Sam. Así que nos quedamos allí, en silencio, escuchando a Dusty Springfield cantar, y luego Sam me envió un texto:

SAM: ¿Qué habría pasado si no se te hubiera ocurrido la brillante idea de salir a correr?

Pensé un instante.

YO: ¡Entonces no habríamos encontrado a Fito durmiendo sobre una banca!

SAM: ☺

YO: Y el vato puede cantar y escribir

SAM: Pero ¿puede bailar? Jajaja

–¡Es broma! ¿Están enviándose mensajes de texto? *¿De qué mierda son los mensajes?*

–De ti, Fito –dije–. Estamos enviando mensajes de texto sobre ti.

Mamá

Pensé en Sam. En lo valiente que había sido para atravesar todas aquellas etapas. La expresión de su rostro cuando dejó que las cenizas de su madre echaran a volar hacia el desierto. Fuerte y valiente como el demonio. Pensé en lo que nos había dicho a papá y a mí: *Creo que solo quería sentir que pertenecía a algún sitio. Lo cual es estúpido, porque siempre he pertenecido aquí.* Pensé en cómo había odiado siempre que me dejaran fuera. Venía de algún lugar dentro de mí. Nunca jamás me habían dejado fuera.

Por un segundo se me cruzó la idea de que debía enviarle un mensaje a Sam y decirle que la necesitaba, decirle que viniera a mi habitación. Para poder estar conmigo. Pero sabía que este momento me pertenecía solo a mí.

A mí y a mamá.

Solo a nosotros.

No podía explicármelo todo a mí mismo. No tenía que saberlo *todo*.

Siempre pensé que cuando llegara el día que decidiera leer la carta de mamá, las manos comenzarían a temblarme. Pero no fue así. No me temblaba nada.

Alisé los pliegues de la carta. Mi madre tenía una letra hermosa.

Querido Salvador:

Escribir esta carta es una de las cosas más difíciles que he hecho en mi vida. No sé cuánto tiempo de vida me queda, pero sé que no pasará mucho tiempo antes de que muera. No es fácil para mí despedirme, porque morir significa que tengo que despedirme de ti. Hoy es un día en que no siento dolor, y tengo la mente despejada. Así que escribo esta carta y espero decir todo aquello que necesito decirte; aunque sé que no es posible.

Vicente se hará cargo de ti todo el día. Te adora. ¿Y tú? A veces lloras cuando se marcha. Tú también lo adoras. Me encanta observarlos cuando están juntos. Ha sido así entre ambos desde el día en que naciste. Después de tu nacimiento, me sentía muy triste. No quería tener nada que ver contigo. Lo que sucede es que sufría una fuerte depresión posparto. Y fue Vicente quien se ocupó de ti. Estuvo allí las veinticuatro horas del día, los siete días de la semana. Y también me cuidó a mí. Nos cuidó a los dos.

Luego mejoré. Y por un par de años, fui la mujer más feliz del mundo. Trabajaba en un estudio de abogados y ganaba un buen salario. Vicente consiguió trabajo en una universidad, y se estaba convirtiendo en un artista exitoso. Se ocupaba de pagar los servicios de tu guardería. Tampoco es que fueras a la guardería todos los días. Los días que él no trabajaba, Vicente se hacía cargo de ti. Tenías un corral en su taller. Eras un bebé tan tranquilo. Tenías buen carácter, eras feliz y afectuoso. Estaba tan, tan feliz.

Pero tienes que saber lo que vino antes para entender por qué estaba tan contenta esos días antes de enfermarme. Supongo que comenzaré por el principio.

Conocí a Vicente cuando era estudiante de segundo año de la Universidad de Columbia. Estaba en una fiesta, lo vi y pensé: ¿QUIÉN ES AQUEL HOMBRE HERMOSO? Decir que no era una chica tímida es quedarme corta. Para ser sincera, era bastante salvaje. Vi a Vicente y pensé: ESE HOMBRE SERÁ MÍO. Me acerqué a él y le dije: "Me llamo Alexandra. Puedes llamarme Sandy". Nadie tenía que decirme que era hermosa. Nací sabiéndolo. Nací paseando mi belleza adondequiera que fuera; no es que sea motivo de orgullo. No había nada modesto en mis orígenes. Provenía de una familia que gozaba de riquezas y prestigio. La palabra adecuada es arrogante. Crecí apoderándome de cualquier cosa que quisiera, incluidos los chicos y los hombres. La vida era una fiesta. Y allí estaba delante de Vicente, sonriéndole.

Terminamos hablando la mayor parte de la noche. Pensé que las cosas marchaban bien. Realmente me gustaba. Era diferente a cualquier hombre que hubiera conocido. Pero luego me miró y dijo: "Tengo que decirte algo". Y yo pregunté "¿Qué?". Y me dijo "Soy gay". Creo que me sentí realmente decepcionada, y se dio cuenta. "Lo lamento", dijo, y giró para marcharse. Entonces, pensé para mí misma, HASTA LA VISTA, AMIGO. Pero después, no sé por qué, fui tras él. Lo tomé del brazo y dije: "Bueno, podemos ser amigos". Fue la mejor decisión de mi vida. Y nos hicimos realmente amigos. De hecho, rápidamente Vicente se convirtió en el mejor amigo que jamás haya tenido. El mejor amigo que jamás haya tenido en este mundo.

Vivía metiéndome en problemas. Mayormente, problemas con los hombres. Lamento tener que decirte que tenía muchos dramas. Era una joven increíblemente autodestructiva. Me encantaba la parranda, me encantaba beber y me encantaban las drogas. Vicente siempre me estaba rescatando de problemas. No tengo ni idea de lo que habría hecho sin él. Pero yo también lo ayudaba. Se enamoró de un tipo que le rompió el corazón. Vicente no se enamora ligeramente. No es su forma de ser. No abandonó su habitación durante días. Tuve que arrastrarlo a un restaurante y darle de comer. Luego lo embriagué bien y le di una buena reprimenda. Vicente tenía mucho que aprender sobre los hombres, y decidí que sería su tutora. Yo los conocía bastante.

Mi vida siempre se pareció a un accidente de tren. Mis padres eran ricos, y amaban todo lo que venía con ello. Papá disfrutaba sobornando a los políticos, y en Chicago siempre había un político más que dispuesto a que lo compraran. Mi madre me crio para ser un determinado tipo de mujer, y no me interesaba convertirme en la clase de mujer que quería que fuera.

Después de la universidad, Vicente se dedicó a seguir el sueño de ser artista. Yo no estaba segura de tener un sueño. Con el tiempo, me metí en problemas. Quedé atrapada en el consumo de alcohol y cocaína. Una noche llamé a Vicente. Estaba viviendo en Nueva York. Vino desde Boston, donde vivía, y me cuidó. Consiguió que comenzara una rehabilitación, y estuve limpia durante varios años. Pero en realidad no tenía ningún motivo para permanecer sobria. No sentía que tuviera ningún propósito en la vida. Y luego conocí al hombre que se convertiría en tu padre. Me enamoré de él, y fuimos felices por un breve período. Me mudé con él. Un día tuvimos una discusión. No me había estado sintiendo bien, y dije algo que no le gustó. Me dio una bofetada con el dorso de su mano, y salí volando. Miró hacia abajo, donde me encontraba tumbada en el suelo.

"No vuelvas a hablarme así", me dijo, y luego salió andando tranquilamente de nuestro apartamento.

Empaqué mis maletas. No sabía adónde iría, pero no era insolvente. Fui a un hotel. Me sentía muy mal. Pensé que estaba enfermándome, así que al día siguiente concerté una cita con mi médico. Entonces descubrí que estaba embarazada. Tú. Tú vivías dentro de mí. Y estaba tan feliz. Estaba tan, tan feliz.

Fue como si de pronto mi vida hubiera adquirido sentido. Como si mi vida tuviera un propósito. Había una vida que crecía dentro de mí.

No sé por qué, pero decidí mudarme a El Paso. En realidad, sí lo sé. Era una ciudad de la que siempre había hablado Vicente. Adoptaba una expresión particular y decía: "Me encanta esa ciudad fronteriza". Así que me mudé aquí. Lejos de mi familia y de la vida que había vivido. Comenzaría de nuevo. Había perdido el rastro de Vicente, pero tenía el teléfono de su madre, por si acaso tuviera que comunicarme con él. Fue la primera vez que hablé con la mujer que llegaría a conocer como Mima. Le dije que era una amiga de Vicente y que estaba intentando ponerme en contacto con él. Fue tan amable cuando habló conmigo, y me dio su teléfono.

Llamé a Vicente y volvimos a conectarnos. Se rio cuando le dije que me había mudado a El Paso. Dijo que no me tomaba por ese tipo de chica. Cuando tenía alrededor de cinco meses de embarazo, la situación se complicó, y fui al hospital porque empecé el trabajo de parto. No naciste en ese momento, pero el médico dijo que temía que tendría que quedarme en la cama la mayor parte del tiempo hasta que nacieras. Llamé a Vicente. Mima vino a cuidarme hasta que Vicente consiguió reunir todas sus pertenencias y mudarse. Me enamoré de Mima. Me cuidó bien. Cuando Vicente llegó de Boston, sentí que podía volver a respirar.

Vicente no quería que te nombrara Salvador. Dijo que era un nombre demasiado importante y pesado para que llevara un chico. "Y además", dijo, "no eres mexicana". Me reí y le dije que no fuera tan esnob. Pero tú fuiste mi salvación, Salvador. Lo fuiste.

Como dije, los últimos dos años de mi vida han sido tan hermosos. Y todo por ti. Ahora estoy muriendo, y estoy tan triste. Pero también estoy feliz, porque tendrás a Vicente de padre. Estoy segura de que lo amas. Y sé que él te ama. No sé cuántos años tienes al leer esta carta, pero estoy segura de que Vicente te la dio en el momento correcto. Nació con un instinto maravilloso. Creo que obtuvo ese instinto de su madre.

No quería que crecieras con mi familia. Tampoco quería que crecieras con la familia de tu padre. No creo que sean buenas personas, no de verdad. Están demasiado enamorados del dinero, y demasiado enamorados de aquello que el dinero puede comprar. Sencillamente, no quería que te criaran como me criaron a mí. Tu padre biológico siempre quiso un hijo. Pero en mi opinión, no te merecía. Vicente y yo iremos a los tribunales mañana mientras aún pueda caminar. Nos casaremos. Y ya hemos preparado los papeles para que te adopte. Era el único modo en que me asegurara de que le permitieran a Vicente criarte, ser tu padre. Estoy segura de que comprendes lo que intento decir.

Yo tenía el poder de decidir quién te criaría. (Es

extraño hablar en el tiempo pasado, pero para cuando leas esto, ya llevaré muerta mucho tiempo). Pero, Salvador, no tengo derecho de privarte de saber quién fue tu padre biológico. No me corresponde a mí decidirlo. Dentro de este sobre hay otro. Tiene un nombre, el nombre de tu padre. También tiene los nombres de tus parientes. Te toca a ti decidir si quieres conocerlos.

Sé que mientras lees esto te habrás convertido ya en un joven verdaderamente excelente. ¿Cómo no podías serlo? Te crio Vicente Silva.

Te amo más de lo que puedo soportar. Me salvaste la vida; aunque fuera por poco tiempo. No todo el mundo vive una larga vida. Pero no todo el mundo tiene oportunidad de regalarle la vida a un niño tan hermoso como tú.

Todo mi amor,
Mamá

Recordé las palabras de Mima: "Tu madre fue una persona hermosa".

Desconocía tantas cosas y había tenido tanto miedo. Tal vez temí que no me hubiera amado. Qué estúpido. Aquí estaba la carta de una madre que me amaba más de lo que hubiera amado a cualquier otra cosa en el mundo y que murió demasiado pronto. Comprendí lo que había hecho por mí. Comprendí que se había enamorado de Mima porque jamás había conocido a una Mima en el mundo de donde venía. Comprendí por qué se casó con papá: para darme una familia, una familia que supiera amar.

Imaginé a mi padre biológico arrojando a mi madre al suelo de una bofetada. Tal vez tuviera un poco de él. Un poco, pero no mucho. No debía tener miedo de convertirme en mi padre. Yo no era ese hombre y jamás lo sería. Creo que mamá huyó de un hombre egoísta y violento. Se salvó. Y también me salvó a mí. Ahora me conocía a mí mismo lo suficiente como para saber que mostraba los puños por mi sentido de lealtad hacia las personas que amaba. Sí, había golpeado a Enrique y a los otros muchachos, pero papá tenía razón: detrás de mi enojo *había* dolor. No me sentía orgulloso de ninguno de esos momentos. ¿Lastimar a otros porque tú has sido lastimado? Apestaba.

Me pareció que ahora comprendía el reflejo que había detrás de cada circunstancia en la que había empleado los puños. O por lo menos comenzaba a comprenderlo. No soportaba ver a nadie lastimando a las personas que amaba. Porque las amaba tanto que también me dolía a mí. Y no soportaba que nadie me llamara "chico blanco", porque pertenecía a una familia, y cuando me llamaban así, lo único que escuchaba era que no pertenecía a aquella familia. Y *efectivamente* pertenecía a ella, y no dejaría que nadie me dijera lo contrario. Y una cosa más: no quería admitir que en algún lugar dentro de mí se alojaba el enojo. Pero ese enojo no me hacía un "chico malo", solo me hacía humano. No tenía nada de malo sentir enojo. Lo que importaba era lo que hacías con ese enojo.

Todo este tiempo había estado tan asustado de terminar siendo como un padre biológico que jamás había conocido. Me había subestimado. A fin de cuentas, ¿acaso no era yo quien elegía? ¿Acaso no crecíamos para convertirnos en la clase de hombre que cada uno quería ser?

Intentaba entender por qué me encontraba tan feliz. Jamás me había sentido tan contento. Finalmente comprendí algo sobre la vida y su lógica inexplicable. Había querido estar seguro de todo, y la vida jamás me daría ninguna certeza. Pensé en Fito, que siempre había vivido con esperanza cuando la vida no le había ofrecido ninguna. La certeza era un lujo que nunca había podido permitirse. Solamente había contado con un corazón incapaz de sentir desesperación.

Pensé en Mima, en la madre de Sam, en la madre de Fito y en mi madre. Estaban muertas. Eran como las hojas amarillentas del árbol de Mima, caídas sobre el suelo. La vida tenía sus estaciones, y siempre vendría la estación de soltar, pero había algo muy hermoso en el soltar. Las hojas tenían una gracia particular cuando se alejaban flotando del árbol.

Siempre habría cáncer y las personas siempre morirían bajo su peso terrible e inapelable. Siempre habría accidentes, porque las personas eran descuidadas y no prestaban atención cuando debían hacerlo. Siempre habría personas que sufrían y morían de adicciones potentes, misteriosas e incontrolables.

Las personas morían todos los días.

Y las personas vivían sus vidas todos los días. Después del desastre que dejaba la muerte, siempre había sobrevivientes.

Yo era uno de esos sobrevivientes.

Y también lo era Sam.

Y Fito.

Y Papá.

Los había observado a todos desplegar su hermoso coraje. Los había observado mientras luchaban para superar sus penas y heridas.

Y había una cosa de la que podía tener certeza: me amaban.

Recordé a Mima señalando a papá. Sabía exactamente lo que había estado intentando decirme. Quería estar segura de que yo comprendía que había sido criado por un hombre cariñoso y tierno. No había crueldad en el mundo que pudiera robarle su dignidad. Su corazón no podía, no quería y no permitiría que así sucediera.

Cielos, qué feliz era.

Le envié un mensaje a Sam:

YO: ¿Estás despierta?

SAM: A punto de dormirme

YO: PDD: crianza

SAM: ¿Qué?

YO: En el sentido de naturaleza vs. crianza

SAM: ¿Te encuentras bien, niño loco?

YO: Vete a dormir. Te contaré mañana

SAM: Dulces sueños

Salí fuera y me senté en los escalones traseros. De pronto se volvió importantísimo el lugar a donde fuera a estudiar. Quería que fuera Columbia, el lugar donde mi padre conoció a mi madre. El lugar donde se habían enamorado el uno del otro. No era la historia de amor habitual, pero *era* una historia de amor. Una historia de amor como la mía y la de Sam.

Sostuve la carta en la mano. Papá decía que Mima siempre estaría con nosotros. Y mamá también estaría conmigo. Así eran las cosas cuando amabas a alguien. Los llevabas adondequiera que fueras, estuvieras vivo o no. Leí la carta una y otra vez. No dormí en toda la noche. No estaba cansado. No estaba cansado en absoluto.

Estaba feliz, sentado en esos escalones, con la carta de mi madre en una mano y mi ensayo en la otra. Recordé el primer día de escuela mientras caminaba bajo la lluvia y la sensación de no haberme sentido jamás tan solo, mientras la lluvia me cegaba con su intensidad.

No estaba solo. Mamá, papá, Mima, Sam, Fito. Mis tíos y tías. Mis primos. No, no estaba solo. Nunca lo había estado. Nunca lo estaría. *Soledad* no era una palabra que pudiera aplicarse a mí, sentado en esos escalones. Esperando la salida del sol.

Salvador

Oí a mi padre moliendo los granos de café en la cocina.

Entré en la casa. Levantó la cabeza para mirarme.

–Te levantaste temprano.

–Quería ver la salida del sol.

Luego me estudió.

–Parece que has estado llorando.

Levanté las cartas en el aire.

–Mi ensayo –dije– y la carta de mamá.

–Oh.

Justo entonces entró Sam, lista para salir a correr.

Me miró, y luego a papá.

Sacudí las cartas en la mano.

Los ojos de Sam se pusieron enormes.

–¿Te encuentras bien?

–Sí –respondí–. Jamás estuve mejor.

–Necesito un cigarrillo –anunció papá.

–Le enviaré un mensaje a Fito –dijo Sam.

Observo a mi padre sentado en los escalones traseros. Está fumando un cigarrillo y leyendo la carta de mamá. Sam y Fito están sentados junto a él, también leyéndola. Yo me encuentro arrojando la pelota en el aire y atrapándola en mi guante. Juego a atrapar la pelota conmigo mismo mientras leen.

Acaban de terminar de leer la carta.

Me miran. Papa, Sam y Fito. Dejo caer el guante y la pelota al suelo. Camino hacia mi padre.

Tomo el sobre cerrado de sus manos, el que contiene la información sobre mi padre biológico.

Le pido su encendedor.

Me lo entrega.

Miro a Sam y Fito.

—Palabra del día.

Sam comprende, y dice:

—Crianza.

Tomo el sobre sin abrir. Me observo tomar el encendedor y colocarlo encima del borde del papel.

Observo el sobre quemándose. Observo las cenizas flotando hacia el cielo.

Me escucho a mí mismo diciéndole a mi padre:

—Sé quién es mi padre. Siempre lo he sabido.

Y ahora me estoy riendo. Y papá se está riendo. Y Fito sonríe con su sonrisa increíble. Observamos a Sam bailando en el jardín mientras Maggie la sigue y salta y ladra. Sam lanza un grito en dirección a mí y al cielo de la mañana:

—¡Tu nombre es Salvador! ¡Tu nombre es Salvador! ¡Tu nombre es Salvador!

Epílogo

Me puse a pensar en el ensayo que escribí para entrar en Columbia. Creo que si hubiera leído antes la carta de mamá, habría sido diferente, pero es inútil vivir lamentándose. Una vez papá me dijo: "Si cometes un error, no vivas en él". También dijo que realizamos acciones –acciones importantes– solo cuando estamos listos para hacerlo. Creo que tiene razón. Pero a veces la vida no nos da otra opción. A veces tenemos que tomar decisiones tanto si estamos preparados o no. Supongo que tendré que aprender a ceder a la lógica inexplicable de mi vida.

Así que esta es la carta que envié a la Universidad de Columbia (que no coincidía con ninguno de los criterios):

Estimados señores del Comité de Admisiones:

Me llamo Salvador Silva. Mi nombre representa la historia de mi vida. Mi nombre me importa más de lo que jamás podría explicar. Si las cosas hubieran salido diferentes, habría tenido un nombre y un apellido diferentes. Y habría tenido una vida diferente.

Mamá murió cuando tenía tres años. Su nombre era Alexandra Johnston. Conoció al hombre que me adoptaría, Vicente Silva, cuando eran estudiantes en esta misma universidad. Papá provenía de una familia mexicano-americana pobre, estudió Arte en Yale y se ha convertido en un artista bastante reconocido. Creo que es importante mencionar que mi padre es gay, no es que me importe (aunque parece ser algo que les molesta a otras personas, mayormente personas que no saben nada sobre la clase de hombre que es mi padre).

Creo que la amistad entre mi padre y mi madre era algo increíblemente excepcional. Su amor creó una familia. Una familia de verdad. Cuando tenía tres años, mamá murió de cáncer, y el hombre que conozco como mi padre me adoptó. Fue el *coach* de mi madre durante su embarazo, y estuvo en la sala cuando nací. Se podría decir con bastante exactitud que fue mi padre desde el comienzo mismo.

Por algún motivo, mi madre decidió nombrarme Salvador. Y estoy muy contento de que me haya dado el nombre que me dio. El apellido lo recibí de mi padre. Crecí sintiendo y pensando que era tan mexicano como mi familia. Y aunque técnicamente no son mexicanos –ya que han estado en este país varias generaciones–, mis tíos, tías y mi abuela siempre se han considerado mexicanos. Así es cómo me veo yo también.

La persona más influyente de mi vida, además de papá, es mi abuela. La llamo Mima. Para cuando lean esta carta, seguramente esté muerta. Se encuentra padeciendo los últimos estadios del cáncer.

Es difícil poner en palabras lo que mi Mima significa para mí, así que voy a terminar este ensayo con un recuerdo que tengo de ella, un recuerdo que he llevado toda mi vida y que llevaré hasta el día en que me muera. Quiero ser digno de ser llamado su nieto. Si puedo hacer honor a ese vínculo, entonces creo que sería una incorporación muy valiosa a su universidad:

Tengo un recuerdo que es casi como un sueño: las hojas amarillentas del árbol de la morera de Mima descienden flotando del cielo como enormes copos de nieve. El sol de noviembre brilla, sopla una brisa fresca y las sombras de la tarde bailan con una vitalidad que resulta difícil de entender para un niño como yo. Mima canta algo en español. Hay más canciones viviendo en ella que hojas en su árbol...

Papá dijo que era una gran carta. "Es realmente hermosa, hijo".

Sam dijo que captaría su atención. Y le encantaba mi recuerdo de las hojas amarillas. Dijo que era como un poema.

En realidad, no creo que sea el tipo de carta que consiga que entre en Columbia. Sería genial. Sé que tengo las calificaciones para entrar en algunas de las universidades a las que envié una solicitud. Vaya adonde vaya, voy a tener que llevarme a mí mismo para el aventón. Pero la buena noticia es que también me llevaré a todos los que amo.

Algún día quiero ir a la playa con Fito y Sam. Sam y yo podremos observar a Fito caminar sobre la arena de la playa por primera vez. Y ver la expresión de su rostro cuando contemple el horizonte, allí donde el agua se encuentra con el cielo.

Esta noche papá llevará a Sam y Fito a comer una pizza y al cine. Sam y Fito han estado discutiendo la última media hora sobre la película que verán.

¿Y yo? Saldré a cenar con Marcos. Fue mi idea. Él elige el restaurante... y yo pago.

Ya es tiempo de conocer mejor al hombre que ama a mi padre. Ya es tiempo.

Agradecimientos

Escribir es un viaje. Este escritor, yo, Ben, se mueve por el mundo y un día se le ocurre algo. Vivo con esa idea, y luego comienza a desplegarse en una historia, y la historia crece y crece en mi cabeza hasta que tengo que volcarla fuera para no enloquecer por completo.

Escribir novelas siempre es una tarea ardua, desafiante y hermosa. Cuando se me ocurrió la idea de escribir sobre un joven que había sido adoptado por un hombre gay, los engranajes empezaron a girar en mi cabeza. La ficción es la ficción, pero ninguna novela brota espontáneamente. Admito que hay trocitos aquí y allá que provienen de mi propia autobiografía, dispersos a lo largo de este libro. Como mi propia madre había fallecido recientemente cuando la comencé, sabía que el arco dramático trataría sobre el proceso hacia la muerte de la abuela del narrador. En cierto sentido, escribir esta novela me ayudó a sanar mis heridas. Pero escribir siempre me ha ayudado a sobrevivir a mi propio dolor. Por eso digo que escribir me ha salvado la vida: es la verdad.

Me llevó un par de años terminar la novela. Y cuando finalmente llegó al escritorio de mi editora, Anne Hoppe, todavía había mucho trabajo por hacer. Incontables conversaciones, e-mails y revisiones. Luego más conversaciones, más e-mails y más reescrituras. Anne siempre hacía las preguntas correctas, desafiándome a sacarle el jugo a la mayor parte del material. A veces sentía que conocía mi novela mejor que yo. Su compromiso con mi trabajo no solo resultó un desafío, sino que me asombró.

A los escritores les encanta agradecer a sus agentes, y no soy ninguna excepción. Patty Moosbrugger, que ha sido mi agente durante más de una década, es una verdadera amiga. No solo cree en mi trabajo, cree en mí. En mí: Ben. ¿Qué más puede pedir un escritor? No sé dónde habría terminado si no hubiera estado viajando a mi lado. Fue ella quien puso este libro en las manos misericordiosas y capaces de Anne Hoppe. Parece imposible agradecerle lo suficiente.

Y luego está este asunto que llaman familia. Este asunto llamado amigos. Ningún escritor crea un libro solo. Sin el apoyo de las personas que me aman y que me han ayudado a menudo a salvarme de mí mismo, no estaría en ningún sitio. Este libro es la creación de la aldea que me rodea, la aldea que me crio, me apoyó y me amó, la aldea que me dio palabras, lenguaje y voz. Y entonces lanzo mi gratitud con un grito a mi aldea. Este es el libro que todos escribimos juntos. Vamos a escribir otro... ¿sí?

El autor

Benjamin Alire Sáenz es un aclamado poeta y escritor de novelas para niños y adultos. Su primer libro de poesía, *Calendario de polvo*, ganó el American Book Award, y su volumen más reciente de cuentos breves, *Todo comienza y termina en el Club Kentucky*, ganó el PEN/Faulkner Award for Fiction. Su novela para adolescentes, *Aristóteles y Dante descubren los secretos del universo*, ganó un Michael L. Printz Honor, el Pura Belpré Award, el Lambda Literary Award y el Stonewall Book Award. Artista plástico y escritor a la vez, el señor Sáenz vive en El Paso, Texas.

REALi

Con una protagonista rota

Sobre el miedo de enfrentar la verdad

CARTAS DE AMOR
A LOS MUERTOS -
Ava Dellaira

POINTE - *Brandy Colbert*

POR 13 RAZONES -
Jay Asher

Sobre el poder de la palabra

PAPERWEIGHT -
Meg Haston

QUÉ NOS HACE HUMANOS -
Jeff Garvin

BELZHAR - *Meg Wolitzer*

smo...

En donde las cosas no son como parecen

TODO PUEDE SUCEDER -
Will Walton

Sobre las dimensiones del amor

DOS CHICOS BESÁNDOSE -
David Levithan

Sobre la importancia de encontrar tu lugar en el mundo

CRENSHAW - *Katherine Applegate*

FUERA DE MÍ -
Sharon M. Draper

QUE YO SEA YO ES EXACTAMENTE TAN LOCO COMO QUE TÚ SEAS TÚ -
Todd Hasak-Lowy

¡QUEREMOS SABER QUÉ TE PARECIÓ LA NOVELA!

Nos puedes escribir a vrya@vreditoras.com
con el título de esta novela en el asunto.

Encuéntranos en